Estàvem cansats de viure bé.

Albert Soler

Estàvem cansats de viure bé

clasllibres@gmail.com
ISBN: 978-84-09-15487-6
Depòsit Legal: B-24154-2019
Edita: SAGESSE
Disseny i Maquetació: Josep Manel Sicart
Foto de portada: Ernest Soler
Impremta: PRODIGITALK

PRÒLEG:

"Espatllem-ho tot". Per Víctor-M. Amela

El títol d'aquest llibre és un tractat de sociologia per si sol. "Estàvem cansats de viure bé", diu. És això! Tot el que hem viscut els catalans en els darrers anys està en el títol del llibre... i esqueixat en cada un dels seus articles.

Albert Soler Bufí ho clava. Ens avorríem de viure bé. I no volem sentir avorriment com no volem sentir gana, set o el fibló de l'entrecuix: per això correm a menjar, beure o cardar. I contra l'avorriment de viure bé, què fem? Doncs muntem unes "manis" quilomètriques i un referèndum il·legal, prostituïm el Parlament i breguem amb policies cabrejats... i ja ho tenim! Ja tenim trencadissa perfecte! A la merda l'avorrit autogovern! Hola, desgavell que dona sentit a la vida! (que és patir molt i mortificar-se, que som catalans).

Aquests articles d'Albert Soler Bufí -escollits entre els publicats al "Diari de Girona", de 2016 fins ara- són peces fenomenals d'un periodisme lliure, punyent, satíric i literari. Poques cosetes agraeixo més que riure mentre llegeixo, i això m'ho proporcionen sempre els articles d'Albert Soler Bufí. A voltes pateixo per la seva integritat física i judicial, sentiment que afegeix al·licient a la lectura (que som catalans).

El primer cop que vaig parlar amb Albert Soler Bufí va ser per telèfon. Jo no el coneixia. Em va trucar per entrevistar-me per una novel·leta meva. A l'editorial m'havien previngut, així: "vigila, és un paio estrany, està una mica pirat, mai saps per on et sortirà, té perill, vigila, vigila!" I a mesura que veia més i més preocupat al de l'editorial, més salivava jo davant l'expectativa d'una mica d'emoció i perill en la meva avorrida vida de novel·lista entrevistat.

Albert Soler Bufí va estar a l'altura de l'expectativa: les seves preguntes -mastegades en marcat accent gironí- em desconcertaren, m'obligaren a aguditzar els sentits, a sentir por, estupor i tremolors. I quan vaig llegir l'entrevista (a la contraportada del seu diari) em va semblar que qui la responia era un atractiu personatge literari, que declarava (i era el titular): "Jo faig zàping amb la tele i amb la vida".

Fabulós! Era jo, sí, però més canalla. Li vaig trucar per agrair-li-la ferventment, d'entrevistador a entrevistador.

No m'he perdut un sol dels seus articles, des de llavors. Trobo en la ploma d'Albert Soler Bufí un Montaigne gironí i un Epicur amb bon gust pels plaers: llibres i cervesa, tapes i amics de bar, platja i fills (en la dosi idònia), bellesa femenina i bon humor. Sobre totes les coses, bon humor! Un humor que és una armadura brillant, una armadura brunyida que li permet entrar en els pitjors vespers. L'humor d'Albert Soler Bufí, aplicat al libel polític a escala catalana, tritura pàtries i banderes, líders carismàtics i sermons, manaments i pors, institucions i estereotips.

Albert Soler Bufí no és ni àcrata, dir-ho seria aplicar-li una etiqueta. És un destraler delicadíssim, amb una afinada sensibilitat per captar en l'aire el pa que s'hi dóna, i transmutar-lo en textos magistrals, amb troballes fabuloses: ha revifat l'arnat apel·latiu Vivales, recollit de llavis del seu pare (el meu també ho deia!), i l'aplica amb joiós encert al seu excol·lega i conterrani Carles Puigdemont, a qui ha dedicat amorosament peces magistrals que aquí trobareu.

El que relata el llibre d'Albert Soler Bufí és com i per què els catalans hem fet amb el nostre autogovern com aquell nen petit rondinaire: "papa, m'avorreixo". El papa no li fa cas, i el nen trenca un vidre amb la pilota (i es quedarà sense pilota: el pare li traurà, naturalment). Un dia, en saber les sentències del Suprem, una joveneta acomodada i amb una bona feina em va dir: "lo primer és la dignitat, i si m'ha de costar perdre un ull, ben perdut estarà", i marxà decidida cap a la mani de torn. Conec la clau: la nena estima molt la seva octogenària àvia, que des de petita li ha explicat les moltes misèries i abusos patits a la guerra i postguerra... S'entén, no? Sí: la nena enyora les misèries i dolors de l'àvia, la nena s'avorreix de viure tan bé. Quina gran indignitat, viuré bé! Espatllem-ho tot, per tornar a sentir que la vida té sentit.

Jo, contra l'oceanografia del tedi, m'estimo més llegir els libèrrims articles d'Albert Soler Bufí, mentre els meus conveïns diuen lluitar per ja no sé quina llibertat que jo diria que ja tenien abans d'avorrir-la.

CLAS

CLUB DE LECTORS ALBERT SOLER

Aquest llibre és fruit de la casualitat.

Dos barcelonins queden a dinar el tres de setembre d'aquest any al restaurant L'Argadà de Girona. A un d'ells se li ocorre que el Diari de Girona no ha d'estar molt lluny del restaurant, aconsegueix el mòbil d'Albert Soler, li envia un WhatsApp identificant-se com lector dels seus articles, i el convida a dinar o a prendre una cervesa.

Dues hores més tard els dos barcelonins arriben al restaurant i Albert comparteix una cervesa amb ells. Parlen sobre els divertits i incisius articles del periodista i del difícil que ha de ser sobreviure a Girona, capital de la República Catalana, per a qui no és devot de la causa. Els respon que no, que la gent el saluda pel carrer, i cada vegada més.

Li suggereixen que faci un recull dels seus articles, i que els publiqui en un llibre, ell contesta que ja ho ha pensat, ha fet alguna proposta, però sense resultat encara. Ells s'ofereixen ajudar a buscar un editor i fer realitat aquest llibre.

Comencen el procés d'edició. Es posa en marxa "L'opressió, per a qui la treballa", "Un botiguer torna de vacances", "La manada de les Creuetes" o el rescat de la paraula Vivales per a definir al de Waterloo.

Expliquen la història a alguns amics que aprecien la qualitat literària i la subtil ploma del periodista, i la gran majoria dels quals es posen al capdavant del projecte. Amb aquestes incorporacions, el llibre pren forma i té assegurat el futur.

Es crea l'ANC (Assemblea Nacional del Club de Lectors d'Albert Soler), CLAS.

El llibre ja és a les teves mans, gaudeix-lo, i si vols unir-te a CLAS, les portes estan obertes.

PER LA LLIBERTAT D'EXPRESSIÓ.

PEL PERIODISME.

PER LA LITERATURA.

El títol del llibre és tret d'una conversa entre dos pescadors de vuitanta anys, que reflexionaven sobre les causes per les quals Catalunya s'ha embarcat en aquesta deriva. La conclusió dels dos avis va ser que els catalans "Estàvem cansats de viure bé"

2016

Pressionat per la CUP, en el darrer moment Artur Mas fa un pas al costat i s'arriba "in extremis" a un pacte per a formar govern a Catalunya amb Carles Puigdemont al capdavant, que ni tan sols encapçalava la llista per Girona en les eleccions.

2016

En Cotarelo

7 DE JUNY

Als catalans ens encanta adoptar mascotes espanyoles. Mascotes humanes, vull dir. A la que ensumem un espanyol favorable al procés l'amanyaguem, l'abriguem, li posem un collar antiparàsits i li llancem una galeta perquè la caci al vol tot fent una pirueta. La mascota que més satisfaccions ens dóna és el professor Ramon Cotarelo, que acostuma a manifestar-se a favor del procés i tot seguit s'asseu amb la llengua fora esperant la manyaga independentista, arf, arf, que sempre arriba. (Breu incís: als espanyols també els van les mascotes catalanes: han adoptat per motius similars en Boadella)

Som així, necessitem que algú de fora ens digui que tranquils, que anem bé, que la raó està amb nosaltres. Que ho digui un espanyol ens reforça l'autoestima. A en Cotarelo també li va bé, ja que després de mitja vida lligada al PSOE tenia difícil fer-se passar per rupturista. El procés va venir en el seu auxili: en l'independentisme té una nova manera de fer-se el transgressor, però sobretot hi ha trobat la figura d'amo generós a qui no li fa mandra treure'l a passeig inclús a deshores.

Hi ha altres espanyols que a vegades fan un tuit o un comentari a favor del procés, però no n'hi ha prou per ser adoptats. Ens agraden, sí, però no ens els quedem. És com quan veiem al carrer un gos simpàtic, que li fem una moxaina però no ens l'enduem a casa. A Cotarelo sí, a Cotarelo si no hagués caigut en desús la institució de la querida, inclús li hauríem posat una merceria. Ai (sospir), que ben ensinistrat està.

La seva tasca és fàcil, perquè els catalans tampoc no esperem gaire res d'ell. Mentre de tant en tant ens digui el que volem escoltar, en fem prou. Ni de broma ens preguntem si té raó o no, sabem que ho fa per la galeta i el cop amistós al cap. Mentre mogui la cua vol dir que és feliç, i això ens fa feliços.

Al final és un contracte no escrit: en Cotarelo es creu molt ben parit perquè l'estimen inclús els catalanistes antiespanyols, i els processistes es creuen molt ben parits perquè els estima un intel·lectual espanyol. I tots contents.

En Mark Serra

09 DE SEPTEMBRE

En Mark Serra no té 14 anys, per més que ho sembli llegint les seves opinions, la seva gramàtica i la seva K al nom, cosa xupiguai pròpia dels nens i del president de la Generalitat. Si ens refiem de la seva foto, és més a prop de la senilitat, si és que no hi ha caigut, que de la joventut. En Mark Serra es dedica a escriure a les xarxes insults contra tothom qui no és de Junts pel Sí, he de pensar que amb el beneplàcit d'aquesta formació, ja que ho permet. O sigui, es declara independentista però en lloc d'intentar ampliar la base del moviment, el divideix. Així mateix, provoca que qui en tenia dubtes, defugi allò que es va dir revolució dels somriures però sembla el somriure dels camises negres italians. Per saber què és de debò en Mark Serra, cal anar als clàssics: Cui prodest? ¿A qui afavoreix que aquest element divideixi i acoti l'independentisme? Espanya, naturalment. Per tant, o és un submarí espanyol infiltrat al procés, o és idiota. No hi ha més, facin les seves apostes.

Les xarxes l'han fet conegut, algun preu s'ha de pagar pels avenços de la humanitat. Abans, personatges així tenien com a única audiència el cambrer del bar on anaven a torrar-se. Mentre aquest fregava gots, un dels tants Mark Serra que tots hem conegut arreglava el món o Catalunya o el seu matrimoni, a base de sentències amb pudor de vi barat. I nyac, xato de vi avall. Un parell de sonats li reien les gràcies i la resta de parròquia seguia a la seva, ignorant-lo. La cosa no ha canviat gens, només que a les xarxes hi cap més gent que al bar, i els sonats que li riuen les gràcies en lloc de dos són dos mil, llunàtics que es mullen les calces si veuen Puigdemont i els surt escuma de la boca si escolten la paraula Colau. I nyac, xato de vi avall.

És un pobre home, per això les seves opinions són com les de la Rahola, una pobra dona, si bé aquesta no és del tot analfabeta i dissimula millor. Imagino un país amb un grapat dc Marks i Raholas, i tremolo. De fet, tremolo imaginant un país amb un sol exemplar de cadascun. Al revés d'Espanya, que es frega les mans perquè en Mark li fa la feina. Submarí o idiota? Jo no li veig periscopi.

2016

En Lluís Llach

8 D'OCTUBRE

Quan en Lluís Llach va anunciar que per donar suport a Junts Pel Sí "aparcaria els principis durant 18 mesos", ja em vaig pensar el pitjor: que després no recordaria on els havia deixat. I efectivament, tant els ha oblidat que fa pocs dies es permetia assenyalar quins diaris són desafectes al règim, concretant que El Periódico té una actitud "unionista verinosa". Quan algú tracta els principis tan a la lleugera com si fossin un utilitari, li passa el mateix que al borratxo que surt de gresca amb cotxe: l'endemà no recorda on l'ha deixat, ni tan sols si en tenia. No és que quan en Llach fa declaracions així vagi ebri d'alcohol (això vull creure), sinó de Catalunya, que és pitjor. Ja va dir en Samuel Johnson que el patriotisme és l'últim refugi dels canalles.

El problema d'en Lluís Llach és que, a més dels principis, ha perdut la dignitat i la vergonya. També el borratxo que extravia el cotxe perd els condons i els kleenex que hi tenia a dins. He intentat explicar als meus fills que aquest fulano que apunta contra la premsa lliure si opina diferent que ell un dia va ser icona de la llibertat d'expressió. Se m'han posat a riure. No els ho puc retreure. On jo veig algú que un dia defensava la llibertat, els joves veuen només un avi passat de voltes que insulta i menysprea qui gosa tenir opinió pròpia, que assenyala els suposats enemics del seu país. Falta només una enquesta de Catalunya Ràdio preguntant als catalans si anirien a impedir físicament que El Periódico sortís al carrer, per acabar la feina.

Fa pena.

Fa pena que qui hauria pogut passar a la posteritat com a exemple de dignitat, hi acabi passant pel contrari. Però fa més pena encara que fos cap de llista per Girona del partit que governa. Algun pecat vam fer en el passat els gironins, que estiguem condemnats a passar sempre vergonya a causa dels nostres conciutadans. En la darrera campanya, el candidat Llach va fer fortuna -amb la trista conseqüència de repetir-ho a cada míting- amb l'expressió "m'estic votant a sobre". Era mentida. El que feia era pixar-se. Pixar-se a sobre de la seva pròpia història i deixar-la ben pudent per sempre més.

2017

Puigdemont anuncia el juny un referèndum sobiranista per l'1 d'octubre. La llei del referèndum s'aprova el setembre en un ple molt tens, i el govern signa la convocatòria de la consulta, que l'endemà anul·la el Tribunal Constitucional. La consulta es celebra l'1-O en una jornada turbulenta. El 3 d'octubre Felipe VI emet un contundent missatge per televisió. Puigdemont compareix el 10 d'octubre al Parlament i es compromet a la independència, però pocs segons després fa marxa enrere. Mariano Rajoy aplica l'article 155 de la Constitució a Catalunya. Puigdemont i altres consellers fugen del país. La jutgessa Lamela envia a presó Jordi Cuixart i Jordi Sánchez a l'octubre. Al desembre hi entren Oriol Junqueras i Joaquim Forn per ordre del jutge Llarena.

2017

Anirem a dormir

3 DE GENER

Diu en Sisa sobre la revolució dels somriures, que a la que hi hagi la primera hòstia, tots cap a casa a sopar i a dormir aviat, que l'endemà s'ha d'obrir la botiga. És el que tenen els cantautors -els que no han aparcat els principis-, que amb una sola frase s'expliquen millor que un president en quinze missatges de Nadal i una aparició a *El Gran Dictat*. Aquí i avui no hi ha ningú disposat a cap sacrifici per una hipotètica independència, i no em refereixo només a sacrifici físic, que ni somiar-ho, sinó al simplement econòmic. Només cal recordar tot el que es va dir a Junqueras quan va insinuar la possibilitat de fer un dia de vaga (un dia!) en favor del procés.

No és que els catalans siguem més covards ni més garrepes que altres pobles que han guanyat revolucions. És que, senzillament, vivim bé. Una revolució pot triomfar si la majoria del poble viu sota mínims, ja siguin polítics o econòmics. Quan no hi ha altra opció que anar a totes. Quan arriscar-ho tot no és una possibilitat: és l'única possibilitat. Hi ha una seqüència a *El Padrí* en què en Michael Corleone viatja a Cuba i veu un atemptat dels castristes. Algú del règim li explica que no es preocupi, que són quatre gats i està tot controlat. En Michael respon que guanyaran, perquè estan disposats a morir pels seus ideals.

A Catalunya ningú vol morir, ningú vol ser ferit, ningú vol patir una rascada, ni al dit ni al sou. No en tenim cap necessitat, és així de trist i així d'alegre. Per més que ens parlin de la Catalunya oprimida sota el jou espanyol, i dels nosequants milions de dèficit fiscal, amb això no s'empeny ningú a la revolució, ni de somriures ni de plors, i menys si qui empeny són la burgesia i els seus fills, entre visita a la perruqueria i a la confiteria per comprar el tortell. Una cosa és anar l'11-S a passar el dia a Barcelona amb la família, i l'altra jugar-se la pell. Que ho sàpiga Espanya: o ens dóna la independència de bona fe, o ens n'anem a dormir.

2017

Tothom al seu lloc

10 DE GENER

Són molt injustes les crítiques contra Girona pel fet que el rei Baltasar fos pintat. L'Ajuntament només pretén educar els ciutadans, per això procura que el maquillatge sigui tan matusser que no enganyi ni el més idiota dels infants. És bo que els nens gironins blancs sàpiguen des de petits que, si es porten bé, un dia podran fer de rei negre, encara que siguin del color de la llet. Però és encara millor que els nens gironins negres sàpiguen que mai no seran gironins del tot, i que si volen participar en les tradicions de la seva ciutat hi ha altres maneres de fer-ho, com ara en tasques de neteja o de transport, molt més adients al seu color de pell. Deixin que Girona continuï amb orgull essent l'única capital catalana que pinta el rei negre, ja que és així, i només així, com tots els gironins, blancs o negres, arribaran adults tenint clar quin és el seu lloc en la societat.

Si avui permetem a un negre sentir-se ciutadà com els altres, demà ho pretendrà un xarnego, i demà passat una dona voldrà ser manaia. No ens n'adonaríem i Girona hauria deixat de ser la reserva espiritual de la burgesia catalana. I això sí que no. Als Estats Units van començar permetent als negres jugar a bàsquet amb els blancs i han acabat tenint-ne un de president. Imaginin un regidor negre a Girona. Quins esglais, quins laments, quins plors. La Girona profunda assaltaria l'ajuntament amb igual ràbia que si deixessin de sonar de nit les campanes de la catedral o una vaga de pastissers la deixés sense el braç de gitano dominical.

A més, els reis són rebuts a l'ajuntament, i cal evitar el tràngol a l'alcaldessa de fer un petó a negre autèntic, potser pobre i tot. Per no esmentar que s'hi guarden objectes de valor, i si en Baltasar fos negre hauria de ser escorcollat a la sortida, davant de centenars d'infants amb fanalet. Entres un pobre a casa i se t'endú la coberteria de plata.

Els gironins no som racistes, però som superiors a tothom. Amb més raó a la gent de races estranyes.

2017

Tertuliana veraç

«La tertuliana ho havia pescat del jutge Vidal -ara es posa tota digna apunyalant-lo, però abans era un gurú-, però era mentida»

31 DE GENER

Hi ha una tertuliana a la qual per foscos motius aliens a qualsevol vàlua li permeten escriure columna diària a La Vanguardia. Tertuliana que, quan treu novel·leta per Sant Jordi, munta el numeret si la inclouen entre els «autors mediàtics», en lloc d'agrair que benèvolament la considerin «autora». La tertuliana a la qual dins del seu mateix diari li han escrit que no és més que una llepona del poder, es referia dissabte a una meva columna -sense esmentar-me, ara li torno el favor- assegurant que sóc «dels obsessionats amb la maldat intrínseca dels amics del procés» (sic, com qui parla dels amics de la botifarra de perol).

En la columna jo no parlava del procés, però tal cosa li és igual a qui no té més funció a la vida que destacar la bondat intrínseca dels amics del procés. Això no mereix comentari, les seves obsessions que les tracti un especialista. Sí que el mereix, en canvi, que es permetés alliçonar sobre contrastar notícies. Fa un parell d'anys, la tertuliana cridanera repetia que el tribunal de la Haia havia dictaminat sobre Kosovo que la voluntat del poble està per sobre de la llei, i ho traslladava al procés (on, sinó). La tertuliana ho havia pescat del jutge Vidal -ara es posa tota digna apunyalant-lo, però abans era un gurú-, però era mentida. No sols mentida, sinó tan absurd que només algú supinament ignorant s'ho pot creure. Ella i el jutge Vidal, quin parell de dos, van fer córrer la patranya fins que algú els va dir que prou de fer el ridícul, que la Haia no havia dit res d'això. No es tractava ni de contrastar, simplement de pensar. Però la tertuliana no excel·leix en cap de les dues facetes. I ara alliçona. Com qualsevol llepaculs, mai no oblida on hi ha l'autèntic poder.

Diuen d'ella, que en sap tant d'escriure com un porc de taronges, que és mala enemiga. Jo crec que és molt pitjor que t'adopti com a amistat: l'has d'anar a aguantar a Cadaqués en una paella, has de permetre que en pengi fotos i vídeos a les xarxes, i has de deixar que et faci entrevistes cursis a TV3. Un infern.

2017

Disfressats de rebel·lia

7 DE FEBRER

Una de les boles més repetides darrerament és que la voluntat de la majoria està per sobre de la llei. Qualsevol persona amb dos dits de front sap que és mentida, però això no evita que els nostres polítics s'escudin en el «mandat del poble», sigui això el que sigui, per espolsar-se les culpes. Com si el mandat del poble fos Déu apareixent-se a Moisès, com si el poble es pogués saltar la llei, com si algú, en fi, estigués obligat a fer qualsevol cosa que li demanés el poble, o pitjor encara, una part d'aquest. Per tant, el primer consell per a polítics, segurament aviat expolítics, és que deixin de prendre'ns per idiotes. Si volen desobeir una llei en considerar-la injusta, endavant, però els «mandats del poble» -o del Parlament, que ve a ser el mateix- que se'ls guardin per contes a la vora del foc, ara que tindran temps de sobres per explicar-ne.

En lloc d'això, ens van voler jutjar a tots. Tant se'm va repetir que ahir ens jutjaven a tots, que una mica més i em presento al jutjat, convençut que havia oblidat passar la pensió a alguna de les meves ex i la molt rancuniosa m'havia denunciat. Va resultar que no, que era simple retòrica, que ni em jutjaven a mi ni a ningú que conegui o apreciï, sinó Presidentmàs i un parell d'amigues, segons vaig veure'ls un moment per televisió, tot cantant Els Segadors. L'himne català s'ha convertit en un hit dels que es canten a la menor ocasió, una mica com «Asturias patria querida»: després d'un sopar àmpliament regat, abans d'un judici, tot triscant cims amb les xiruques o mentre un s'afaita. Amb mirada a l'infinit, per descomptat. Ho diu el premi Cervantes Eduardo Mendoza, a la imprescindible Mauricio o las elecciones primarias: «Un govern sense ideologia ha de mantenir un nivell molt alt d'eficiència i d'honradesa, i això no és a l'abast de ningú». Davant la manca d'ideologia, d'honradesa i d'eficiència, sempre es pot tirar d'èpica a la porta d'un jutjat.

Presidentmàs hauria guanyat en èpica, martiri, i apoteosi ploranera si, seguint el mètode CUP, hagués ignorat el requeriment judicial i hagués esperat que el conduís al jutjat la Guàrdia Civil. És clar que com que va presidir CDC, això hauria confós l'opinió pública, que hauria cregut que tot formava part de l'operació del 3%. Els polítics catalans estan immersos en tantes causes que han de ser curosos i distingir-ne unes de les altres, no hauria quedat gens bé que ahir, en ple èxtasi patrioter, algú hagués cridat «Convergència no roba, només fa negocis!». Això no tocava.

Entre els motius d'orgull de la meva vida figuren no haver donat mai un euro a La Marató i no haver votat mai. Un altre, posin-me una nova medalla, és no haver victorejat mai un polític, m'és igual si fa un míting en un pavelló d'esports o al TSJC, com ahir. Amb la pàtria em passa com amb Déu: ja m'agradaria ser creient, per poder agafar autobusos cap a Barcelona amb l'estelada per bufanda, cantar Els Segadors, emocionar-me si Presidentmàs té a bé ungir-me amb la seva benedicció -ahir vaig veure fidels que el tocaven i es curaven de les seves malalties-, en fi, ser un català modernet. No hi ha res a fer, només em surt el crit de «tenim pressa» quan els rivals del Barça perden temps. Ahir, per cert, entre jubilats, estudiants, funcionaris, aturats, curiosos, ociosos i polítics que es van aplegar a Barcelona, no haurien ocupat la meitat del Nou Camp. Per al proper judici s'hauran de repartir entrepans -de catalana- a veure si es milloren resultats. I tanmateix, faria bé Presidentmàs de no refiar-se dels excursionistes que el van anar a saludar ahir. Més en reunia Franco a la Plaza de Oriente -amb el mateix mètode dels autobusos-, i encara el cos del dictador no havia entrat en rigor mortis que tots eren ja demòcrates dels de tota la vida. El mateix passa amb els cadàvers polítics: tothom els gira l'esquena.

Al final, qui millor descriu l'actual situació és, de nou, el barceloní Mendoza al citat Mauricio o las elecciones primarias: «D'un costat, la dreta recalcitrant, a l'espera d'una oportunitat. De l'altre el nacionalisme reaccionari i victimista, disfressat de progressisme i rebel·lia».

Quin fàstic que fan

14 DE FEBRER

S'ofenen. Aquesta colla de patriotes de pa sucat amb oli que fan retirar les obres d'art i exposicions que no els agraden, tenen la pell tan fina que s'ofenen si se'ls anomena feixistes. Però no són més que això, ells i els que des de la premsa o les xarxes els donen suport. Us molesta que us ho diguin? Doncs aquí ho teniu: sou uns feixistes. Amb barretina, però feixistes.

No mereix altre nom qui s'atorga el poder de decidir què podem fer els altres, i en quins llocs. Ni embolicant-se en estelades poden amagar que a sota porten camisa negra. Com que a més de feixistes són ignorants, una cosa porta l'altra, no només no han entès res del que s'exposava al Fossar de les Moreres (ni abans al Born, ni abans al pregó de Pérez Andújar), sinó que ni ho han intentat. Per ells, com pels nazis o per Stalin, hi ha art degenerat i s'ha de prohibir. De moment, prohibir. Després serà cosa, com Stalin, de «reeducar» els artistes, amb el convincent argument que l'alternativa a ser reeducat és Sibèria o un tret al clatell.

- Estem segurs que, ehem, t'aniria bé per a la salut, en lloc de carretons de supermercat, posar estelades i un retrat de Presidentmàs. Tu veuràs.

El motiu pel qual els policies de la fe consideren sagrat el Fossar de les Moreres, és esperpèntic: diuen, ningú ho sap, que hi ha morts d'una guerra de fa... 300 anys (!). A tal lloc sagrat s'hi sumen el Born, el Pi de les Tres Branques, Montserrat, el Canigó, la ruta Barcelona-Andorra dels Pujol, les vinyes d'en Lluís Llach i més d'un club de carretera. Prengui'n nota tothom.

La prohibició d'expressions artístiques sembla trivial i no ho és. És només l'inici, després ve la persecució de qui pensa diferent. N'hi ha per sentir-se en la pell de Joachim Fest, dels pocs que va veure venir de lluny el nazisme, s'hi va oposar, i n'ha deixat testimoni escrit. Com feia Fest quan veia un nazi, veig un d'aquests feixistes catalans i no puc evitar dir en veu alta: quin fàstic, un compatriota.

2017

La bruixa Magaldi

"La cacera de bruixes contra la fiscal és repugnant i digna de les èpoques més fosques"

25 DE FEBRER

Un dels meus millors amics, i des de fa dècades, és en Magaldi. Així, amb el cognom, l'hem anomenat sempre. Ho explico només perquè entenguin que conec a pràcticament tots els Magaldi de Girona. Treballadors, comerciants, petits empresaris... Tots bona gent, gironins de soca-rel.

La cacera de bruixes contra la fiscal Magaldi -un dels pocs Magaldi que no conec, quedi clar- és repugnant i digna de les èpoques més fosques. En diversos mitjans i per descomptat a la xarxa, he llegit la «notícia» que els primers Magaldi que van venir a Girona eren del partit feixista de Mussolini. Prenent un reportatge -aquest sí, sense segones intencions- aparegut fa anys a la *Revista de Girona* sobre els italians que van arribar a aquesta ciutat, s'aprofita per destacar que els avantpassats de la fiscal en cap de Catalunya eren del fascio. Com si això fos rellevant. Com si els Luís Llach, jutge Vidal, presidents Puigdemont, Pujol i Mas, i tants altres, tinguessin un arbre genealògic immaculadament demòcrata, catalanista i honrat. Com si algú fos responsable dels seus ancestres.

Naturalment, el missatge d'aquests presumptes periodistes que ho publiquen és clar. Vol dir que tu, fiscal, ets tan feixista com els teus avantpassats. Vol dir que per això estàs contra Catalunya. Vol dir que sabem d'on sou els Magaldi, sabem quins comerços teniu, i tots sou feixistes. Vol dir que si algú es pren la justícia per la seva mà, us ho heu ben buscat.

¿I a tot això, quin va ser el pecat de la fiscal Magaldi? Fer la seva feina -en un diari criticaven que hagués anat al judici, o sigui, recriminaven a la fiscal en cap de Barcelona que assistís a la vista contra un president de la Generalitat, que tenia lloc a Barcelona! - i, sobretot, mirar serenament a la cara els que la insultaven i amenaçaven a la sortida del jutjat. No en tenen prou insultant la justícia, pretenen que es posi a plorar, humiliada davant dels improperis. I si no és així, contra ella i la seva família.

Amic Mark Serra

31 DE MARÇ

Home, Mark, això s'avisa. Si hagués sabut que Catalunya, la independència i Junts pel Sí t'importen un cagarro, i que les idioteses que dius i fas responen a interessos econòmics, no hauria sigut tan dur amb tu. Una trucada, un «escolta, Albert, que jo em guanyo molt bé la vida llogant pisos a guiris, una Catalunya independent i els meus al poder vol dir patent de cors per seguir mangonejant», i tot arreglat. Jo t'hauria comprès, de debò que sí, és més senzill comprendre un farsant que vol fer diners a costa dels altres i dels barris, que un sonat que es creu el que vomita a les xarxes. Amb aquest no hi ha entesa possible. Amb qui es mou per interessos només cal acordar la quantitat. Què t'haig d'explicar.

Xoca'n cinc, ara que tot s'ha aclarit i sabem com ets realment. Si haguessis deixat clar d'inici que només pretenies foteses –ben convergents al cap i a la fi– com saltar-te la normativa i evadir impostos, no t'hauria calgut fer veure a les xarxes, dia rere dia, que ets un pobre ignorant, un sectari i un intolerant. T'hauries estalviat passar vergonya, i m'hauries estalviat a mi passar-la aliena. Això sí: com devies riure, en veure que com més grossa la deies, més et seguien els més ases entre els ases.

No t'ho creuràs, però amb tot el que has demostrat, encara hi ha qui et subestima. Ahir un advocat em comentava que és increïble que facis una cosa il·legal i alhora busquis sempre protagonisme. Que no pots ser tan burro, deia, ja veus que poc et coneix la gent. Afortunadament som molts els que sabem de la teva capacitat.

Si és molt natural, home, no te n'havies d'amagar. A Girona també els més grans especuladors s'emboliquen amb l'estelada i es vanten de ser amics del president. Ara que heu vist que la justícia espanyola, lenta i tot, acaba colpejant, res millor que la independència i línia directa amb el poder, per continuar xuclant de la mamella. Vinga, crida amb mi: in-independència. I a viure, nano, que són dos dies.

2017

I digué el messies

21 D'ABRIL

I digué Puigdemont: «Hem passat el dia a Canapost. Hi he vist com creix el blat. El seu verd d'avui no ens confon: estarà a punt quan arribi el temps de sega». M'inquieten dues coses, i deixo de banda que algun pagès li esmenés la plana fent-li entendre que no era blat sinó ordi, al cap i a la fi un descendent de pastissers només ha de distingir la nata de la merenga.

Primer, que parli en paràboles. Qui parla en paràboles, o és el fill de Déu o creu ser-ho. En el primer cas acaba crucificat, i en el segon, al frenopàtic. El temps dirà. O el president es posa aviat a caminar sobre les aigües demostrant ser el messies, o el pròxim vestit que s'emprovi serà una camisa de força. Jo li començaria a prendre mides, abans no comenci a batejar catalans en aigües de l'Onyar o intenti multiplicar pans i gambes a la paella estiuenca de cals Rahola. No és estrany que el pobre Jimmy Carter se l'espolsés de sobre.

– Que el porta per aquí, míster Puigdi? Vol uns cacauets?

– Qui de vosaltres que té cent ovelles, si en perd una, no deixa les 99 al desert i va a buscar la que es va perdre fins que la troba?

– *Bye*, Puigdi.

Segon, si la forma d'expressar-se ja fa planar molts dubtes sobre el seu estat, ehem, de salut, que digui que passant un dia a pagès ha vist créixer el blat, hauria de disparar totes les alarmes. Urgeix investigar si a Canapost tenen per costum posar fongs al·lucinògens al menjar que serveixen als forasters. Si no és així, la imatge d'un president assegut en un marge i mirant fixament durant hores unes plantes de blat que en realitat són d'ordi, fins a acabar convençut que les ha vist créixer, qui sap si un metre, ha de ser suficient per inhabilitar-lo. Qualsevol dia el trobarem ajagut en un parterre de la plaça Catalunya esperant veure créixer l'herba, o pitjor encara, assegurant que l'ha vist créixer. Aquest home necessita un tractament.

2017

Ja quasi són homes

23 DE MAIG

M'agradaria que algú em fes notar quina diferència hi ha entre els atacs d'Arran a botigues de moda i clíniques d'estètica, amb els dels nazis als anys trenta contra comerços jueus. Ui, el que he dit. Algunes d'aquestes valentes d'Arran (un grup dins de la CUP) es deuen estar estirant els pèls de les cames en considerar que les equiparo als nazis. Doncs tenen raó, les estic equiparant als nazis. Ni els jueus havien comès cap delicte, ni l'ha comès qui posa una botiga de moda o una clínica estètica. Són igual d'innocents, uns i altres són atacats perquè sí, perquè un grupuscle actua amb impunitat, davant la mirada cap a un altre costat del poder. Sembla com si tot el Govern es dediqués només a jaure i mirar com creix el blat, com el president.

Encara estic esperant que la CUP condemni els atacs, però això seria com si a l'Alemanya dels 30 el NSDAP condemnés els atacs dels camises marrons. Ans el contrari, una regidora de la CUP a Barcelona els defensa. Acusen les botigues i els centres d'estètica «d'imposar el patriarcat», però fins jo sé no obliguen ningú a entrar-hi, per tant no imposen res. Les úniques que volen imposar són les nenes d'Arran.

Hi ha dones que han confós la noble lluita per la igualtat amb ser igual que els homes, i s'esforcen a ser violentes, intolerants, brutes i peludes. Res a dir si és una opció personal. Puc admirar qui posa el propi cos com a exemple de què significa fugir com de la pesta de la moda, l'estètica i fins i tot de l'aigua i el sabó, que ja sabem que són invents que pretenen perpetuar el masclisme. I tanmateix ignoro de quina manera la lletjor ajuda a evitar els «feminicidis» -que diuen elles- , deu ser que només en maten de guapes. Però no estaria malament una mica de tolerància, i deixar tranquil·les les dones que volen estar guapes, encara que algunes ho vulguin per motiu tan menyspreable com agradar els homes.

Faria bé la CUP de preocupar-se més de l'ètica i no tant de l'estètica.

2017

Referèndum africà

17 DE JUNY

Si no ho he entès malament, hi ha convocat un referèndum no pactat amb el Govern espanyol, que compta amb el suport de grups parlamentaris que sumen un 47% dels vots en les darreres eleccions (ni tan sols la majoria dels catalans en general), en el qual participaran només els partidaris d'una de les opcions que es posen a votació, on els apoderats seran també d'una sola de les opcions, on l'organització estarà al càrrec de «voluntaris» d'una ideologia concreta i no de funcionaris, que no s'espera que sigui reconegut per cap govern europeu, que ha sigut desautoritzat per la comissió de Venècia (a instàncies del Govern català!), que ha de servir per validar una llei de desconnexió redactada d'esquena als ciutadans i als seus representants i, en fi, un piló de detalls més que si ens els expliquessin d'un referèndum en un país africà ens provocarien la riallada; mira que en són de burros aquests negrets... I tot i així, uns pocs es pensen que l'endemà mateix d'aquest, ehem, referèndum, sortirà al balcó l'exalcalde de Girona per fer-nos saber que Catalunya és independent. Pot vociferar tant com vulgui des del balcó, és sabut que si un arbre cau en una illa deshabitada, no hi ha soroll.

Entre aquests pocs, per descomptat, no hi ha ni un sol membre del govern. No és que a aquestes altures cregui que els nostres president i consellers tinguin gaires llums, però fins i tot ells, en les seves limitacions, són conscients que un referèndum així no va enlloc. La seva última opció, la bala que guarden a la recambra, és que el Govern espanyol l'impedeixi. Així podran aprofitar el recurs del victimisme una temporada més. No diguem ja si l'impedeix per la força bruta, això seria el paradís somiat: fracassar, tal com estava previst, però quedant com uns màrtirs en lloc de com uns pallassos. Potser Rajoy fa aquest favor a Puigdemont, com a agraïment als vots del PDeCAT en el decret de l'estiba o en la moció de censura.

Diumenge, a missa

"Prenc nota de totes les sorpreses, com les famílies d'indubtable baix poder adquisitiu que deixen 10 euros a la bacina"

18 DE JUNY

Diumenge vaig anar a missa. Devia fer quatre dècades de l'últim cop. Primera impressió: tret d'alguns avis, el *target* de l'església catòlica avui són els llatins, ho era inclús el capellà. Jo hi era per una comunió. Com que ja no n'és època, només hi havia la nostra i la resta era gent normal, si és que qui va a missa encara es considera normal. En arribar tard, mig per comoditat mig per allunyar-me del meu fill, que es va entestar a dur a missa el seu peluix d'en Darth Vader, m'assec en un banc solitari, al costat de les cinc llatines del cor, que Déu n'hi do la minifaldilla que porta una per venir a cantar al·leluies.

En lloc d'agenollar-me quan toca, que mai no n'he après, prenc nota de totes les sorpreses que se succeïen. No són poques, després de 40 anys d'absència. Com les famílies d'indubtable baix poder adquisitiu deixant 10 euros a la bacina. O com tots els fidels aplaudint, el mossèn el primer, en acabar la comunió. O el donar-se la pau, que als meus temps era xocar la mà desganadament amb el del costat i ara és un repartir petons fins amb qui està quinze bancs lluny. O les minifaldilles per cantar al cor, no sé si això ja ho havia dit, és que no em marxa del cap.

En aquestes estic, quan surt d'una porta lateral el mossèn titular de la parròquia. Resulta ser Àngel Caldas, col·laborador d'aquest diari, que en veure'm sol en un banc a missa de 10, creu assistir a un miracle. Tant, que la seva expressió s'il·lumina –alegra més trobar l'ovella perduda que etcètera–, se m'acosta, m'agafa amorosament les mans, mirant-me els ulls em xiuxiueja que hem de parlar, i marxa amb somriure beatífic, sotana al vent. Els fidels deuen creure de l'efusivitat del mossèn amb l'home solitari que aquest deu ser un sant en vida, ja que el seu aspecte el descarta com a filantrop.

Ara no sé què dir-li a mossèn Caldas, l'home es veia il·lusionat. Potser llegeix això i m'estalvio explicacions: miri mossèn, jo només era allà per veure llatines.

2017

President de fira

20 DE JUNY

Quan no el xiulen i pot parlar, en Puigdemont demostra que es prepara els discursos. No és que digui res amb el menor interès, això mai, vull dir que es molesta a buscar sempre una metàfora que relacioni Catalunya amb el lloc on es troba. No com aquell mariner que el va precedir en el càrrec, que no sortia de les frases nàutiques i va acabar havent de plegar veles. En Puigdemont va a la Fira del Suro de Cassà i es despenja amb una paràbola sobre les semblances entre Catalunya i el suro, material en aparença fràgil però que sempre acaba a la superfície, malgrat la tempesta que al seu voltant puguin desenvolupar els elements i blablabla. I tothom riu, aplaudeix i es fa selfies amb ell, que a aquesta tasca i no a cap altra l'ha cridat la història.

És un president de fires i mercats. Visitar dirigents europeus li va gros, però entre vilatans que només esperen la fira per beure vi i divertir-se, es troba tan còmode com Jordi Pujol, al cel dels cadàvers polítics sia. A la fira del Caragol de Lleida explicarà que els catalans som com aquests animalets, no per hermafrodites sinó perquè avancem sense fer soroll. A la de la Mel de Crespià, que no hi ha poble més dolç que el català. A la del Formatge de Lladó que, com la llet, un poble també ha de fermentar per assolir el seu estat definitiu. A la de l'Avet d'Espinelves, que també Catalunya, quan els veïns li tapen la llum que necessita per viure, s'aixeca més enlaire que mai per abastar-la. A la de l'Ou de Sant Guim de Freixenet, que miri bé Espanya com no ens en falten per plantar-li cara. A la de l'Embotit de Bescanó, que se'm posa com aquest paltruc quan penso en el futur del meu poble. I vinga riures, i vinga selfies. A la del Clown de Vilanova de la Muga, excusarà prudentment l'assistència, no sigui que les comparacions les facin els altres.

Posi un president-periodista a la seva vida, senyora, no li aportarà res però sempre tindrà a l'abast la frase adequada. I vinga riures.

2017

A mi no em busquin

25 DE JUNY

Estic patint des de fa dies. Des que he sabut que em poden obligar a formar part d'una mesa electoral en el referèndum català, que no m'arriba la camisa al cos. Ja seria el summum que jo, que mai no he votat en cap elecció i que molt menys he format part de cap mesa electoral, estigués obligat a perdre un diumenge per un referèndum que convoca la Generalitat i que, en tot el món mundial, només avalen un parell de partits d'aquí, de Catalunya, que ni tan sols sumen la meitat dels vots en les darreres eleccions. No-no-no, m'explicaré millor. Si pateixo no és per perdre el diumenge, que a Déu poso per testimoni que no el perdré. Pateixo perquè sé que si em convoquen no m'hi presentaré, i vés a saber quin càstig ha pensat el Govern per als dissidents. Si als pobres consellers els fulminen per haver opinat diferent o per tenir dubtes, si els funcionaris són amenaçats, suposin el que poden fer a qui es negui a passar-se el diumenge veient votar la gent i passant llista. Jo mai he vist votar ningú, com no sigui per televisió en alguna sèrie de culte, com Cuéntame, però no té pinta de ser l'activitat més divertida del món. I ho sento molt, president i consellers, però els diumenges s'han creat per a la diversió.

Imagino que als que no complim la nostra obligació patriòtica se'ns raparà el cabell, que això no és que personalment m'importi gaire, i que tot seguit se'ns posarà un capirot al cap i se'ns passejarà pels carrers mentre el populatxo ens escridassa -traïdors! botiflers!- i ens tira verdures, catalanes i de temporada, per descomptat. I no obstant, m'hi arriscaré. Fa molts anys que no em llevo un diumenge a les 7 del matí, i per descomptat que si alguna vegada m'haig d'aixecar a aquesta hora intempestiva en festiu, no serà per passar-me el dia veient com gent amb barretina introdueix paperetes en capsetes damunt d'una taula, que diu Echenique. No, gràcies. Considerin-me objector de consciència.

Tu a Blanes i jo al Magrib

27 DE JUNY

A l'alcalde de Blanes li semblava poca cosa ofendre els espanyols amb una sola frase, així que va decidir denigrar a la vegada els magribins, assolint una fita difícil de superar: «a Catalunya es viu d'una altra manera, passa igual amb Dinamarca enfront del Magrib, com Espanya és diferent de Catalunya». Va oblidar afegir que ni espanyols ni magribins destaquen per la seva netedat, i que uns i altres tenen gustos dubtosos en matèria sexual. No com els catalans i els danesos.

El cas és que el bo d'en Lupiáñez està carregat de raó, les coses es fan de manera molt diferent a Catalunya i a Espanya. Ja històricament, mentre els espanyols terroritzaven el centre d'Europa, els catalans preferien terroritzar Grècia, bressol de la civilització; si els espanyols insultaven i expulsaven jueus, els catalans els pedregaven i expulsaven; si la guerra mundial empobria els espanyols excepte uns pocs, uns pocs catalans s'enriquien gràcies al contraban amb els països en conflicte, la pela és la pela; si Franco era aclamat com un heroi a tot Espanya, a Catalunya era aclamat com un alliberador, no sé si he dit que la pela és la pela; si els espanyols havien d'emigrar per fugir de la misèria, eren acollits a Catalunya per continuar en la misèria; si els espanyols anaven de putes, els catalans posaven pisos a les putes.

Fins avui. Si Espanya ha de patir TVE, Catalunya pateix TV3; si Espanya té el Lute, Catalunya Jordi Pujol; si ells Inda, nosaltres Rahola; si l´oligarquia espanyola no suporta Carmena, la catalana no pot veure Colau; si a Espanya guanya eleccions el partit més corrupte, a Catalunya li canviem el nom al partit més corrupte i encara governa, de nou la pela és la pela; si els polítics espanyols s´aprofiten del poble embolicats en la bandera, els polítics catalans es riuen del poble embolicats en l´estelada.

Si socialistes espanyols atien el foc contra Catalunya, socialistes catalans l´atien contra Espanya. Ben diferents.

2017

Paguem-los el viatge

08 D'AGOST

Ha de fer molta il·lusió, molta, estar fent cua a l'aeroport, estar a punt de perdre l'avió, estar amb els nervis a flor de pell, i que vingui una senyora somrient, amb samarreta groga, oferint un fulletó.

- Si Catalunya fos independent, vostè ara no estaria fent cua. La culpa és d'Espanya, sempre és d'Espanya. Per això els catalans blablabla....

Ens acabaran odiant. No en fem prou assaltant busos turístics, no en tenim suficient amb aeroports col·lapsats, que ara anem a emprenyar els pobres turistes que volen tornar a casa, o potser només intenten fugir d'aquest país. Passarem en poc temps de la turismofòbia dels catalans a la catalanofòbia dels turistes. Ja només falta obsequiar els visitants amb fotos de Terricabras en plena vaga de fam perquè no vulguin venir mai més.

- Doncs sí que fa mala cara, sí, pobre home. Potser l'haurien d'ingressar.

- No, si la foto és d'ara, quan encara no ha començat la vaga.

Mentrestant, els catalans semblen agafar-se amb molta calma això d'estar a mes i mig de la data més important en la història del seu país. Excepte els que reparteixen fulletons, la resta és de vacances i pensa més en cervesa i gandula que a donar un cop de puny al tauler de la història. Com ha de ser. Poble oprimit? Aquí les úniques que es veuen oprimides són les que han arribat tard a l'operació biquini i el vestit de bany els pressiona les natges.

Els dels fulletons sí, aquests estan tan nerviosos que no es conformen de demanar la gent que voti sí, ara demanen també que votin No, que votin el que sigui, però que votin. I si no, a la foguera, encara que et diguis Joan Manuel Serrat. No ens poden deixar tranquils?

I si aprofitant que són a l'aeroport, els paguem a ells i als seus fulletons un bitllet d'avió, sigui on sigui, però només d'anada?

2017

L'heroi Trapero

1 DE SETEMBRE

Me'n vaig malfiar. En veure el major Trapero posant-se medalles en roda de premsa, curosament mal afaitat perquè penséssim que portava dies sense dormir vetllant per nosaltres, me'n vaig malfiar. Però qualsevol diu res en aquell moment, si entre ell i el conseller semblava que haguessin derrotat ells solets l'Isis. Tampoc no ajudava a tranquil·litzar-me que el que més es destaqués de tot un cap policial fos una frase absurda digna de Paquirrín a Tele 5, però ja se sap que els catalans anem tan necessitats d'herois que ens agafem al primer que passa.

A poc a poc, la façana heroica d'en Trapero s'ha anat mostrant tan falsa com la dels decorats del *far west*. Hem sabut que només l'atzar va fer que explotés tot el que els terroristes preparaven a Alcanar i va impedir que fessin una massacre a qualsevol lloc. Hem sabut que es va creure que aquell arsenal terrorista era un laboratori de drogues. Hem sabut que la cèl·lula islamista no estava fitxada, ni tan sols vigilada, ni tan sols coneguda. Hem sabut que la gran operació va consistir a abatre nens d'entre 17 –de l'edat de la meva filla que cursa batxillerat– i 22 anys, l'armament dels quals eren quatre ganivets comprats en una benzinera. Hem sabut que un d'ells va fugir amb tanta patxorra com un turista tornant a l'hotel després de visitar el zoo. No hem sabut que s'hagi obert cap investigació per l'estranyíssim fet que un policia matés quatre d'aquests nens sense fer un sol ferit. Estem sabent, amb comptagotes, però cada cop amb més evidències i ja amb reconeixements amb la boca petita, que s'havien rebut avisos de la possibilitat d'un atemptat a les Rambles.

Després de tot això, l'únic mèrit que se li reconeix al major Trapero és el de saber arrimar-se on convé, per alguna cosa va anar a la paella de ca la Rahola l'estiu passat, al costat de Puigdemont. Les medalles que tan ufanós va lluir no eren medalles, en realitat eren llànties d'arròs a sobre l'uniforme.

Victimisme nostrat

Això de poder repetir que Espanya va contra nosaltres, que intenten empresonar els alcaldes, que ens ataquen la llibertat d'expressió, que ens volen tallar la llum i que coaccionen tot un poble, ens fa sentir catalans de debò

15 DE SETEMBRE

Els catalans ens movem en el victimisme tan a gust com els equips italians en el *catenaccio*. Si hem de portar la iniciativa ens trobem perduts, no tenim cap tàctica a banda de pilota endavant i a veure què passa. Ens agrada que ens ataquin, ens hi trobem bé, què voleu, va en el nostre caràcter. Això de poder repetir que Espanya va contra nosaltres, que intenten empresonar els alcaldes, que ens ataquen la llibertat d'expressió, que ens volen tallar la llum i que coaccionen tot un poble, ens fa sentir catalans de debò. Si tot Europa titlla de farsa el referèndum, si totes les associacions de jutges tracten de «totalitari» l'acte de desobediència, millor. Això vol dir que absolutament tothom està contra nosaltres, que com és sabut som els únics que tenim raó. Unes víctimes, som víctimes d'una conjura planetària. Catalans i víctimes alhora. Hi pot haver millor plaer?

Com a representants del poble, els nostres polítics escenifiquen el victimisme millor que ningú. Pobres, ells que pensaven que Espanya compraria catifes vermelles per col·locar al peu de cada urna, i que Rajoy i els ministres en persona rebrien cada votant amb una pluja de pètals de rosa. Sort que TV3 els permet plorar cada dia en *prime time*. Quin gustet.

Si no fos per les ganes de plorar, la consulta ja s'hauria fet. Ja que podem imprimir les paperetes a casa i que a les meses hi haurà voluntaris, no aturem aquí les peculiaritats. Construim-nos l'urna a casa, i que la mesa la formin el pare, la mare i un cunyat, que sempre dóna joc. Votem a domicili. I res d'esperar l'1-O, cadascú que voti quan tingui un momentet, és la festa de la democràcia. El recompte el fem en família i informem del resultat trucant al 012. No, millor obviar el recompte, tan feixuc, i que el govern dicti el resultat que vulgui.

Tot plegat, una consulta més senzilla que la, ehem, oficial, i amb no menor credibilitat. I si després ningú fa cas del resultat, millor: ens podrem fer les víctimes.

2017

Els gironins, marcats

26 DE SETEMBRE

Cal començar amb un missatge als televidents que diumenge van veure en Puigdemont a Salvados, siguin d'on siguin, de Catalunya o d'Espanya: no tots els gironins som idiotes.

Sé que costa de creure. Podria recordar-ne d'il·lustres, com Pla; o Monturiol, inventor del submarí; o Cugat, capaç de casar-se cinc vegades per així enllitar-se amb cinc dones de bandera; o Dalí, que té el mèrit de no haver engendrat Pilar Abel. De res no servirà, els gironins hem quedat marcats. Puigdemont va fer bo el principi de Peter, segons el qual tot empleat puja de categoria fins a arribar a la incompetència, a allò per al que no està capacitat.

Està tan acostumat a les entrevistes a TV3, que va entrar al plató amb la bragueta oberta per a facilitar la feina a l'entrevistador, i quan va veure que l'Évole feia de periodista, ja era massa tard. Restava només balbucejar paraules inconnexes mentre els pensaments li anaven cap a l'enyorada joventut.

- Mai hauria d'haver abandonat la barra del Boomerang. Era feliç, ningú se m'acostava, ningú em preguntava.

Dissabte el Girona es clava dos gols en pròpia porta, i diumenge el president gironí se'n marca tres, també a la seva porteria. Els catalans tenen excusa, ells mai no van votar Puigdemont, va ser posat a dit, no són responsables d'un irresponsable. Els gironins no, els gironins el van elegir alcalde, la qual cosa fa matisar l'afirmació inicial: no tots som idiotes, però Déu n'hi do els que hi ha. I l'Évole fent de periodista. I Puigdemont, suor freda damunt del llavi, resant perquè tot fos una broma i aparegués per fi en Sanchis, o encara que fos la Terribas, inclús la Rahola, a fer-li el preceptiu massatge. I pensant.

- Hauria d'haver dedicat altre cop el dia a veure com creix el blat, una gramínia que no fa preguntes.

I vinga preguntes de l'Èvole. I vinga ridícul. Jo, que mal em pesi sóc gironí, passava tanta vergonya que vaig acabar posant *La abeja Maya.* La película, a Clan TV. Millor presidenta seria.

2017

De simulacre en simulacre, fins a la farsa final

3 D'OCTUBRE

La matinada de diumenge, al costat d'un col·legi on els guardians de les sagrades urnes, adults i nens, feien una divertida xocolatada, vaig veure un home dormint en un caixer, abrigat amb un cartró. A ningú se li va acudir anar a oferir-li una tassa de xocolata calenta, val a dir en defensa dels intrèpids defensors de Catalunya que segurament ni es van adonar de la misèria que tenien a tocar. També el Govern català ha estat cinc anys ignorant tot el que no estigui adornat amb la bandera, i no serà que no té misèria a tocar. El pobre diable només hauria tingut una oportunitat d'almoina xocolatera si en lloc de dormir entre un cartró, hagués estat dormint abrigat amb una estelada. Als pobres sempre els falla el màrqueting.

Dos dies després, gent que en tota la seva vida no ha mogut un dit pels drets dels treballadors, convoca els catalans a la vaga. La vaga que els convé a ells, igual que van muntar l'1-O que els convenia a ells. Del simulacre del referèndum, al simulacre de vaga, no és estrany que amb tant simulacre la gent es torni boja aplaudint les ambulàncies o el primer bomber que es posa un clavell al casc.

L'excusa és la brutalitat policial, aquesta redundància. Mentre hi hagi estats hi haurà brutalitat, i per tant existirà la policia, que és qui l'administra. Una vaga per protestar contra la brutalitat policial és el primer pas abans de convocar-ne una contra la llei de la gravetat.

Però en fi, si els que manen diuen vaga, el poble fa vaga. Serà digne de veure si aquell comerciant gironí de soca-rel, que en totes les vagues deixa la persiana a mig baixar o a mig apujar, depèn de si s'acosta un piquet o un client, avui es penja una estelada al coll, tanca la porta i perd els beneficis d'un dia. Difícil decisió, quan dels beneficis d'un dia depèn la plata de lioneses de diumenge vinent. Caldrà calcular si, tal com estan els ànims, surt més a compte fer vaga o treballar, només faltaria que obrir la botiga provoqués la deserció de clients de tota la vida, que són els bons. L'independentisme és un negoci, i els nostres senyors Esteve són sobretot negociants. Els comerciants i empresaris catalans s'adapten al règim que sigui, sempre que la caixa enregistradora faci dring periòdicament. Han demostrat al llarg de la història que tant saben la lletra del Cara al sol com la d'Els segadors, l'única que no entonen bé és La internacional. Vaga? Per Catalunya, el que faci falta, diferent seria fer-la pels treballadors catalans.

El bon català no es mobilitzava quan el Govern retallava en sanitat i educació, i no amb tisores sinó amb moto-serra. És ara que toca. La foto d'una senyora a qui triguen sis mesos a operar-li un càncer no té el mateix impacte que la d'una senyora ensangonada intentant votar. Als pobres els fallarà el màrqueting, però als nostres governants els en sobra. Amb els emails que he rebut les darreres hores instant a la vaga podria empaperar la casa de Puigdemont al golf. Procedents de gent que no mouria un dit si demà una reforma laboral obligués a treballar els diumenges.

Si jo tingués un comerç, avui tancaria. No voldria que vingués un piquet, amb els seus Audis i BMW, a rebentar-me les finestres al crit de «In-Inde-Independència». Se m'escaparia el riure.

Catalunya, un poble unit

7 D'OCTUBRE

No només una Catalunya independent estarà automàticament dins la UE, és que seran els mateixos europeus els que ens suplicaran que hi entrem. Europa no es pot permetre el luxe de rebutjar la Dinamarca del sud, som sis milions de rics, guapos i...

-Ehem, Puigdi, que diu en Juncker que Catalunya quedaria fora d'Europa.

Qui necessita Europa? Europa, aquest continent anquilosat, del qual tothom vol marxar. Mireu el Regne Unit, mireu Suïssa. Nosaltres tenim el turisme com a motor econòmic, les nostres platges...

-Errr... Puigdi, aerolínies i operadors recomanen no venir a Catalunya.

A qui li importa el turisme? Només porta borratxos que, a més, beuen sangria i no ratafia. Hem de diversificar les fonts d'ingressos. Mentre tinguem una banca potent, podem estar segurs que el futur és de color rosa i...

-D'això... que Caixabank i Banc Sabadell marxen de Catalunya.

Que marxin. Menys cues a la finestreta. Tot el que passi, sempre és a fi de bé, som Catalunya, el poble elegit! El nostre teixit empresarial assegura que el país tindrà l'empenta necessàr...

-Ehem...Puigdi...Gas Natural ha marxat, Abertis ho estudia, Freixenet i Codorniu s'ho estan pensant, això és una desbandada.

Mai m'he refiat dels empresaris, no són més que uns explotadors. No els necessitem per res.

-Errr... I quan la gent tingui gana? Vull dir el poble, Puigdi, no nosaltres, que tenim taula reservada de per vida a restaurants de tres forquilles.

Els catalans en fan prou amb un tros de terreny on plantar enciam i boscos on caçar conills. Els alimenta la llibertat, i si un dia estan desanimats, canten Els segadors o L'estaca i s'omplen els seus cors, ja que no els seus estómacs. Serem l'enveja del món, un poble que ha tornat a l'època dels caçadors-recol·lectors. Els bons salvatges de Rousseau, això. He repetit tant que som un poble unit, que ho haig d'aconseguir, per collons que ho haig d'aconseguir, encara que sigui unit en la desgràcia.

Quan el valor ve de fàbrica

Era d'il·lusos pensar que, qui nou dies abans protagonitzava una fuga, aniria al Parlament per alguna cosa més que arronsar-se.

14 D'OCTUBRE

Quan jugava a futbol amb el Quart, al porter sempre li venia cagalera abans de sortir al camp, just quan l'entrenador ens donava les últimes instruccions. El noi les escoltava tancat al vàter tot fent força amb els budells, i el míster, després de preguntar-nos a tots si l'havíem entès, es girava cap a la porta tancada del lavabo i cridava: «Tu també ho has entès, Josep?»

— Mmmpffxííííí.

La por és una cosa molt humana, a vegades es manifesta canviant de cotxe sota d'un pont per anar a votar allà on no hi ha embolic, a vegades amb l'obertura dels esfínters. Com que el porter no podia canviar de cotxe i sortir per potes com en Puigdemont l'1-O, cagava. Els nens de la meva generació sempre havíem pensat que a sota d'un pont hi vivia en Carpanta somiant pollastres a l'ast. Això ha canviat, ara quan sortim en família i trobem un pont, el meu fill petit em fa mirar a sota, a veure si hi ha algun president. De moment no hem tingut sort.

Ens ho podíem haver imaginat. Era d'il·lusos pensar que, qui nou dies abans protagonitzava una fuga presidencial que ja ha passat a la història de l'esperpent al costat de la del Dioni, aniria al Parlament a fer alguna cosa més que arronsar-se. El valor ve de fàbrica, no s'adquireix en nou dies. No es vegi això com una crítica, al contrari, la por és el que ens fa subsistir com a espècie.

Jo mateix em poso al lloc del pobre Puigdemont i, si hores abans de sortir a proclamar la república, perdó, l'«estat en forma de república», veig per TV3, precisament la TV3 que tant ens ensabona, aquella reunió informal de Junqueras, Marta Rovira i el president d'Òmnium en un pati, corro a buscar un pont, canvio de cotxe i no paro fins a França. I que em busquin.

Tots els catalans no abduïts que van veure el trio discutint sobre el procés, la CUP, el futur i Catalunya, es van adonar d'un fet incontestable: no hi ha pla B. No hi pot haver pla B per la senzilla raó que no hi ha pla A. Tot és improvisar, tirar endavant i a veure què passa.

Els tres personatges parlaven del futur de tots nosaltres amb la mateixa despreocupació que els amics parlem a la barra del Fogons dels pits de la cambrera. I amb igual actitud d'homes d'estat. Només que, per assolir l'objectiu, nosaltres estem disposats a buscar la pròpia ruïna, no la de la resta de catalans.

En Puigdemont devia veure clar que ens acostem a alguna cosa més greu que el desastre econòmic i polític del país: ens acostem al ridícul més absolut, si és que no hi estem ja immersos. Per això en lloc de l'esperada declaració d'amor a la nova república va optar pel tòpic que tots hem patit algun cop: t'estimo molt, però només com a amic, és que no estic preparat per a una relació.

Després, els catalans van tenir unes hores de depressió, però aviat van començar a veure l'ampolla mig plena, animant-se els uns als altres com es fa amb l'amic a qui ha deixat la dona: cosa que no estaria malament, si no fos que l'ampolla està del tot buida. De fet, mai no hi ha hagut ampolla, ni cambrer que la servís, ni bar on demanar-la, i l'empresa que les fabricava ha marxat de Catalunya. Amb tots aquests factors, és comprensible que en Puigdi comparegués una hora tard.

- Toc, toc. President? Es fa tard, hauria d'anar sortint. Abans potser hauria de saber que han marxat dotze empreses més, que Europa ens gira l'esquena, que en Rajoy prepara el 155 i que el poden condemnar a presó. President? Ho ha sentit?

- Mmmpfffxííííí."

Puigdemont, el nostre De Gaulle de butxaca

El periodista va seguir atentament la compareixença de l'expresident de la Generalitat, de manera que ha pogut traduir al català i per a tots els lectors la majoria d'afirmacions que va fer en la seva particular llengua.

1 DE NOVEMBRE

Feia dies que pensava de quina manera es podien haver fet pitjor les coses en el procés, com es podia haver fet més el ridícul, de quina forma es podia haver dut a terme pitjor, i no me'n sortia. Creia que era impossible, que el Govern català havia assolit la perfecció absoluta en aquests àmbits. Però mai no es pot subestimar la capacitat de Puigdemont & Cia. L'estrambòtica fugida a Brussel·les de l'expresident i de set exconsellers ja bastarien per fer-los passar a la història de l'esperpent. Però fins això va ser superat per la roda de premsa posterior. Diria que, ara sí, que ara la vergonya és ja insuperable, però no m'atreveixo a arriscar-me, amb aquesta colla un no es pot aventurar.

Els militars històrics francesos han exercit sempre una estranya atracció sobre els homes que pateixen deliris de grandesa. Fins no fa gaire el favorit era Napoleó, tots tenim frescos en la memòria còmics i tebeos d'algú que amb camisa de força i un embut al cap, creia estar dirigint els dracs a Austerlitz. Puigdemont, més modern, s'ha decantat per De Gaulle, potser perquè també es deia Carles. Si el general francès va fugir a Anglaterra per, des d'allà, llançar missatges radiofònics a la França lliure encoratjant-la a la resistència enfront l'invasor, l'expresident català ha triat Bèlgica. Un té la impressió que la d'ahir va ser només -Déu s'apiadi de nosaltres- una de les moltes compareixences amb què, gràcies a la inestimable col·laboració de TV3, ens donarà la tabarra els dies vinents, com un De Gaulle baixet. No li va faltar més que començar dient «Catalunya ha perdut una batalla, però Catalunya no ha pas perdut la guerra». Hauria sortit amb un quepis si el pentinat no li ho hagués impedit.

Com volent donar la raó a qui va dir que a vegades parlar idiomes només serveix per quedar com un idiota en diverses llengües, en De Gaulle/Puigdemont va llegir un discurs en tres idiomes diferents (?), esperant que els que no comprenguessin res del que deia ho atribuïssin al desconeixement d'una llengua o l'altra, i no a la seva incapacitat de dir res que tingui sentit. El podria haver fet en xinès mandarí i el resultat hauria estat idèntic.

En consideració als lectors, i com expert que sóc en llengua puigdemònica, passo a traduir els fragments més interessants. Quan, com un De Gaulle de butxaca, insta els ciutadans, sindicats i no sé quanta gent més a defensar les institucions catalanes, en realitat està dient: «Torneu a posar la cara davant les porres si és necessari, i si us la trenquen mala sort, per això sou els pringats, que si l'1-0 jo m'ho mirava des de casa, ara m'ho miraré des de Brussel·les». De fet, la marca d'un bon cop de porra a les costelles ajuda el bon ciutadà a recordar com de valents són els polítics i com pensen sempre en ell, cada dia quan se la veu al mirall. És una llàstima que no durin més temps.

Seguim, com li agrada dir a l'expresident. Quan demana a l'Estat espanyol que respecti el resultat de les properes eleccions autonòmiques, en realitat no està dient res, és pura demagògia. Sempre s'han respectat els resultats de totes les eleccions, si de cas no s'ha respectat que el guanyador de les eleccions pretengui saltar-se la llei. Quan assegura que tornarà a Espanya si té garanties d'un judici just, en realitat està dient: «Em fa més por la presó que haver de tornar a treballar, que ja és dir». Quan assenyala que només s'ha desplaçat a Bèlgica per fer palès el problema català, que en cap cas era una fugida, està dient: «No he comentat abans quina por em fa la presó?» Quan afirma que la República continua endavant i que el govern segueix treballant, ni tan sols intenta dir res, únicament són acudits, en consideració a tots els periodistes desplaçats a Brussel·les, que tenen dret a divertir-se en país tradicionalment tan avorrit. A ningú no se li pot exigir valentia, ni tan sols a tot un expresident, però sí que se li pot demanar almenys una mica de vergonya. Que fugint d'aquesta manera de la llei, més que com en De Gaulle ha quedat com el Dioni.

Estimat diari: a Brussel·les fa molt fred

3 DE NOVEMBRE

Dia 7 de la independència. Estimat diari: A Brussel·les fa molt fred. Fa dies que sóc aquí i encara no m'han rebut a la Comissió Europea com a president del nou país. Tinc preparat un discurs en cinc idiomes, aquest cop canviaré de llengua a cada paraula en lloc de fer-ho a cada fragment. Els catalans innovem en la forma de declarar la independència i en la de pronunciar discursos. Això serà quan m'avisin. De moment, espero. Ahir vaig trucar al mòbil d'en Juncker per demanar-li dia. Quan vaig dir que era en Puigdemont, qui em va respondre va titubejar i em va assegurar ser la criada colombiana del senyor Juncker, i que aquest s'ha convertit a l'islamisme i està de pelegrinatge a la Meca. Que ja m'avisarà quan torni. Per ser colombiana tenia la veu molt masculina i accent centreeuropeu. Potser estava constipada. A Brussel·les fa molt fred.

Em trobo sol. Passo les hores redactant decrets. Una república nova és el que té, demana molta burocràcia. Millor, així passa el temps de pressa. Entre els musclos amb chips del dinar i els musclos amb chips del berenar, he creat el Banc de Catalunya –nota: recalcar en sis idiomes que no té a veure amb Banca Catalana– he adjudicat el control de fronteres a un conegut, i he nomenat Pilar Rahola gran mariscal de l'exèrcit català. M'he assegurat l'assistència a la paella de casa seva l'estiu vinent. Nota: demanar-li a la Pilar que no hi posi musclos. Els començo a avorrir.

M'hauria agradat estar acompanyat d'en Junqueras. Li vaig dir que algú s'havia de quedar a la nova república en la meva absència. El vaig enganyar. En realitat a l'hotel ens van dir que si venia en Junqueras, eliminarien el bufet lliure. Que l'empresa no ho aguantaria. He rebut un WhatsApp d'en Rajoy: que no em preocupi, que els anys vinents l'alimentació d'en Junqueras i tot el Govern anirà a càrrec d'Espanya. Bon paio, en Rajoy. I divertit: al final del WhatsApp ha posat tres emoticones de cares rient. Sempre he cregut que les relacions amb

Espanya millorarien. Nota: demanar-li a Rajoy si es voldria fer també càrrec de la meva alimentació, que un nou estat no està per despeses.

A Bèlgica ningú em tracta de president. Deu tenir a veure amb el fet que ells són una monarquia i nosaltres una república. (Nota: abans dels musclos amb chips del sopar, emetré el decret de conversió de Catalunya en monarquia. Quedarà bé una corona amb el meu pentinat?). Només els cambrers d'aquest hotel em diuen monsieur le président tothora. Després de dir-m'ho, riuen i es donen cops de colze mentre m'assenyalen. Deu ser la forma belga de mostrar respecte.

A la tarda m'ha semblat veure en Juncker al carrer. Quan l'he saludat, m'ha assegurat que no era ell, que es diu Nancy i que és una criada colombiana. Ha marxat amb pas apressat, movent les natges com només ho fan les colombianes. Em dec haver confós.

He rebut WhatsApp d'en Santi Vila. Que m'espera a Madrid, que ell i la resta del govern ja hi són. Que tots volen felicitar-me per l'excel·lent idea de tirar endavant la DUI. Que no trigui, que em troben a faltar. Noto que m'estimen.

Un cambrer m'acaba de dir monsieur le président. Escolto riallades. Quin orgull, presidir la nova república.

Estimat diari: ja dec tres nits

7 DE NOVEMBRE

Dia 8 de la independència. La república catalana funciona a tot drap. No sé res d'en Junqueras, això vol dir que no hi ha problemes. *No news good news*, he sigut periodista. He demanat que m'enviïn per valisa diplomàtica una maleta plena d'euros catalans. Brussel·les és cara. Cada vegada que pagui musclos amb patates, cinc cops al dia, mostraré els bitllets amb la cara d'en Trapero (5 euros), la Rahola (10), la Garcia Melero (20), en Laporta (50), la meva senyora (100) i jo mateix (200). Vam aprofitar les fotos de la paella de Cadaqués. Als de 500, com a homenatge a l'amor, hi surten Jordi Pujol i Marta Ferrusola. A l'amor a aquests bitllets, s'entén. Seguim.

Dia 9 de la independència. M'enyoro tant que aquesta nit -la cervesa belga és de graduació alta- m'he enfilat al Manneken Pis per ferli un petó al cul, com si fos la lleona de l'estimada Girona. Uns joves em tiraven monedes, una mare tapava els ulls al fillet, i un vianant ha trucat a la policia. He pogut fugir, especialitat de la casa. Jo he quedat xop i els pantalons, inservibles.

Dia 10 de la independència. Em desperta d'hora tota la comitiva del viatge presidencial. És a dir, en Matamala. Hem de gravar un missatge televisiu als catalans. Jo preferia que m'entrevistés en Sanchis, però la darrera vegada va inundar el terra de baves -m'estima, no ho pot evitar- i a Bèlgica no hi estan habituats. Optem per un missatge senzill, gravat per en Matamala a l'habitació de l'hotel, que vegin els catalans que duc una vida austera (nota: la valisa diplomàtica no arriba). De mig cos, que encara no tinc pantalons i vaig en calçotets. Per la resta, impecable: corbata, camisa, americana i pin.

Presa 1: s'interromp perquè sona el telèfon de l'habitació. No era ningú del Govern, *no news good news*. Era recepció, em recorden que dec dues nits.

Presa 2: s'interromp pel soroll de l'aspirador al passadís.

Presa 3: s'interromp per una sobtada necessitat presidencial (nota: menjo massa musclos amb patates).

Presa 4: la dona de la neteja entra sense trucar. Es posa a riure en veure'm en calçotets. No fa cas quan li demano intimitat, dient que si els catalans tenen pressa, ella encara en té més i que vol acabar perquè li queden 37 habitacions.

Presa 5: s'interromp perquè en Matamala també menja massa musclos.

Dia 11 de la independència. Continua sense rebre'm cap autoritat. L'advocat ha aconseguit que em rebi un jutge belga. Més val això que res. La reunió al despatx del jutge dura tot el dia. Parlen en neerlandès i no entenc res de res, o sigui que en surto satisfet. De tant en tant l'advocat s'enduia el dit índex a la templa i el feia girar, llavors el jutge em mirava i assentia amb el cap mentre apuntava coses en un full. Jo somreia i també assentia.

En Rajoy m'envia un WhatsApp amb imatges del barri gironí de Vila-roja, que s'ha proclamat espanyol. Deu ser una broma d'en Mariano, no conec cap barri anomenat així. De fet, no conec cap barri de Girona. A Girona no hi ha barris, i si n'hi ha, no eren cosa meva.

Avui em visiten 400 alcaldes, cadascun amb la seva vara. El primer èxit de la nova república ha sigut fer que els alcaldes trobin utilitat a la vara: serveix per agitar-la a l'aire mentre em victoregen. El segon èxit, que tants alcaldes puguin abandonar els seus municipis sense que ningú els trobi a faltar, és mèrit d'ells mateixos.

És un miracle que la nova república funcioni amb tal perfecció. No teníem res preparat, ni estructures d'estat, ni suport internacional (nota: preguntar a en Romeva a què es dedicava en tots els seus viatges, a més de gastar diners), ni res. Teníem, això sí, el poble enganyat. Però això no té mèrit.

Truquen de recepció. Que ja dec tres nits. I que faci el favor de no rebre les empleades en roba interior. Han afegit *«monsieur le président»*. He escoltat riures. *No news good news.*

Estimat diari: m'he comprat una guitarra

10 DE NOVEMBRE

Dia 14 de la independència. Estimat diari: m'he comprat una guitarra. D'alguna cosa hem de menjar en Matamala i jo mentre no arriben les divises. La primera intenció era guanyar-me la vida en aquest país tocant la trompeta mentre una cabra s'enfilava a una escala, tal com he vist en alguns reportatges sobre gitanos emesos per l'aquí enyorada TV3 (nota: enviar una postal a en Sanchis, la seva existència lluny de mi no té sentit, segons m'ha dit entre petons cada vegada que m'ha trobat). Aconseguir l'escala i la trompeta no revestia dificultats, una altra cosa era la cabra. En Matamala, sol·lícit tot el viatge, s'ha ofert a enfilar-se a l'escala, argumentant que el seu cabell blanc ajudaria a fer-lo passar per tan indòmit animal. He rebutjat l'oferiment. No perquè dubti de la capacitat alpina d'en Matamala, sinó perquè he recordat que no sé tocar la trompeta. M'he comprat una guitarra. D'alguna cosa m'havia de servir tocar el *Let it be* a la paella de cals Rahola a canvi d'un grapat d'arròs (qui el tingués). He decidit canviar el repertori, emmotllar-lo al país. Pels carrers de Brussel·les tocaré *Ne me quitte pas*, de Jacques Brel. Un president hauria d'estar exempt de guanyar-se la vida pels carrers, però les coses han vingut així i toca acceptar-les. En Junqueras, en Romeva i tota la resta, vivint a cos de rei a la nova república, i el president passant penúries. Trista és la vida dels herois, mal m'està dir-ho. M'he comprat una guitarra. Potser em repeteixo.

Em diuen que el parlament flamenc ha rebutjat reconèixer la independència de Catalunya per 95 vots contra 4. No és que m'importi, aquests parlaments regionals van sempre amb retard i Catalunya fa dues setmanes que és independent, per més flamencs que es posin els flamencs. Això només passa en aquests parlaments antiquats, que permeten discutir les mocions i parlar l'oposició, que tenen en consideració l'opinió dels serveis jurídics i que en alguns casos extremadament endarrerits, inclús admeten que els diputats votin. El món serà molt millor quan s'imposi arreu el sistema parlamentari català:

tirar pel dret segons l'opinió del president, i quan algú es queixa se li explica que estem seguint el mandat del poble. Amer, per descomptat, que és el meu poble. La proposta de reconeixement flamenca de Catalunya va sortir d'un grup d'extrema dreta. De fet, les adhesions més fraternals que he rebut -i les menys, ja que mentre no arribi la d'en Juncker són les úniques- són de grups d'extrema dreta. Això m'hauria de fer pensar. (...) Ja he pensat: m'he comprat una guitarra.

Ahir em van visitar 200 alcaldes catalans. Cridaven president-president, com si em fes falta que m'ho recordessin. Els deuen haver arribat veus de les meves llacunes de memòria. M'he comprat una guitarra. Alguns em van donar diners. D'altres me'n van demanar. En vaig sortir tan pobre com havia entrat. A final vam cantar *Els Segadors*. No em van deixar cantar Brel. Em va fer il·lusió que entre ells hi hagués la Marta Madrenas. No perquè sigui alcaldessa de Girona, sinó perquè va ser col·locada a dit, com jo. Aquestes coses agermanen. Vam quedar de fundar un club. Li vaig demanar diners. No me'n va donar però em va permetre que li cantés una estrofa de *Ne me quitte pas*. I no obstant va marxar a agafar el vol de tornada.

A Catalunya hi ha hagut vaga. El 2010 vaig escriure al Twitter que «això dels piquets que barren el pas, que impedeixen serveis, etc., em sembla lamentable». Naturalment, em referia només a vagues que demanen millores laborals i tonteries semblants. Quan són vagues patriòtiques, s'ha de canviar «lamentable» per «desitjable». O millor, per «premiable».

Ha vingut la Terribas a entrevistar-me per la ràdio. Només em falta rebre la visita del Club Super Tres. Fiu, fiu. M'ha portat una carta perfumada d'en Sanchis. Bona noia, ha seguit fil per randa el guió que li vaig enviar (nota: proposar el crit «Els mitjans de comunicació seran sempre nostres» en properes manifestacions), amb la salvetat que no m'ha deixat cantar ni ha permès a en Matamala fer la cabra. M'he comprat una guitarra.

Estimat diari: és la darrera vegada que t'escric

14 DE NOVEMBRE

Dia 18 de la independència. Estimat diari: és la darrera vegada que t'escric. Em vull concentrar en la política. S'acosten les primeres eleccions de la nova república i no vull que em passi com en Churchill, que les va perdre després de derrotar l'enemic. Després de Junts pel Sí, ara ve Junts per Catalunya. Jo hauria preferit Junts per Puigdemont o millor encara Junts per Mi, que fa més justícia a la meva vàlua, però se'm va rebutjar argumentant que millor dissimular. En Juncker encara no m'ha rebut. Ni el primer ministre belga. Ni el Rei. Ni l'alcalde de Brussel·les. Ni el director de l'hotel. Només el representant dels cambrers, per dir-me que, si no hi ha més propines, s'acaba el tractar-me de *monsieur le président*.

L'únic que m'aprecia és en Rajoy. M'ha enviat un lot de caganers del pessebre, amb les figures de Carme Forcadell i de la resta de membres de la mesa del Parlament. No sé quina simbologia oculta. Forcadell és la persona més honrada que conec, si va assegurar que no faria mai un pas enrere, és que no el farà. Tres o quatre, podria ser. Només un, segur que no. És dona de paraula. Una heroïna.

El cap de setmana vaig rebre la visita de Presidentmàs i alts càrrecs de PDeCAT. Dies abans, la d'alcaldes catalans. Aviat vindran autobusos carregats de ciutadans de Catalunya a retre'm vassallatge. M'agrada que em venerin. Entre altres coses, perquè m'ho mereixo. Però a vegades és molest no poder fer res sense que surti algú a dir que ha sigut una jugada mestra. Ahir se'm va escapar una ventositat, amb perdó (nota: la dieta de musclos, patates i cervesa, provoca gasos) i ja corre per Twitter que va ser una jugada mestra del president. Potser ho va ser, amb els genis mai se sap. Haig de trucar en Sanchis perquè hi dediqui un 30 Minuts i a en Partal perquè n'escrigui un editorial. Jo mateix em meravello del gran estratega que sóc. Des que Presidentmàs em va col·locar a dit a la presidència del Govern, no he fet més que tirar endavant sense pensar i sense consultar amb ningú. Els que estem tocats pels déus no necessitem planificar. Tot el que fem, surt bé, ja sigui expulsar gasos o proclamar independències.

Una TV belga m'ha convidat a intervenir en un programa de matinada. Demano què paguen. Responen que una ració de musclos amb patates i un joc de ganivets de cuina que els va sobrar la setmana passada. Accepto. Tot sigui per Catalunya. I per menjar calent.

Ja torno a ser aquí. Molt satisfet d'haver pogut emetre al món un missatge de la nova república catalana, també és cert que breu i intercalat entre el guió que m'han donat en arribar al plató. El programa era estrany, amb públic al plató i jo enfundat amb el que han anomenat «corrector postural». Deu ser típic de Bèlgica, com la barretina a Catalunya. El discurs del president Puigdemont –quan m'han presentat així, el públic ha esclatat en riallades, en aquest país caic bé– ha sigut aquest: «El nou corrector postural magnètic t'ajudarà amb els molestos dolors d'esquena. Beneficia't de la teràpia magnètica i no sentis més dolor» (aquí he intercalat un Visca Catalunya no previst en el guió, que ha sigut celebrat pel públic amb més riallades). «Realitzat amb materials de qualitat, inclou 12 imants estratègicament situats per millorar la circulació i reduir el dolor i l'estrès de la vida diària» (aquí he assegurat que l'OTAN no ha de patir, que seguirem fidels a occident: un càmera ha hagut de ser reanimat, s'ofegava). He acabat dient que «disposa de politges ajustables i està format en un 45% de neoprè transpirable, un 35% de polièster i un 20% de cotó». Confesso que he estat a punt de confondre els percentatges i situar el del cotó en un 3%. La força del costum. He acabat amb un crit, ja mític, de «Seguim», que tot el públic ha repetit a cor. Han captat el missatge. Alguns s'han fet fotos amb mi. D'altres s'han menjat els musclos aprofitant que jo em feia fotos. Tinc gana. Canvio joc de ganivets per tros de pa.

Adéu, estimat diari. Torno a Catalunya. Ja que els darrers dies tothom ho està explicant, ho puc admetre jo: tot ha sigut una farsa. Es tractava de fer veure que érem independentistes, de fer veure que organitzàvem un referèndum i de fer veure que proclamàvem la independència. Com que tot era fals, mai ningú ens podria acusar de ser independentistes, d'organitzar un referèndum ni de proclamar la independència. O sigui, es tractava de no fer res perquè ningú ens pogués acusar d'haver fet res. De quedar igual que estàvem, potser una mica pitjor. Una jugada mestra. Com totes les meves.

La broma infinita

16 DE NOVEMBRE

No em fan cap pena els que es van deixar enredar amb la independència. Es tenen ben merescudes la frustració, la depressió i els plors, perquè qualsevol persona que s'hagués aturat a pensar durant un minut hauria vist la farsa. No calia ser gaire intel·ligent per adonar-se que tot era una gran mentida, la prova està que jo fa anys que ho escric.

Reconec que hi ha gent a qui li costa posar a funcionar les neurones, aquests tenen disculpa. És el cas del pobre Tardà, que ha trigat dos anys a fer comptes i concloure que un 48% de vots no és majoria. Conec alumnes de preescolar que compten més de pressa. O d'en Puigdemont i en Junqueras, pretesos estadistes que han trigat dos anys a descobrir que Espanya s'enfadaria, que Europa no voldria saber res d'ells i que les empreses marxarien. Ho han estat negant fins abans-d'ahir. Argumenten ara que van voler evitar vessament de sang, ells, els mateixos que es miraven des de casa com vessaven sang els ciutadans als quals van enviar a defensar urnes. O d'insignes opinadors com Toni Soler, Bernat Dedéu, Enric Vila i tants altres, que ara -ara!- descobreixen que han estat enganyats. Durant dos anys han dimitit de periodistes i han exercit de massatgistes del poder. No tenien -diuen- prou informació per saber que tot era una farsa, però sí que la tenien -es veu- per assegurar que tot anava sobre rodes. Al Japó, tots aquests fracassats desapareixerien de la vida pública amb l'expeditiu sistema de tancar-se al despatx amb una espasa curta, i només seria cosa d'entrar al cap d'uns minuts a recollir-ne les despulles. Aquí no som tan dràstics, però un mutis per sempre més ens el podrien regalar.

Vana esperança. Ja comencen a engalipar-nos que les eleccions vinents seran un referèndum o plebiscitàries o el que sigui, i que si guanya el sobiranisme, la independència serà un fet. Els sona? Això sí que és la broma infinita i no la de Foster Wallace.

Revolució fleuma

2 DE DESEMBRE

Que els exconsellers i els dirigents d'exlobbies independentistes vulguin sortir tant sí com no de la presó encara que sigui sota la ignomínia de fer marxa enrere, mira, és comprensiu, ja vaig escriure fa dies que en vigílies de dates nadalenques veuríem de quina pasta estan fets, i, pel que sembla, és plastilina. El que em sorprèn és la gent fleuma que els encoratja a acatar-ho tot i a renunciar al que calgui a canvi de sortir, i per si això no fos suficient, ho fa amb un infantil «us volem a casa» -vull suposar que cadascú a la seva, no vull creure que alguns hagin passat de seure un pobre a taula per Nadal, a seure-hi un conseller- com si estiguéssim parlant de nens que tornen de colònies i no de líders d'una suposada, i ja sé que és molt suposar, revolució.

Instar els líders a trair la causa a canvi de deslliurar-se de la presó preventiva demostra com de lluny estava Catalunya d'assolir no ja la independència, sinó qualsevol insignificança que requerís una mica de coratge, no sé, un simple partit de futbol nadalenc. Si a la que tanquen uns dies a la presó els caps d'una revolució, la gent ja els demana que reneguin de tot i que surtin en llibertat, millor quedem-nos a caseta jugant al Pictionary i deixem les revolucions per als qui se les mereixen. No imagino els sud-africans enviant missatges a Mandela: «Nelson, et volem a casa, si cal digues que els negrets som inferiors i que ja ens va bé la segregació, però tu, torna». Ni els comunistes italians suplicant a Gramsci que abracés el feixisme però que, si us plau, deixés la presó. No, i si els ho haguessin demanat, els haurien engegat. O es tenen principis o no se'n tenen –bé, també es poden deixar aparcats uns mesos, com en Lluís Llach, però no és habitual– i això va tant per als que són a la presó com per als que els reclamen que s'abaixin els pantalons.

Quins temps, aquells en què als ehem, revolucionaris, només se'ls demanava que aguantessin, que es mostressin ferms.

2017

Aprendre dels contes

6 DE DESEMBRE

Hi ha un conte de Roberto Fontanarrosa en què cinc caçadors, enmig d'una tempesta de neu i perseguits per 300 llops, troben un refugi abandonat i s'hi tanquen. Un cop instal·lats, descobreixen que un d'ells fa cinc dies que porta enganxada al peu una trampa per a ossos, i ja té la cama gangrenada. Per tant, decideixen tallar-l'hi.

-T'han tallat mai una cama? - li pregunten. L'home -«després de pensar-ho durant uns moments», postil·la amb sorna Fontanarrosa- respon que no, però s'hi avé.

Quan el tenen adormit, els altres quatre acorden que, ja que l'extremitat tallada no servirà de res, poden llançar-la als llops i mentre aquests s'entretenen amb el tiberi, aprofitar per fugir tots cinc, ajudant l'amic sense cama.

El final del conte els presenta arribant sans i estalvis al poble. Però no tots cinc, només quatre. Finalment van optar per un petit canvi: llançar als llops el company amputat i endur-se amb ells la cama. Així els llops van estar més estona entretinguts i ells van caminar més descansats. Una simple qüestió de lògica.

Fa dies que catalans que no tenen problemes per arribar a final de mes no parlen d'altra cosa que del «viatge a Brussel·les», es veu que una simple Via Catalana a tocar de casa ja fa pobre, s'hi apunten fins a descamisats per si donen *bocata*. Brussel·les és una altra cosa. És Europa, s'hi pot comprar xocolata, enfilar-se a l'Atomium i fer-se *selfies* amb bufanda groga. Els pobres que ho mirin per TV, que és el que els toca. L'excursió és folklore, no li busquem raons polítiques. A la gent li preguntes en què li ha canviat la vida des que el govern està en mode no operatiu, i es queda tan muda com quan li preguntes quins articles de l'Estatut va amputar el TC, i això que diuen que aquesta amputació va ser origen de tot.

Com en el conte de Fontanarrosa. I com en aquest, s'han de deixar de banda els sentiments. La peregrinació de benestants a Brussel·les tindrà utilitat només si entre tots convencen Puigdemont que torni amb ells cap a casa, que sí, home, no siguis tonto, ja veuràs com no et passa res. I un cop aquí, que se'l mengin els llops mentre la resta tirem endavant. Simple qüestió de lògica.

L'home de l'abric

16 DE DESEMBRE

Entre la molta propaganda política que m'ha arribat a casa, hi ha la d'un senyor que surt sovint a la TV, caminant pel bosc. L'he reconegut a l'instant, no només per l'inusual pentinat, sobretot per l'abric fosc que llueix durant les seves passejades forestals. Un passejant solitari pel bosc, amb abric llarg i un somriure estrany –qui somriu, quan passeja sol pel bosc?– resulta inquietant: en qualsevol moment et crida, pst-pst, des de darrere d'un arbre mentre s'obre l'abric per mostrar-te el que preferiries no veure. Als meus fills grans ja no els espanta, estan avesats a tot, però l'Ernest, de només vuit anys, quan el veu tremola. Jo aprofito cada aparició televisiva per alliçonar-lo.

- Si mai vas pel bosc i apareix un home com aquest, arrenca a córrer, no li facis cas si et vol donar un caramel.

O sigui que obro la carta i m'apareix el tio de l'abric fosc. Amb l'abric fosc. Es veu que encapçala una candidatura, però després de capgirar el sobre, sacsejar-lo, desmuntar-lo i regirar-lo, no he trobat programa electoral. De fet, no he trobat una sola proposta. Només un fullet amb la llegenda «Perquè torni el president, s'ha de votar el president», i una carta que, tot i dirigir-la a mi personalment, comença dient-me «Benvolguda, benvolgut», com si dubtés de quin sexe assignar-me, com si al bosc hagués perdut discerniment. Explica després que hi ha una «violació continuada dels drets civils» –interpreto que al bosc on viu– que la candidatura «neix recollint el clam del carrer» -oblida concretar a quin carrer es refereix, o almenys de quina població- i que farem «un país amb més oportunitats per a tothom».

En resum, demana el vot però no realitza ni una sola proposta, no llisca una sola idea, no esgrimeix cap estratègia. Tal com diu el fullet que acompanya la carta, el vot servirà únicament perquè torni a casa el senyor de l'abric, a passejar pels nostres boscos en lloc dels belgues, massa freds. Ja faig bé d'advertir l'Ernest, mai se sap.

2018

Des de l'exili -que en diu ell-, en Puigdemont es considera el president legítim, però el Constitucional no permet la seva investidura a distància, i Torrent, president del Parlament, ho acata tot i les crítiques de JxC i la CUP. El jutge del Suprem Pablo Llarena, envia a presó als ex consellers Jordi Turull, Josep Rull, Raül Romeva i Dolors Bassa, i la ex presidenta del Parlament Carme Forcadell. Al març, Carles Puigdemont és detingut a Alemanya, i dies després l'Audiència Territorial acorda deixar-lo en llibertat sota fiança i en denega l'extradició. Al maig és investit president Quim Torra, el candidat designat per Puigdemont des de Berlín. L'1 d'octubre tenen lloc incidents protagonitzats pels CDR durant la commemoració del primer aniversari de l'1-O.

2018

Enhorabona als que van rebre

5 DE GENER

Si és vostè dels que l'1 d'octubre passat va rebre algun cop de porra mentre posava el seu cos entre un policia i una urna, enhorabona, és un afortunat. És afortunat, naturalment, amb el benentès que el cop de porra no fos fatal i es trobi en aquests moments reposant sota terra, però com que en aquest cas no estarà llegint això, em permeto felicitar-lo novament: enhorabona.

Vostè potser ho ignora, però en lloc d'estar dolgut pel que considera amb raó una agressió, hauria d'escriure una carta d'agraïment al ministre de l'Interior, sigui qui sigui, ja que en realitat li va impartir una lliçó que no oblidarà mentre visqui, una lliçó dolorosa, si vol, però ja se sap que la lletra, amb sang entra. Quan aquests dies, les declaracions dels representants dels dos principals partits independentistes, expresident a la fuga inclòs, van en el sentit de mirar d'aconseguir pactes, de constituir una legislatura que es dediqui a «governar» -reconeixement implícit que en l'anterior es van dedicar a altres menesters- i de, en fi, oblidar vel·leïtats passades i intentar que Catalunya torni a tenir un autogovern com el que tenia no fa gaires mesos, vostè recorda. Perquè vostè té la sort de poder mirar-se al mirall, observar que encara li queda la marca -amb sort, una cicatriu- que va deixar en el seu cos una porra utilitzada amb exquisida contundència per un antiavalots vingut de vagi a saber on, i aleshores exclamar amb ulls plorosos: així, aquesta trompada, me la van fotre per a res?

Efectivament, li van fotre per a res, ja és hora que en prengui consciència, a vostè i a tots els il·lusos que van fer cas als nostres polítics. Tot i que Policia i Guàrdia Civil s'hi van aplicar amb intensitat, van ser només una minoria els que van rebre la lliçó en el seu propi cos, uns pocs afortunats. Els havien assegurat que calia defensar les urnes, que ens trobàvem a les portes d'una república i que si aconseguíem salvar la democràcia de les urpes del malvat Estat espanyol, el món seria nostre, què dic el món, el cel. Tot mentida. I molts ciutadans s'ho van creure. Però no es preocupi. Mentre a d'altres encara els aconseguiran enganyar una altra vegada i totes les que s'escaiguin, vostè està vacunat. Quan li tornin a demanar sacrifici semblant, recordarà que l'impacte de la porra, la sang i el dolor han servit únicament perquè el president vagi a viure tan ricament a l'estranger i tots junts, tots els que li van demanar que es trenqués la cara per la causa, es presentin a les eleccions autonòmiques convocades per en Rajoy i ara posposin la independència, allò que vostè pensava estar ajudant a néixer amb la seva sang, fins a un futur indeterminat, tan indeterminat i abstracte que amb sort aviat ningú la recordi. Aleshores respondrà, amb tota tranquil·litat, que es posi davant de l'urna la senyora mare que va parir el polític de torn, i qui diu el polític de torn diu el president d'alguna d'aquestes entitats que organitzen manifestacions i demanen diners i/o sacrificis, sempre aliens.

Afortunat ciutadà que va rebre una estomacada: no sap com l'envejo. A vostè ja no hi ha qui l'enredi. Sí, és cert que la por que van passar els que se'n van lliurar pels pèls també ensenya a desconfiar. Però no compari amb la marca que deixa al cos, no diguem ja a l'ànima, una bona trompada, més encara quan aquesta es demostra inútil, quan vostè entén que va ser utilitzat.

De què va servir jugar-se el físic pels polítics? De res, a vegades la vida ensenya a cops de porra. Enhorabona.

2018

La plaça de l'1 d'octubre

22 DE GENER

Les coses com siguin, és un gran encert de l'alcaldessa de Girona canviar el nom de «Plaça de la Constitució» pel de «Plaça de l'1 d'octubre de 2017». Els noms de places i carrers serveixen per ensenyar història, i igual que ara li explico al meu fill qui va ser el General Mendoza que dóna nom a un carrer, un dia li hauré de respondre què va passar l'1 d'octubre de 2017.

Gràcies al nomenclàtor ciutadà, les generacions futures sabran que un llunyà 1 d'octubre els polítics catalans van enviar indefensos ciutadans a defensar urnes mentre ells s'amagaven, alguns inclús de manera tan indigna com canviant de cotxe sota un pont, com el Molt Honorable, ja veus fill meu que en aquells anys l'honorabilitat no és que es vengués barata, és que es regalava. Gràcies al canvi de nom, sabran també els nostres fills que l'1 octubre els catalans van votar convençuts de les paraules dels seus polítics, creguts que aquests haurien preparat alguna cosa, ja no dic una estructura d'estat sinó un petit gest, però que en veritat ni tan sols van retirar la bandera espanyola de la Generalitat i van fugir com rates, oblidant promeses. Tot això són fets que no han de quedar en l'oblit, realment és necessària una plaça que recordi que els polítics catalans han sigut sempre covards i ignominiosos. Nosaltres, els que suportem diàriament la immoralitat de la política catalana, en tenim proves sobrades, però hem de pensar en els nostres descendents. Res millor que posar a una plaça un nom que retrati per a la posteritat la banda de covards i mentiders que ens governen. Que sàpiguen les generacions futures que un polític català és sempre sinònim de triler.

«Plaça de l'1 d'octubre» ho diu tot. Hi ha d'altres noms igual d'explícits que van ser descartats per massa llargs, com «Plaça dels governants més falsos que un euro de fusta», «Plaça del govern que incomplia les promeses» o «Plaça dels polítics catalans i mentiders, valgui la redundància». Inclús, atès que la majoria de decisions dels polítics catalans semblen preses en plena borratxera, s'havia valorat posar-li «Plaça del Vi», segurament el nom més exacte. Tan etílicament exacte que ja existeix i és precisament on està domiciliat l'ajuntament que ha pres la decisió del canvi de nom.

La nostra mantinguda

6 DE FEBRER

La proposta d'un president oficial a Barcelona i un de simbòlic a Brussel·les és ideal perquè reflecteix el caràcter català, la tradició de tenir una esposa oficial i una mantinguda. La primera a casa i amb tots els papers en regla, la segona ben lluny i fent-li creure que sí, que t'estimo molt però de moment això nostre no pot ser, potser d'aquí a un temps, de fet amb la meva dona no anem bé, un dia d'aquests li demano el divorci, et tractaré com una reina, etc. El que calgui per enganyar-la i que no emprenyi. El primordial per als catalans, ara, és casar-nos via investidura amb una pubilla que acontenti tothom, primer de tot els parents de Madrid. A en Puigdemont ja li muntarem a Brussel·les una merceria, com s'ha fet tota la vida, o qualsevol altre negoci perquè sembli que es guanya la vida i salvi les aparences, que tampoc no és cosa que els belgues l'assenyalin pel carrer i li diguin coses lletges.

És bàsic que la mantinguda es cregui imprescindible, trucar-li de tant en tant per demanar-li el parer sobre unes cortines que la senyora vol posar al menjador o sobre quina estratègia política seguir. Després no li farem ni punyeter cas, però la trucada ja haurà satisfet prou el seu ego. I si en lloc de posar-li un piset amb rentavaixelles, li hem de posar un xalet de 4.500 euros al mes, se l'hi posa. A les mantingudes és millor tenir-les contentes, que si no, acaben muntant escàndols i al final surten més cares.

Simular que sense ella no podem viure és regla d'or per tenir-la feliç. En el cas d'en Puigdemont no costarà gens, perquè realment ho creu. Només cal dir-li una vegada que la nostra vida, la dels catalans, no tindria sentit sense ell. Somriurà melosament i amb els llavis imitant la tendresa dels remugants pronunciarà les tres paraules màgiques, que ja no són «T'estimo, xato», com en les mantingudes d'abans.

- Ja ho sabia.

I feliç com un ginjol. Una mantinguda feliç es pot dedicar al *dolce far niente*, des d'anar de compres a fer discursos per skype, i a nosaltres ens entreté en moments de tedi. Sí, és clar que se li han de fer regals, però n'hi ha prou amb unes calces Dior o una manifestació amb globus grocs. Les mantingudes amb qualsevol cosa es conformen, només volen viure bé.

La pel·lícula de la Boya

La cupaire és tan poca cosa que ni sap que és poca cosa, i ignora que la seva citació no era contra ella, sinó contra els peixos grossos del procés

17 DE FEBRER

La Boya és tan poca cosa que ni sap que és poca cosa, i per tant ignora que la seva citació al jutjat no era contra ella, sinó contra els peixos grossos del procés. Així que, ufanosa, li diu al jutge que tot anava de debò, que res de simbolisme, que totes les maniobres que es van fer durant els deu dies que feren riure el món es dirigien a trencar Espanya. Creia, pobreta, que així mostrava valentia, quan en realitat mostrava idiotesa: la seva declaració servirà per acusar els que de debò importen, i per mantenir a presó els que ja hi són. Per això el jutge la va enviar cap a casa, ja tenia d'ella exactament el que buscava: una nova incriminació contra els que aleshores formaven part del govern, de la mesa, del nucli dur. I després d'haver donat una volta més de clau al forrellat dels Jordis, Junqueras i cia, va sortir del jutjat aixecant el puny. Angeleta.

La pregunta pertinent, ara, és si la Boya es creia realment prou important perquè el jutge es preocupés per ella, o si era conscient d'estar desmuntant la defensa –feble, però l'única que tenen– dels empresonats i els pròfugs, consistent a jurar que tot va ser una broma i *que viva la Constitución*. Dit més clarament, la pregunta és si la Boya és curta o malànima, sense que cap de les dues virtuts impedeixi alhora l'altra. Si això fos una pel·lícula, les imatges de la cupaire Boya fent-se l'heroïna després d'haver dit a jutge i fiscal allò que precisament volien sentir, es combinarien amb un pla zenital del pati d'Estremera, amb tot de presos intentant impedir que en Junqueras es continués donant cops de cap contra els murs de la presó, mentre aquest crida al cel –primer pla: cara ensangonada– «Gilipolleeees!». És clar que si fos una pel·lícula de sèrie negra, avui la Boya descansaria al fons del mar amb sabates de ciment, com els passa als membres de la banda que surten completament lliures i sense càrrecs amb el beneplàcit de jutge i fiscal, senyal que han cantat.

Com per demostrar que de curta o de malànima –recordin que està per dilucidar– no hi ha qui la guanyi, la Boya va aconseguir també que Rovira, Pascal i Mas, que estan citats a declarar la setmana vinent i es juguen la presó, es recordessin de tota la seva família. En la pel·lícula s'escoltaria un dels tres pronunciant al telèfon una misteriosa frase: «que sembli un accident». Fosa a blanc. Imatge de la immensitat del mar. Fosa a negre. Boya.

En Trapero se'n va a Madrid

23 DE FEBRER

Molta gent estarà avui al costat –simbòlicament, que en aquest país tot es fa simbòlicament– de Josep Lluís Trapero, citat a declarar davant del jutge. És normal. Hi ha una bona part de catalans als quals els va semblar fantàstic que l'1-O els Mossos d'Esquadra –els caps, no parlo dels agents– desobeïssin el jutge i obeïssin, en canvi, el Govern de la Generalitat. Presumptament, de moment, però el fet és que als independentistes els sembla bé que la policia estigui sota les ordres del govern i no dels jutges. I és natural que així sigui. Una policia que no estigui sota control judicial és molt més efectiva que una que hagi de retre comptes o inclús obeir els funcionaris judicials. El raonament d'aquests catalans és molt democràtic: oi que el govern ha sigut elegit pel poble i els jutges no? Aleshores és normal que si el govern ordena a la policia que s'abstingui d'obeir el jutge, la policia se n'abstingui. I viceversa: si el Govern ordena a la policia que actuï, qui és el jutge per immiscir-s'hi. Això va de democràcia, que diuen aquells, i res més democràtic que obeir els representants del poble. La història ens demostra que, efectivament, un cos policial que depengui només del govern de torn és extraordinàriament efectiu. Ja als anys 30 es va crear una policia així, que no estava sotmesa a cap control jurisdiccional i depenia directament de l'executiu. Tal com va declarar aleshores un expert jurista, en una frase que avui poden repetir milers de catalans en suport a Trapero, «Mentre la policia compleixi la voluntat dels líders polítics, estarà actuant legalment». Aquella policia dels anys 30, que funcionava com un rellotge, es va dir Gestapo. I vaja si va fer feina, no hi ha com alleugerir la burocràcia perquè una policia funcioni a ple rendiment.

Ja que tot són avantatges, deu ser aquest tipus de policia el que ens hauria esperat en una Catalunya independent, en l'hipotètic cas que algun líder del procés hagués cregut realment en tal independència. Sense haver de passar per les sempre farragoses ordres judicials, el govern podria ordenar a discreció escoltes telefòniques, detencions, requisaments, i amb el temps, per què no, desaparicions, sempre pel bé del país. *Sensu contrario*, podria impedir que s'iniciessin investigacions o actuacions que perjudiquessin els interessos, també del país. Amb el benentès que a Catalunya, i des de temps immemorials, «país» és sempre un eufemisme per «interessos propis». A bones hores estaria CDC sota sospita si la policia hagués depès directament del Govern. No em diguin que no els vénen ganes de viure en una Arcàdia així.

I els catalans, contents. Al català sempre li ha agradat més tenir amos que governants, i aplaudiria fins a dir prou, com ja ha aplaudit Trapero fins a sagnar-li les mans, reconeixent-li el mèrit de no obeir la justícia. De fet, la característica principal del català és que està content amb qualsevol actuació dels seus amos, mentre estigui embolicada amb un llacet groc: si un polític fuig, és un líder. Si es queda, és un líder. Si va a la presó, és un líder. Si surt sense càrrecs, és un líder. Si diu que ens ha enganyat, és un líder. I si diu que tot està acabat però impedeix des de l'estranger formar Govern, és el líder suprem. Doncs amb la policia, igual: els mossos sempre seran nostres, i avall que fa baixada.

Perquè quallin les falses promeses, és necessari que uns tinguin la clau i els altres es deixin tancar. Això ho va dir un altre alemany, Rudolf Olden, també als anys 30.

La senyora del Vivales treballa

9 DE MARÇ

Publicava el diari *ABC* fa un parell de dies que la pobra senyora d'en Puigdemont, que havia quedat a l'atur per un ERO en la seva antiga empresa, ha sigut fitxada per la televisió pública La Xarxa, dependent de la Diputació de Barcelona. La Marcela presentarà un programa setmanal de dues hores i cobrarà 6.000 euros mensuals. Després diran que les mobilitzacions no serveixen de res. N'hi ha hagut prou amb una vaga femenina perquè les coses canviïn i les dones comencin a cobrar el que mereixen. I el que mereixen és això, 6.000 euros de l'ala per haver sabut casar-se. Seguim.

El missatge és clar, i és bo que es propagui precisament la setmana del 8 de març: dones del món, si voleu que els vostres sous s'equiparin als dels homes, què dic, que els superin inclús, caseu-vos amb qui toca. Veureu com us plouen les ofertes laborals, i dic laborals per inèrcia, perquè dues hores setmanals ni aquest nom mereixen. Algú pot pensar que són poques hores de feina, però aquesta és la millor manera de conciliar la vida laboral i la familiar, hem de pensar que el marit de la Marcela viu a prudent distància, de la justícia em refereixo, no d'ella. I encara algú altre –sempre hi ha envejosos– pot creure que són massa diners, però s'ha de tenir en compte que el marit de la nova estrella televisiva no té ingressos i la vida a Brussel·les és cara. Més val que el mantingui la seva senyora que no que ho hàgim de fer tots els catalans, tot i que ben pensat el sou de la Marcela el pagarem entre tots. Sigui mantingut per la seva senyora, sigui mantingut per tots nosaltres, el que està clar és que en Puigdemont s'ha acostumat a viure sense treballar. Al final tindrà raó el meu pare, que, amb el bon ull que dóna l'edat, me'l va definir com un Vivales –pronunciï's en castellà–, paraula que feia dècades que no sentia, immillorablement recuperada.

Tot és començar. La primera dama –encara que sigui una primera dama simbòlica– ha trencat l'escletxa de gènere, i la resta de catalanes rebran aviat ofertes similars. Si no totes, sí almenys les que ho mereixen per motius polítics i/o familiars. Tal com afirmaven sense rubor alguns convergents –o com es diguin ara– en saber-se la nova feina de la primera dama simbòlica, «cal ajudar la nostra gent», frase que podria haver sigut pronunciada pel mateix Vito Corleone. La Pilar Rahola, també amb una recompensa en forma de quota de pantalla pública i diner ídem, demostra que el cas de Marcela no és excepcional, que les dones catalanes s'estan empoderant, signifiqui això el que signifiqui.

Que una diputació sufragui les despeses de «la nostra gent», més que justícia poètica, és de manual. Les diputacions serveixen per això, per col·locar amics i familiars, per repartir diners als nostres i per perpetuar el nepotisme. El lema de tota diputació, que hauria de figurar a sota de l'escut, és: «Els diners públics són de tots, i si són de tots no són de ningú, així que a gastar com si no hi hagués demà». En llatí, és clar.

Encara ahir, en un nou missatge, el Vivales pròfug assegurava que el procés que el malvat Estat espanyol ha avortat, era «també pels drets de totes les persones i la igualtat efectiva de les dones». Mentre tal igualtat no sigui efectiva, cal col·locar la senyora, que les grans revolucions comencen a poc a poc i si és possible en la pròpia família. De la resta de dones ja ens en preocuparem un altre dia. Mentrestant, diners al calaix. Seguim.

El nou programa de tv3

"Potser algú, algun dia, li farà entendre a Puigdemont que la seva tossuderia és la principal raó de la paràlisi del país"

16 DE MARÇ

Una de les escenes més impactants de la grandiosa *El hundimiento* és quan un Hitler, completament fora de la realitat, reuneix els seus generals al voltant d'un mapa i els comença a explicar els plans per guanyar la guerra. Els generals, que saben que la guerra està completament perduda, es miren uns als altres de reüll mentre el seu *führer*, totalment guillat, assenyala aquí i allà, i no para d'explicar l'estratègia: «Mentre la segona divisió de pànzers ataca per aquí, les tropes d'en Von Papen encerclaran l'enemic per allà i...». La realitat és que ja no hi havia pànzers ni Von Papen ni res, que la derrota era un fet. En Hitler continuava una guerra que ja només existia al seu cap.

En Puigdemont em va fer recordar aquesta escena l'altre dia, quan va obrir a TV3 les portes del palauet de Waterloo: «En aquesta sala farem les reunions de govern, i en aquesta altra seran rebuts els dignataris estrangers, allà residiran els membres de la seguretat, i...». El Vivales continua també una guerra que només existeix al seu cap, mentre al seu voltant tot s'està esfondrant. No hi haurà dignataris estrangers, no hi haurà reunions de govern i la seguretat, en l'improbable cas que algú que no és ningú la necessités, se l'haurà de pagar ell mateix, cosa que significa que s'obrirà un acapte popular que l'hi sufragui. El problema del Vivales és que, com li passava a en Hitler, la gent del seu voltant no s'atreveix a explicar-li la veritat: Deixa-ho estar, Carles, de debò, no t'hi facis mala sang, a Catalunya ja ningú es recorda de tu, allà el que volen és formar govern i deixar-se d'històries.

De tota manera, les semblances entre *El hundimiento* i «La casa de la República» van durar poc al meu cap. Només fins que a l'expresident i actual pròfug se li va posar cara de baronessa de Liechtenstein mostrant la seva casa a *l'Hola*, no li va faltar més que canviar de vestuari unes quantes vegades en el mateix reportatge. La falta de glamur el va condemnar, i allò que evocava el pobre en el publireportatge de

TV3 era el Bertín Osborne de *Mi casa es la tuya*. No descartem que el que es va emetre fos el programa pilot, i que a partir d'ara cada setmana veiem un convidat que va a cal Vivales a cuinar i explicar la seva vida. Amb un davantal que dugui escrit el nom del programa, «La meva casa de la república és la teva», i repetint el bertinesc *«Jo, macho»*, cada vegada que els convidats expliquin el que sigui, potser el Vivales acabarà guanyant-se la vida per si mateix, i tot això que ens estalviarem els catalans.

Ahir mateix, l'alcaldessa i tots els regidors gironins del seu partit van visitar la casa, és de suposar que per cuinar i, després, al sofà, explicar-li que l'independentisme va de baixa fins i tot en aquesta ciutat.

- *Jo, macho*- va respondre l'expresident, després de reflexionar una estona.

Més endavant vindrà la Rahola a jurar que fa 300 anys que no la deixen parlar català, un motorista amb els musclos per sopar i la Terribas a fer-hi el programa en directe per commemorar 25 anys d'exili. Per a tots ells tindrà una frase càlida i amable.

- Jo, macho.

Potser algú, algun dia, li farà entendre que la seva tossuderia és la principal raó de la paràlisi del país. I potser aquell dia, ell engolarà la veu, es posarà a lloc el llacet groc, intentarà configurar vanament una expressió èpica i, finalment, dirà la frase més intel·ligent que haurà pronunciat en tota la seva carrera política:

- *Jo, macho.*

Poca lectura i molt d'ego

26 DE MARÇ

Les causes de la caiguda de Puigdemont són dues, a saber: un ego desmesurat i poques lectures. L'ego el va empènyer a abandonar la confortable Bèlgica. S'hi trobava segur, sí, però el país quedava petit a qui creu ser alhora la reencarnació de Mandela i Luther King. El Vivales trobava a faltar adulacions, elogis i aplaudiments, ja no n'hi havia prou amb les periòdiques entrevistes-massatge dels mitjans públics catalans, necessitava una *tournée* per Europa, com un Buffalo Bill crepuscular. El món mereixia el premi d'escoltar-lo, els més afortunats de veure'l i els elegits pels déus, de tocar-lo. Tampoc és que xerrar davant d'universitaris de Hèlsinki sigui un gran què, però que coi, fins i tot ell és conscient que, com a molt, interessa només a uns pocs estudiants que, gràcies a fer veure que l'escolten, s'estalvien una classe. Ja s'encarregaria després TV3 de tractar la xerradeta com si hagués parlat a l'assemblea general de l'ONU.

Com més petit és un home, més necessitat té de semblar gran. El problema arriba quan a tanta petitesa s'hi suma manca de lectures, si bé això no és exclusiu del Vivales, sinó extensiu al seu cercle, amplíssim cercle de pilotes. Si haguessin llegit, només una mica, no els vull demanar esforços sobrehumans, s'estarien molt d'omplir-se la boca amb el mot «repressió». Sabrien que, quan Companys va declarar l'Estat Català (menys que una independència), el govern espanyol (de la República!) va decretar l'estat de guerra, l'exèrcit va ocupar Generalitat, Ajuntament de Barcelona, carrers i carreteres, i va portar un vaixell que va servir de presó a tot el Govern català i 3.000 persones més. Van morir una quarantena de civils i molts van ser condemnats a duríssimes penes. Abans de titllar de repressió un 155 de pa sucat amb oli i una desena d'empresonats, llegeixin.

Ja sé que entre anar a comprar bufandes grogues, trobar palauets bé de preu –o malament, és igual quan un no paga– i assajar discursets buits -no és fàcil, algú altre ho intenta i segur que sense voler pronuncia una frase d'interès- no hi ha temps de llegir. Però home, almenys una novel·la, com la colossal *Berta Isla*, de Javier Marías. En especial allò que li recorda a la Berta el representant d'un estat, és igual quin estat: «La gent és molt temerària quan ens desafia, i molt ingènua».

Revolució de pa amb tomàquet

29 DE MARÇ

La història me l'explicava fa poc algú que va ser regidor d'una ciutat gironina, capital de comarca. En una de tantes guerres de banderes que els darrers anys tenen lloc a cada ajuntament, i sabent que es preparava una mobilització contra la bandera espanyola, van aprofitar per fer reformes a la façana del consistori, així que s'hi va instal·lar una bastida i es van treure totes les banderes del balcó. Fora problemes. El dia assenyalat –no sé si l'11 de setembre, el patró de la població o qualsevol altre que servís d'excusa–, un grup d'independentistes, amb tota la parafernàlia homologada al damunt, es va dirigir a l'ajuntament, on no van trobar cap bandera. Van veure aleshores el regidor en un bar del costat, i li van preguntar on era la bandera espanyola. Aquest els va explicar que les havien tret totes a causa de les obres. La resposta del cap dels manifestants encara li ressona:

-Doncs poseu-la, que volem protestar!

L'anècdota reflecteix a la perfecció el caràcter dels catalans, sempre necessitats de trobar un adversari, una causa que els permeti clamar al cel per les atàviques injustícies de què són objecte. Els catalans, si no tenen un enemic, es troben orfes, i la necessitat de buscar-lo provoca situacions tan ridícules com la Pilar Rahola declarant en una entrevista –no sé si a l'Argentina, comprenguin que pel que cobro no tinc l'obligació de saber-ne detalls– que fa 300 anys que no la deixen parlar català, quan no són pocs els seus compatriotes que pagarien perquè estigués sense parlar-lo ni que fos 3 minuts; o com la burgesia del Liceu cridant «Llibertat!», quan l'única llibertat que mai els ha interessat és la de mercat o, estirant llarg, la d'unes hores aquesta nit per anar a veure la *querida* així que hagi deixat la pesada de la senyora a casa; o com els manifestants que exigeixen un motiu d'ofensa, que un no surt de casa amb tota la parafernàlia per no poder cridar ni una trista vegada «puta Espanya» o «els carrers seran sempre nostres».

Els darrers dies, amb la murga dels CDRs, acrònim que ha fet fortuna perquè queda més *cool* que dir-ne grup-de-nens-que-juga-a-larevolució-en-les-seves-hores-lliures, s'ha tornat a demostrar. Surten de casa, tallen una carretera, molesten només als seus conciutadans, a Espanya li importa un pebrot i no diguem als jutges alemanys, i tornen a casa amb la satisfacció de la revolució ben feta. Un ja no sap contra què protesta ni què pretén, però el sol fet de protestar ja deu voler dir que hi ha motiu de protesta i, per tant, un enemic, que d'això es tracta. Quan siguin avis, explicaran a qui els vulgui escoltar que de joves van fer la revolució, i si algú els demana detalls esperant una història de misèries, privacions, heroisme, sang i rebel·lió, ho explicaran:

-Vam anar a cridar a la sortida de l'autopista, i els que volien entrar a Girona es van haver d'esperar!

-Ah, està bé. I després?

-Després vam anar a casa a veure si sortíem per TV3. Vols que t'ensenyi la gravació? Encara la guardo, és el més important que he fet a la vida i...

I l'interlocutor ja no hi és, ha fugit.

Si una cosa hem après d'aquests dies de protestes inútils, de revolució de pa amb tomàquet, és que als catalans ens agrada tant el victimisme, el tenim tan arrelat, que quan hem de dur a terme mobilitzacions i protestes les fem de manera que ens perjudiquin a nosaltres mateixos i a ningú més. No cal que ningú ens putegi, ho sabem fer tots sols. Els capullos seran sempre nostres.

Preparem la trenca

9 D'ABRIL

No és que m'agradi tirar aigua al vi dels que ja estan comprant filferro per construir la frontera catalana, però voldria fer notar que la jutgessa alemanya de no sé quin estat impronunciable, no ha reconegut la independència de Catalunya, ni tan sols el dret a decidir, de fet ni deu saber què coi reclamen alguns catalans, inclús potser es pensa que Catalunya és una cala de Mallorca. S'ha limitat a dictaminar que no cal que l'expresident català dormi a la presó, perquè la violència que va haver-hi a Catalunya no era suficient per amenaçar l'Estat espanyol. I ja està. Així que en *Puigdi* al carrer. Com una setmaneta abans. Això és tot. No negaré que per ell tingui importància, perquè acostumat a un tren de vida de *business class*, una setmana de ranxo penitenciari és cruel, i des d'aquí li desitjo que segueixi menjant musclos de gorra molt de temps. Però no arribo a comprendre què té a veure la llibertat provisional d'un pres amb la independència. De les reaccions exagerades d'alguns, es diria que la jutgessa de nom tan impronunciable com el seu estat, ha redactat una nova constitució catalana en substitució de la nonada de l'exjutge Vidal, ha traçat sobre un mapa d'Europa les fonteres de la república catalana i ha decidit vestir calces amb el dibuix de l'estelada fins a nova ordre, tot en un sol dia.

Fa la impressió que la catàstrofe del procés ha provocat que ara hàgim de considerar victòria transcendent qualsevol minúcia, tingui a veure o no amb la independència. D'aquí a res, ens manifestarem amb motiu de la comunió dels fills dels reclusos, de fet el pas lògic després d'haver patit (nosaltres, no ells) la seva sobreexposició lacrimògena als mitjans.

Això, suposant que algú encara recordi que en un principi el procés anava d'independència, cosa que dubto. La crua realitat és que després de la llibertat de l'expresident, ens trobem demanant l'amnistia dels engarjolats i la formació d'un govern que permeti retirar el 155 i recuperar l'estatut. O sigui, «Llibertat, amnistia, estatut d'autonomia», tanta història per acabar tornant a reclamar el que vam aconseguir fa 40 anys. Perquè després diguin que el procés no ha servit de res: com a mínim per sentir-nos joves. No ens falta més que abrigar-nos amb una trenca, taral·lejar *Libertad sin ira* i esperar l'arribada del pujolisme.

2018

La Girona de l'autoajuda

20 D'ABRIL

Ja vaig escriure en el seu moment que posar de nom «Plaça de l'U d'Octubre» a una plaça de Girona és molt assenyat, és bo que els ciutadans recordin sempre el dia que van ser enganyats, el dia que els polítics que els havien enviat a defensar urnes s'ho miraven des de casa, tot pensant encertadament que sempre és millor que si s'escapa un cop de porra, el rebi el poble. La meva alegria es va multiplicar ahir, quan l'Ajuntament va mostrar la placa: a més del nom que ha de recordar per sempre als gironins que no s'han de fiar dels seus representants polítics, conté la frase «Només hi ha una cosa pitjor que l'oblit. No saber que s'oblida», i afegeix que tan profund pensament és obra del filòsof (?) Xavier Antich, es desconeix –això no costa, la placa té un espai limitat– si després de la ingesta d'unes ampolles de *tintorro* caducat. Tant és, el més important de les frases de llibre d'autoajuda és que no signifiquin res, ja que això implica que a ulls dels analfabets –i afortunadament d'això n'anem sobrats– ho signifiquin tot.

Girona inaugura una nova moda, cosa que és sempre motiu d'orgull. A la d'exportar alcaldes per convertir-los primer en presidents no votats per ningú i més tard en pròfugs de la justícia, hi suma la d'afegir cursileries a les plaques dels carrers, fins ara tristes perquè només duien això, el nom del carrer. Avui és Xavier Antich qui té l'honor de dir la seva, però continuant al mateix nivell de *best sellers* d'autoajuda, és d'esperar que Paulo Coelho i Jorge Bucay tinguin aviat frases en el nomenclàtor ciutadà, com per exemple «Qui estima esperant una recompensa està perdent el temps», sentència del primer molt apropiada per postil·lar el nom d'alguns dels molts carrers de Girona que acullen pisos de xineses dedicades al noble art del massatge amb final feliç. «'Tenir formatge fa feliç'. Dr. Spencer», «'M'estàs parlant a mi? M'estàs parlant a mi?'. Travis Bickle», o «'Sóc un truà, sóc un senyor'. Julio Iglesias» són altres alternatives. Personalment, ja que visc al passeig d'Olot, demanaria que s'afegís al nom del meu carrer «'Qui no carda a Olot, no carda enlloc'. Anònim», i a l'avinguda Sant Narcís, que acull el bar Fogons, on bec cerveses i miro el futbol entre fauna ben variada, li escauria el també anònim «Com més cosins, més endins».

L'important per a una ciutat és crear una marca que la faci coneguda. Si Girona ha apostat per ser la capital mundial del provincianisme, bo serà mostrar-ho als visitants des de l'instant que la trepitgin i aixequin la vista per saber a quin carrer es troben. El provincianisme és inherent als gironins, una sub-raça dels catalans amb etern complex d'inferioritat respecte de la capital. Del que es tracta ara és de potenciar aquest provincianisme fins a cotes universals, i cal reconèixer que la idea de frases cursis a les plaques dels carrers, ho aconsegueix.

«Només hi ha una cosa pitjor que l'oblit. No saber que s'oblida». I avall, que fa baixada. Ara vagin a saber si el presumpte filòsof Antich es referia a una nòvia que el va abandonar, a un examen que va deixar en blanc en l'època d'estudiant, o –el més probable– se li va ocórrer un matí de diumenge quan, ressacós, no trobava on havia deixat aparcat el cotxe. No hi fa res, la frase compleix amb tots els requisits per a formar part de la història contemporània de Girona, ja que comparteix amb aquesta ciutat els trets que la caracteritzen: buida, ridícula, pedant i construïda només de cara a la galeria.

La dura vida fora de la ciutat

27 D'ABRIL

És lleig que qui escriu un article en sigui el protagonista, però a vegades no hi ha remei. Així que sí, era jo qui fa uns dies vaig acompanyar un familiar a un poble de la Catalunya profunda, tan profunda que el 21-D el vot independentista hi va arribar al 84%. L'home m'havia comprat uns mobles i jo l'ajudava en la mudança. Ja em veuen a mi, estirant la corda d'una politja, just a sota de dues pintades de –calculo– uns 50 m2 cadascuna demanant la llibertat dels «presos polítics». Mentre estirava per pujar el somier i el matalàs, sentia Junqueras dient-me que amb la meva força i una politja com aquella podria escapar de la garjola. No divaguem. Només acabar els treballs –respiració accelerada, mans segades–, un paio que era a la plaça del poble es va acostar –no gaire, a uns deu metres, aquesta gent és prudent– i em va cridar: «Ja et val, aquests articles que escrius! Quina cara que tens!» i coses per l'estil que, naturalment, em vaig agafar rient. Executada l'heroïcitat, va tornar a seure al banc, satisfet d'haver dut a terme l'acte més revolucionari de la seva vida. Coses com aquesta em rellisquen, fa temps que tinc gravat a foc el primer manament del procés: en pots escriure cada dia si és per elogiar-lo, però si és per criticar-lo, una sola vegada és suficient per ser considerat... (escrigui aquí l'adjectiu que desitgi).

Pensen que la cosa acaba aquí? Il·lusos. Recordin que som a la Catalunya profunda, en un poble d'encara no 3.000 habitants, potser la zona zero del procés. L'endemà, un conegut –als pobles es coneix tothom– a la vegada que destacat membre del CDR de la vila, va telefonar al meu familiar:

-Bona nit, sóc l'X. Pots parlar?

Un «pots parlar?» sempre posa en guàrdia, a menys que es dirigeixi a un mut i s'esperi un miracle. No és el cas del meu familiar, que es va estranyar però va respondre que sí, que podia parlar, com ho ha fet cada dia des de fa més de 70 anys.

- Bé, errr... és que tot el poble va ple d'un rumor, i t'ho vull preguntar directament: és cert que llogues la casa a l'Albert Soler?

Acabàrem. En veure'm traginar mobles, els veïns –potser el mateix que em va increpar, potser d'altres que miraven des de la finestra, amagats rere la cortina– van creure que tindrien de veí un pèrfid periodista capaç de no elogiar el procés, on anirem a parar. Afortunadament per les úlceres veïnals, el familiar va explicar la veritat, que només el vaig ajudar en una mudança.

- Ah, d'acord, gràcies. Doncs vaig a fer unes trucades, per calmar els ànims.

Malgrat que ho pugui semblar, la conversa és qualsevol cosa excepte intranscendent. Noti's que no va ser deguda al fet que el presumpte nou veí fos un terrorista buscat per Interpol, un pederasta que acabava de sortir en llibertat o un violador d'indefenses monges. No, això encara. Els ànims s'havien de calmar perquè hi havia rumors que era un periodista desafecte al règim.

Converses com aquestes s'han escoltat al cinema –em veig com el foraster que arriba a un poblet i en entrar al *saloon*, tothom queda callat, i a sobre el bàrman no el vol servir–, però em resistia a creure que tinguessin mai lloc a Catalunya. Terra d'acollida, en deien, ara sé que a tall de broma, d'aquest país que comença a fer por. A la ciutat ho ignorem, però ha de ser molt dura la vida als pobles per als que no combreguen amb el pensament únic.

El meu familiar hauria d'haver contestat que sí, que m'hi trasllado a viure. Només per curiositat. Bé, i per riure, què coi.

Anna Gabriel té problemes

30 D'ABRIL

El primer problema de l'Anna Gabriel va ser creure's que en Puigdemont era un exiliat. Jo l'entenc, pobra Anna. Ella aquí, mirant d'arribar a final de mes, i TV3 anomenant cada dia «exiliat» en Puigdemont, mentre ofereix imatges dels seus sopars, les seves sortides a l'òpera, i el seu palauet de Waterloo, tot plegat sense vinclar l'esquena ni de casualitat. «Coi, això de ser exiliat pinta bé», es va dir la diputada de la CUP. Així que es va tallar els cabells, es va vestir bé, i es va plantar a Suïssa, que posats a fer vida d'exiliat, millor fer-ho on hi ha pistes d'esquí, balnearis i jet-set de tot el món, i no a la trista Bèlgica dels musclos amb patates fregides.

El segon problema de l'Anna Gabriel ha sigut no trobar feina a Suïssa, on la vida no és precisament barata. Aclarim-ho: no troba la feina que ella creu que mereix, o sigui ben retribuïda i descansada, a poder ser en alguna universitat. Suïssa, que ha sigut terra tradicionalment d'exili des de líders de la comuna de París a perseguits pel nazisme-, ha vist com homes i dones revolucionaris –de debò, no com la Gabriel– i amb talent –de debò, no com la Gabriel– hi treballaven arreglant sabates, ajudant flequers o fent de pagesos, però sempre amb dignitat, no com la Gabriel. El mateix Bertolt Brecht hi va malviure en circumstàncies precàries, sense tenir res més que la seva vella màquina d'escriure, que traginava a tot arreu. La Gabriel, cabellera al vent, look de pija helvètica, prefereix fer el pena i demanar diners als catalans, abans que embrutar-se les mans. És el que té ser exiliat de *business class*, que no et conformes amb qualsevol cosa.

El tercer problema de la Gabriel és que ha cregut que la recopilació dels seus discursos (!!) en un llibre (*I parlarem de la vida!*, es diu la cosa), pot reportar-li algun guany. Sort que els seus companys, que saben que els pensaments de la Gabriel no interessen ni els seus familiars més propers, segurament ni a ella mateixa, han organitzat un concert benèfic aquest cap de setmana, la recaptació del qual ha de permetre que tan il·lustre exiliada continuï fent la vida que ha dut fins ara a Suïssa, que es resumeix en la bonica expressió italiana de *dolce far niente*.

2018

La Gabriel encara no sap que no és ningú. Quan se n'adoni, serà el seu quart problema, però el principal.

2018

Elsa, la lleona

8 DE MAIG

Elsa Artadi tindrà nom de lleona, però la pinta que gasta és d'haver caigut en política directament desembarcada d'un veler de la Christmas Race palamosina. O del telecadira de Baqueira. Si mai arriba a presidenta –a presidenta del que sigui, el cas és presidir–, la primera norma que aprovarà serà que en les recepcions oficials els brindis s'hagin de fer obligatòriament amb el dit petit estirat.

Mentre això no pren forma, l'esperança blanca del procés fa bolos per televisions i ràdios, i tot onejant a costat i costat una cabellera rossa tractada amb el millor suavitzant del mercat, demostra estar al cas de les noves tendències, i ara no em refereixo a la moda, que també, sinó a tendències semàntiques. «La prioritat és fer república», va declarar, aconseguint no afegir un «ho juro per Snoopy». «Fer república» és, en aquests moments, l'expressió més in entre la gent del procés, no s'escolta menys de cinc vegades al dia. Quan ja està clar que el procés no ha servit absolutament per a res, és just admetre en el seu favor que com a mínim ha aportat expressions que mai hauríem conegut. Ha creat des del «tenim pressa» fins al «seguim», des de «els el-que-sigui seran sempre nostres» fins a «sortir de la zona de confort». Ara toca el «fer república» i l'Artadi, quina una per saltar-se una moda, la utilitza sempre que pot.

Ni fer una república, ni fer la república. Fer república, així, sense article. Una expressió completament buida, vàcua, per això queda bé només en boca de polítics igualment buits i vacus, que afortunadament a Catalunya no en falten. Els nens petits fan caca, la gent bruta fa pudor, els adolescents fan manetes, i els polítics que haurien de procurar governar el país d'una punyetera vegada fan república.

- I de quina manera la fan?- es deuen preguntar vostès, o almenys aquells de vostès que encara tenen criteri.

Doncs dient-ho de tant en tant per TV3. Fer república no és res més que acostar-se a un micro i declarar que fem república. D'igual manera que el procés no ha sigut res més que acostar-se a un micro i declarar que fem procés. No hi ha res més, de fet no hi ha ni tan sols article.

Ara que, fer, el que se'n diu fer, el que em fa l'Artadi a mi, és vergonya.

El despatx com a símbol

14 DE MAIG

Comencen temps de dificultats, a Catalunya. La primera la patiran TV3 i Catalunya Ràdio, que tenen el peculiar costum d'avantposar el mot «president» al cognom del president, recordin Presidentmàs. No he vist que es faci amb Rajoy, Trump o Macri, posem per cas. Deu ser per un complex d'inferioritat, com si Catalunya fos tan poca cosa que calgués investir el seu representant d'un to solemne i recordar-ne el càrrec a cada moment, ja que pel seu aspecte ningú diria que fos res. Amb en Torra, la cosa no serà fàcil. «President Torra» sona igual que «presidentorra», un superlatiu femení que evoca voluptuositat, corbes, sensualitat, fam sexual. Un està tan tranquil al sofà, escolta que per la tele parlen de la presidentorra de Catalunya i imagina que com a substituta del gris Puigdemont s'ha elegit una barreja de Kim Kardashian i Christina Hendricks. A mi em va passar ahir, el desengany que vaig patir en aixecar la vista i trobar la pantalla ocupada per un senyor que imita el pentinat d'Anasagasti va ser dels que fan època. No diré que no tingui corbes, de fet asseguraria que a sota del vestit n'amaga unes quantes, però flonges. Una presidentorra és una altra cosa, per favor. Els mitjans haurien de ser més curosos i no crear falses expectatives.

Presidentorra, per cert, també patirà dificultats. S'ha filtrat que l'anterior president, el que va fugir deixant enrere feina, família i país, no vol que presidentorra utilitzi el seu despatx. Cadascú té les seves manies, i les de Puigdemont no es limiten a declarar independències simbòliques, sinó que van més enllà. Com tots els nens petits, té un sentit acusat de la propietat, si utilitza alguna vegada una cosa, la que sigui -un despatx, un càrrec, un país- se'l fa seu per sempre. No serà estrany veure presidentorra despatxant en un Viena proper a la plaça de Sant Jaume, no sigui que en Puigdi s'enfadi. Si per un despatx es posa així, imaginin per la presidència, per això tothom s'entesta a repetir que el càrrec de presidentorra és provisional –més que un president, tenim un alferes– cosa que, per contraposició, ens du a la conclusió que la presidència de Puigdemont seria vitalícia, com les de

Kim Jong-un, Idi Amin, Mussolini i altres grans estadistes. El despatx és un símbol, ens recorda que com més lluny tinguem en Puigdi de les nostres vides, millor.

La manada de les creuetes

25 DE MAIG

El que fan els CDRs és vell. Molestar els catalans i perjudicar Catalunya -ja sigui tallant carreteres, ja sigui empastifant les platges de creuetes- no és més que violència de gènere. A l'engròs, però violència de gènere. T'estimo molt, ets la meva vida, però si no ets com jo i només jo vull que siguis, et faré la vida impossible. Et pegaré, et violaré, i si ni així t'avens a obeir-me, ho sento molt però et mataré, seràs meva o de ningú, tant és que et diguis Catalunya o Antònia. I com que és seva, es permeten dur-la a garrotades pel bon camí -el que ells consideren bon camí-, si se'n desvia un mil·límetre. Els que apallissen la senyora i els que maltracten Catalunya són uns covards que, en no tenir valor d'enfrontar-se al seu enemic real -la seva pròpia frustració o el Govern espanyol, és igual-, l'emprenen a cops amb qui tenen més a prop i saben que no es defensarà.

Però bé, com que en aquest país ens toca aguantar-nos si no volem ser titllats d'insolidaris i botiflers -això anant bé, perquè si qui ens acusa ha passat un mal dia a l'oficina, ens apujarà el grau fins a «feixistes» o «falangistes», així, tal com sona-, proposaré modestament algunes solucions de compromís, que ajudin a la convivència. La primera, si em permeten, serà la d'habilitar platges específiques on els plantadors de creuetes es vagin a divertir. Igual que hi ha platges per a gossos, hi pot haver platges per a CDRs, on uns i altres puguin fer les seves necessitats -ensumar el cul als congèneres, plantar creus, etc.- amb tota llibertat. I el que és més important, sense molestar la gent estranya que quan va a la platja no aspira a res més que espatarrar-se al sol, remullar-se cada X temps i mirar tetes. Si m'apuren, fins i tot gossos i CDRs podrien compartir les mateixes platges, sempre que les protectores d'animals no hi vegin maltractament. En aquests espais acotats, a més, es podran moure amb tota llibertat, sense necessitat d'anar lligats. I els gossos, tampoc. Per arrodonir-ho, res no faria més feliços els quissos de platja que una munió de creus contra les quals poder aixecar la pota quan la bufeta és plena. Això podria ser l'inici d'una gran amistat entre els dos col·lectius.

L'altra proposta va dirigida als catalans normals, si és que encara es considera normal la gent que ni talla carreteres, ni pega a la senyora, ni clava creus a les platges. Aquests també poden col·laborar. M'explico. Hem d'entendre que és molt dur per a les persones que caminen amb un llacet groc al pit, un pin dels presos polítics, un fulard groc al coll i l'enganxina d'una estelada al mòbil, que ningú els faci cas. Preparar tot el *kit* requereix una bona estona i és frustrant que després, pel carrer, no és que ningú es molesti, és que ni tan sols els miren, no valoren la gran tasca d'*atrezzo* que hi ha al darrere. Davant la indiferència dels vianants, és normal que decideixin dur a terme accions més emprenyadores a les carreteres, a les platges, als carrers o on sigui, a ningú li agrada que es menystingui la seva feina. Ells només volen emprenyar, per Déu! No ens costaria res, als normals -si és que encara ho som, recalco- insultar els que duen llacet groc, simular que ens ofèn el seu aspecte, escopir al seu pas. Ja sé, ja sé que en realitat tant se'ns en fot, però no costa res fer-ho veure, així ells seran feliços i, el que és més interessant, no es veuran en l'obligació d'embrutar platges. Pensaran que ja ens han molestat -que ja han donat una plantofada a la senyora-, i tan contents. Són una manada. La manada de les creuetes.

Un país sense ultradreta

29 DE MAIG

TV3 va emetre diumenge un reportatge sobre el creixement dels grups d'extrema dreta a Catalunya. Naturalment, tots els grups que hi sortien eren espanyolistes, o unionistes o com en vulguin dir, el cas és que de catalanistes o independentistes o processistes –o com en vulguin dir– no n'apareixien. He escrit «naturalment» no com una crítica a TV3 –a TV3 no se la pot criticar sota pena d'entrar de caps en la ultradreta–, sinó com una constatació: no existeixen els ultradretans catalans.

La ultradreta és cosa d'ètnies subdesenvolupades, i els catalans, preguntin a Presidentorra, som superiors a tothom. Algú dirà que els que tallen carreteres, empastifen platges, fan pintades contra els partits –o diaris– que consideren desafectes al règim, cremen banderes que no els agraden, boicotegen actes si qui hi participa no és prou del seu gust i, en fi, pretenen imposar a la resta la seva personal idea del que ha de ser el país, compleixen tots els requisits per a ser considerats ultradretans, si no directament feixistes. Doncs no, perquè són independentistes. Els independentistes han estat deslliurats del pecat per Nostre Senyor i, així duguin a terme els actes més vandàlics o intolerants, mai no poden ser titllats d'ultradreta. Ni tan sols si els seus comportaments són d'ultres i donen suport a la dreta més rància, digui's Puigdemont o Torra. Ni així. Si algú du una bandera espanyola penjada i crema una estelada, és d'ultradreta. Si algú du penjada una estelada i crema una bandera espanyola, és un català de bé. Pesquen la diferència? No? Doncs mirin més TV3, coi d'ignorants.

Tampoc és d'ultradreta un govern que se salti tota la legalitat per tirar endavant un projecte polític que no va tenir prou suport a les urnes (i que en cas d'haver-lo tingut seria igualment il·legal). Seria considerat d'ultradreta a qualsevol lloc del món. No a Catalunya, on l'aplaudirem per patriota i subvencionarem les vacances a l'estranger d'aquells dels seus membres que més pressa van tenir a fugir.

Als catalans ens perd l'estètica, ja se sap, i si TV3 hagués ajuntat en el mateix programa sobre la ultradreta el president de Falange i al president de Catalunya, hauríem tingut urticària. Això, per no esmentar que més d'un els podria confondre.

El que fa mal de Josep Borrell

8 DE JUNY

El que fa mal de Josep Borrell no és que sigui socialista, que mira, d'altres en coneixem. Tampoc que estigui contra el procés, ja no vindrà d'un ara que ja ningú se n'amaga, enyorats dies que els adversaris no s'atrevien a aixecar la veu. No, el que fa mal de Josep Borrell és que sigui català. Català autèntic, vull dir, tan català que els espanyols no són ni capaços de pronunciar-ne correctament el cognom. És això, el que no pot ser. Si almenys li poguéssim dir xarnego, o bèstia immunda, o algun altre adjectiu dels que tan bé pronuncia Presidentorra... Però aquest home té tota la pinta de tenir no vuit, sinó vuitanta cognoms catalans. És inconcebible. Com és possible que un català de soca-rel no abraci la fe processista, que és l'única fe veritable de totes les fes que es fan i es desfan? Per Déu, si fins i tot parla català amb accent de poble! Què passa aquí?

El que passa és que per culpa d'en Puigdemont ens havíem cregut que ser de poble i tenir cognom català, equivalia a indigència intel·lectual. I ara arriba en Borrell i ens diu que no, que es pot fer servir el cervell independentment del cognom i del lloc de naixement. Això fa mal. El seu nomenament com a ministre d'Afers Exteriors ha creat tal estat de pànic entre els fidels al procés que se li ha tirat en cara fins i tot l'edat, com si el seu homòleg (si em permeten l'exageració) català, l'Ernest Maragall, fos un adolescent amb problemes d'acné, tot i que ben pensat no seria estrany que el pobre home no distingeixi una missió diplomàtica d'un Erasmus. S'ha recordat també d'ell –ja com a greuge incommensurable– que en un míting digués, referint-se a Catalunya, que abans de tancar les ferides, cal desinfectar-les. Una frase que subscriuria qualsevol estudiant de primer de Medicina i fins la meva àvia que, analfabeta i tot, tenia la precaució de tirar-me aigua oxigenada -«esperit de vi no, iaia, que pica»- als genolls pelats. «Ha dit desinfectar!», van cridar els mitjans afectes al règim, tots a una. I tothom ho va repetir: uns perquè manipulen la informació a canvi de sou o subvencions, d'altres perquè només volen sentir allò que tenen ganes d'escoltar, i la majoria perquè són idiotes i els fa mandra pensar. I ho continuen repetint. És la por.

Fan bé de tenir por, perquè a totes les seves maldats, Borrell hi afegeix la intel·ligència. En pot donar fe Oriol Junqueras, que ha sol·licitat quedar reclòs a Estremera per tal d'evitar tornar a enfrontar-se-li en un debat televisiu, tal és el pànic que li provoca Borrell. «Almenys quan discuteixo d'economia amb els quinquis, les forces estan igualades», se li ha sentit dir al pati de la presó.

Es diria que, no prou satisfets amb què el procés estigui mort i enterrat, el que pretén ara el Govern espanyol és ridiculitzar-lo, mitjançant la comparació de governs. Al nomenament de Borrell ha seguit el de Margarita Robles, Grande-Marlaska, Pedro Duque... De debò és necessari humiliar tant els catalans? Ja som conscients de tenir un govern de Regional, no cal que Madrid faci més palesa la nostra desgràcia. Com per exagerar encara més les odioses diferències, mentre Espanya forma un govern que ha deixat descol·locat fins el PP, a Catalunya ens dediquem a la foto, que és el que millor se'ns dóna. Uns quants consellers van a fer-se la foto de traspàs de carteres a Brussel·les, i d'altres van a intentar fer-la a Estremera. Actes inútils de consellers inútils nomenats per un president inútil, que tenen com a únic objectiu que surtin a TV3. Però en Borrell és vell i un dia va dir «desinfectar».

Els Roca a la diana

19 DE JUNY

Els llacistes pretenen que els periodistes escriguin només el que ells volen, que els polítics de tots els partits opinin només com ells volen, que a l'escola els mestres ensenyin només el que ells volen, que la policia actuï només quan ells volen i contra qui ells volen, que a la universitat se celebrin només els actes que ells volen, que les places duguin el nom que ells volen, que als pobles onegin només les banderes que ells volen, que els treballadors facin vaga quan ells volen i que la gent pugui anar a la platja amb tranquil·litat només quan ells volen, o sigui quan decideixen no anar-hi a plantar creuetes. Ara arriba el lògic següent pas: que els xefs cuinin només per a qui ells volen.

El Mas Marroch, dels germans Roca, acollirà el sopar de la Fundació Princesa de Girona. Pel llacisme, això és un insult. Segons sembla, abans d'acceptar un encàrrec, els Roca –i qualsevol altre restaurador, però més ells– han de demanar permís. Millor encara, a l'inici de cada exercici haurien de rebre de mans dels llacistes la llista de gent a qui no poden servir cap àpat, ni tan sols un gelat al Rocambolesc. La llista estaria encapçalada pels Reis, però hi seguirien policies i guàrdies civils –tenen sort els Roca que no els han fet pintades com al càmping Illa Mateua–, funcionaris del govern central, periodistes desafectes al règim processista, esportistes que hagin defensat la selecció espanyola i, ja més endavant, ningú que no pugui demostrar puresa de sang. Catalana, per descomptat. Mentre es resol la qüestió de l'ADN, n'hi haurà prou obligant tothom que va al restaurant a cantar *Els Segadors*.

Els atacs als Roca coincideixen –a vegades les casualitats són reveladores– amb la idea de l'ANC d'elaborar una llista d'empreses afectes al règim, cosa que en realitat significa fer una llista de les desafectes. És de suposar que a aquestes darreres els pintaran una creu de David groga –volia dir un llaç groc, no sé en què estava pensant– a la façana. Pel que fa a les forces de xoc, els CDRs, estaria bé uniformar-los amb camises *pardes*, a poder ser dissenyades per Hugo Boss. Per deixar les coses clares, dic.

2018

No hi ha dubte que si aquesta colla hagués aconseguit la república, ara viuríem en una Arcàdia feliç: tothom pensaria el mateix. Ai del que no.

2018

Ens envien al fons, a la dreta

22 DE JUNY

La primera intenció era muntar una república que fos l'enveja del món. Res. El fracàs absolut va portar a exigir, com a mal menor i rentada de cara davant dels pobres votants, la llibertat dels presos, exigència que al cap de poc es va tornar petició. Ni cas. En vista que això tampoc reeixia, es va reclamar de Felip VI que demanés perdó per l'actuació policial l'1-O, i tal extravagància va finalitzar, com les anteriors, en res. L'última –i difícilment n'hi haurà cap altra perquè més baix ja no es pot caure– ha sigut demanar, per favor, si us plau, almenys una reunió del rei amb Presidentorra. Res, una recepció de cinc minuts, no cal ni parlar de res, el temps just de moure els llavis, fer-se una foto i que TV3 pugui emetre imatges amb un títol tipus «Presidentorra li canta les quaranta al rei espanyol».

L'estratègia del govern català, en aquests moments, es resumeix així: almenys que ens rebin, per favor, que ja ens hem oblidat de la República; ja deixem que els presos es quedin a l'ombra, total, la gent porta llaços grocs i ja és suficient; ja ens és igual si ens demanen disculpes o no. Però almenys que s'adonin de la nostra existència, així tenim alguna cosa a què agafar-nos i qui sap, potser algú ens seguirà votant, la gent és molt mesella.

No m'estranya que Felip VI es faci el suec. Si jo fos rei, també me'n guardaria molt, de rebre Presidentorra. No per res, només pel seu estrany somriure. El veia per TV o en una foto amb el somriure estrany que gasta aquest home, i sabia que em recordava algun altre somriure inquietant. El del gat de Xeshire? El del Joker? El de la meva senyora quan arribo tard a casa? El de Jack Nicholson a *El resplandor*? Al final hi vaig caure: el somriure de Presidentorra és idèntic al del negre que trobava sovint assegut a la tassa del vàter del bar Fogons, quan encara no hi havia llisquet i jo obria la porta. És el somriure de qui és interromput en plena evacuació, o sigui, no se sap si és un somriure que significa «m'agradaria que ens haguéssim conegut en altres circumstàncies» o és la simple ganyota de qui està empenyent per buidar el ventre, mai vaig saber quina era l'opció correcta perquè, ho juro, mai em vaig entretenir a esbrinar-ho. Sigui com sigui, no és el somriure que jo voldria rebre a casa, visqués jo en un palau o en una cabana. Un president, encara que ho sigui d'una simple comunitat autònoma, encara que sigui col·locat a dit, encara que sigui tan titella que accepti no usar el despatx de l'anterior, ha d'assajar el somriure. No pot anar pel món i que tothom qui el rebi pensi que té una urgència. No per res, només perquè la primera frase que li diran serà «al fons, a la dreta»

La carta en què se sol·licitava, o sigui s'implorava, al rei espanyol que rebés Presidentorra, anava signada per ell mateix, per Presidentmàs i per Puigdemont. Poca broma. Només faltava la signatura de Pujol i el segell de Convergència. I tanmateix, la missiva ha fet enfadar la Rahola, o sigui que alguna cosa positiva deu tenir. A banda del mateix fet de fer-la enfadar, vull dir. És una carta tan servil que la Rahola, atenint-nos al seu currículum, l'hauria d'aplaudir. Pel que s'ha sabut, el president català hi escrivia que volia obrir «una etapa de diàleg, negociació, reconeixement, respecte democràtic, modernitat institucional i respecte pels drets civils i polítics i les llibertats fonamentals». Des de Madrid li han contestat el que era previsible, després de veure'l somriure:

- *Al fondo, a la derecha.*

Així es fustiga Puigdemont

29 DE JUNY

Quan en Puigdemont era redactor en cap, o no sé quin càrrec tenia, les graduacions altes em maregen, *El Punt* va publicar a tota pàgina una suposada primícia que va resultar equivocada. Tractava sobre el traçat d'una carretera en projecte, em sembla recordar que a la Bisbal, és igual, el cas és que el que es va publicar era erroni. Un fet molest però que passa a tots els diaris. Puigdemont va agafar el toro per les banyes i va insistir que en l'edició de l'endemà s'havia de publicar un desmentiment. No una simple fe d'errades, no, un desmentiment de la mateixa grandària que la notícia: a tota plana. Hi va haver certs recels, però finalment va imposar la seva opinió. Era inici dels 90. Jo, que feia poc que havia entrat al món de la premsa, vaig assistir perplex a les discussions i m'ha quedat gravada a la memòria l'expressió que va utilitzar Puigdemont: «ens hem de fustigar». Ens havíem de fustigar públicament, a la vista de tots els lectors, perquè ens havíem equivocat. Així es va fer. Davant meu, periodista novell, va quedar com un home íntegre.

A cal sabater, sabates de paper. Aquesta honestedat que traspuava en la vida professional no l'ha traslladat a la vida pública. Si fos honest més enllà de la redacció d'un diari, mentre vostè està llegint això, en Puigdemont estaria reconeixent la gran enganyifa que ha protagonitzat, s'estaria fustigant en públic. Res d'una sèrie de tuits al seu amic Comín reconeixent el fracàs i la farsa, no, això no és més que una petita fe d'errades. Estaria sortint en *prime time* per TV3 fustigant-se, reconeixent que va ser mentider, que va ser covard, que va ser deshonest i que va trair tothom, entenent per tothom tant els catalans que van confiar en ell com les lleis que havia promès defensar. I amb molt més motiu que en el cas de la carretera de la Bisbal, perquè allò va ser un error involuntari, no un engany premeditat com el procés.

No només això. D'acord amb la seva doctrina que el desmentiment ha de ser de la mateixa grandària que la falsa notícia, hauria de ser entrevistat cada setmana per Vicent Sanchis, i cada setmana es fustigaria repetint que ens ha enganyat. És igual que això suposi també un càstig per als televidents, si ens hem de fustigar, fustiguem-nos tots. Més encara. Hauria d'exigir a l'ANC que es fustigui amb una gran *performance* anual -tots vestits de groc- sota el lema «era tot mentida»; als seus consellers presos i fugits, que enviïn declaracions reconeixent la farsa; als alcaldes catalans que es fustiguin amb les vares al Parlament cridant «us hem enganyat»; als mitjans públics que repeteixin fins a quedar afònics que no han fet periodisme sinó que han exercit de cacicat propagandístic. I, fustigació final, convocaria un ple del Parlament per reconèixer solemnement l'enganyifa, ple que finalitzaria com de costum amb el cant dels Segadors. Només quedaria exempta de càstig la Rahola, ja que fer-la aparèixer cada dia a TV3 dient el contrari del que havia dit temps enrere, no li suposa cap problema.

Tot això, pensava jo, faria en Puigdemont si fos tan íntegre en la vida pública com ho va ser en la periodística. Ocorre que, a mesura que han passat els anys i ja gens novell, he entès que aquell dia, a la redacció, en Puigdemont no es va fustigar. Es va limitar a reclamar que es fustigués el pobre redactor que havia comès l'error, quedant-ne ell al marge. O sigui que sí, que al final ha resultat ser igual d'íntegre en la seva vessant política com en la professional: gens.

Unes vambes grogues

3 DE JULIOL

M'he comprat unes vambes grogues. L'anunci pot semblar intranscendent, però a la Catalunya llacista un detall aparentment sense importància com aquest marca la frontera entre optar o no a càrrec públic. Un observa com es van repartint càrrecs a tort i a dret, sense pescar-ne ni un, i ha de prendre decisions. Els llaços proliferen molt, la competència és alta. La roba interior costa de veure, requereix mostrar-la a qui té potestat d'atorgar el càrrec, i no és cosa d'entrar al despatx d'un conseller i abaixar-me els pantalons. Una camisa groga no la puc utilitzar cada dia, i menys a l'estiu. La solució eren les vambes. No eren cap ganga, 85 euros, però serà una inversió si al final assoleixo l'objectiu pel qual van ser adquirides, què dic adquirides, potser creades.

Ha sigut recuperar l'autonomia de tota la vida i començar a repartir càrrecs com si no hi hagués demà, atenent només al color groc. El crit «Burro l'últim» ha substituït el de «Tenim pressa». A la Catalunya llacista, els currículums no importen. Fa poc, Fabian Mohedano va ser contractat per a no sé quin consell, és igual, el que importa és el sou i treballar poc. Al currículum posava que és «treballòleg». No riguin, que això marca un abans i un després. Vol dir que al currículum un ja pot incloure bromes, collonades i insults a la intel·ligència, mentre tingui l'ànima groga. Ara bé, com que aquesta no es veu, millor dur també un llacet, una gorra, una corbata o unes arracades d'aquest color. O unes vambes.

Si jo fos dona –ningú no ha desmentit aquell càrrec d'ERC–, en faria prou de tenir bones mamelles per ser col·locada, potser no caldria ni que me les pintés de groc. No seré jo qui protesti per certa discriminació positiva. En lloc de lamentar la falta de mamelles vaig aconseguir vambes grogues, que tampoc no en tenia però es poden adquirir sense passar pel quiròfan.

La república pinta bé. En altres llocs, per posar-li despatx a algú, se'n valoren les capacitats, cosa que és discriminatòria perquè de capacitats, com de mamelles, no tothom en té. Aquí, col·locant a dit presidents com Puigdemont i Torra, es va enviar el senyal que d'ara endavant el més limitat pot accedir on es proposi. A Catalunya, tothom aspira a un càrrec. La república era això. Això, i unes vambes grogues.

No és rebel, és malversador

13 DE JULIOL

Segons la justícia alemanya, en Puigdemont no es va rebel·lar, però va malversar fons. I ell, content. Curiós personatge, aquest que prefereix ser titllat de malversador que de rebel. Pel que sembla, no es va aixecar contra l'Estat espanyol tot i haver-s'hi compromès, i va utilitzar els diners públics -els de tots– en allò que li va donar la gana. I ell, content. O sigui, va enganyar per una banda els seus partidaris i per l'altra els seus detractors. Té el seu mèrit, cal reconèixer que no ha de ser fàcil. Deu ser per això que està tan content.

Els catalans formen l'únic poble del món que celebra que el seu expresident, pròfug de la justícia, malversés diners públics. O això sembla després de les mostres d'entusiasme així que ahir es va saber que Alemanya accepta extradir-lo per aquest delicte. Ja sé que encara no és segur, que falta jutjar-lo –si bé hi ha prou indicis del delicte a Espanya i, ara, també a Alemanya–, però la simple possibilitat que sigui un malversador ja ens omple de joia i alegria. Després diran que som un poble garrepa, i potser tindran raó, però a l'hora de disculpar que els nostres presidents facin el que els vingui més de gust amb els diners, no hi ha qui ens passi la mà per la cara. En altres països un president malversador seria apedregat en plaça pública. Aquí, a Jordi Pujol li ho disculpem tot, des de Banca Catalana fins a la curiosa herència de l'avi Florenci, i a en Puigdemont aviat li dedicarem places i monuments perquè només és acusat de malversar diners, un delicte castigat amb fins a 12 anys de presó de res, més la inhabilitació que correspongui.

Ell mateix, conscient que a qui deu explicacions és a l'ingenu i crèdul poble català, ha declarat que ser acusat de malversació és «una victòria». I tothom ho ha aplaudit. Ben mirat, pel Dioni també va ser una victòria buidar el seu propi furgó blindat i fugir al Brasil. Això de les victòries és molt subjectiu, depèn del punt de vista: si aquesta tarda jo atraco una velleta i m'emporto el seu moneder amb els diners de la pensió, per mi serà una gran victòria, però dubto que ella pensi el mateix quan hagi d'acabar de passar el mes menjant bistecs de pela de taronja. I segurament els meus conciutadans em dirien de tot menys guapo. Excepte si jo fos president, que llavors podria deixar sense pensió totes les àvies catalanes i tot em seria perdonat, a condició que deixés anar alguna frase buida i èpica, tipus «no ens aturaran». I avall, que fa baixada.

Coneixent els catalans i el seu esperit gregari, que els fa estimar amb bogeria qui els pren els diners sempre que aquest sigui poderós -frase tradicional catalana: «No ho faríem tots, si estiguéssim al seu lloc?»-, només hi ha una cosa que els faria més feliços que veure en Puigdemont acusat de malversació: veure'l condemnat. Que no hi hagi dubtes de la seva culpabilitat, que es demostri que els diners seran sempre seus.

- En Puigdemont sí que era un president català de soca-rel: en lloc de dedicar els diners a allò a què estava obligat, els va fer servir per al que li va donar la gana.

Oblidin Déu, la justícia sí que escriu amb les línies tortes. De fets més greus que a en Puigdemont s'acusava l'Al Capone, i al final el van tancar a la presó només per evasió fiscal, que no deixa de ser una malversació d'estar per casa. No sé si els partidaris del gàngster de Chicago van celebrar com una victòria que ingressés a Alcatraz només per un delicte fiscal. Potser sí, tenint en compte que l'alternativa era la cadira elèctrica.

2018

Postals des de la platja (I)

20 DE JULIOL

Estimat lector, espero que en rebre aquesta es trobi vostè bé. Jo bé, gràcies a Déu. Em trobo exiliat a l'Escala, amb el benentès que en la neollengua catalana exiliat és tot aquell que es passa el dia rascant-se la panxa, sense preocupacions, lluny de la família i sense altra ocupació durant el dia que pensar de quina manera es divertirà a la nit. I viceversa. Ni divorci a la italiana ni truita a la francesa ni res, des que l'actual pròfug i expresident Puigdemont va inventar l'exili a la catalana que el món ens mira, aquesta vegada sí, i amb enveja. Aquí, a la platja, no falten holandesos, francesos, italians i altres miserables turistes que s'han de conformar de fer les vacances de tota la vida. Els catalans, no. Els catalans ens exiliem, alguns, els de més possibles –sigui perquè fa anys que cobren sous estratosfèrics, sigui perquè hi ha babaus que els envien diners–, a Alemanya, la resta a la Costa Brava, que tampoc és mal lloc.

Per més que s'ha intentat desestacionalitzar l'exili, la majoria de catalans encara prefereix practicar-lo entre el 15 de juliol i el 15 d'agost, excepció feta dels que han estat anys vivint per sobre de les seves possibilitats, que fa mesos que el disfruten entre Bèlgica i Alemanya, i que duri. Per això s'espera que aviat se sumin a l'exili de la Costa Brava molts dels nens que, entre el final de les classes de primària i l'anada a la torre dels papàs, han hagut d'entretenir l'espera formant part de CDRs i altres casals per a llacistes dels que en aquests temps proliferen. No fa gaire, un d'aquests casals va ocupar el local que antigament havia sigut la presó Model. Quina emoció es veia als ulls d'aquells nens i nenes! Quina enveja em despertaven! Nosaltres ens sentíem herois jugant amb els Madelman – *Lo pueden todo*–, ells s'hi senten fent veure que ocupen una presó i jugant a ser revolucionaris. Ells mateixos, sense ninot interposat! Aix, qui fos nen una altra vegada. Si els CDRs de Girona fossin tan valents i temeraris com els de Barcelona, haurien aprofitat l'interregne entre el festival de final de curs i l'inici de les vacances a la costa, ocupant el parc de les Casernes. Si a Barcelona ocupen el que va ser una presó, a Girona es podia ocupar el que van ser casernes militars. Si els ànecs que neden pel llac artificial ens ataquen, demanem auxili a CDRs d'altres comarques, i si la gent que pren l'aperitiu al bar ens fa fotos, ens tapem la cara amb un mocador, que fa més transgressor, i encara a la nit vindrà TV3 a donar fe de la nostra heroïcitat, i Presidentorra ens visitarà amb una ampolla de ratafia, aquella mateixa que l'acompanya a tot arreu. No va poder ser. Els CDRs gironins van badar i se'ls va passar el moment. Potser serà que encara juguen amb Madelmans, ja se sap que a províncies tot arriba més tard que a la capital, fins i tot els nous jocs per a infants.

Durant l'exili, cadascú s'entreté com bonament pot, curiosament fent allò que acostuma a fer sempre, estigui o no exiliat. En el meu cas, mirant natges d'estrangeres i escrivint. En el de Puigdemont, creant nous partits o plataformes cada setmana i protegint els seus altíssims ingressos. El comprenc. Ni ell ni jo sabem fer res més. Quan un està acostumat a determinat *modus vivendi*, resulta impossible canviar-lo. Per això, quan no sé quin diputat de Junts pel Sí o de la Crida o de Convergència o del que sigui, un que –com tots, excepció feta de les dones, de moment– és gras, calb i mal afaitat, va sortir fa poc a declarar que cal protegir Puigdemont, s'ha d'entendre el que està dient: cal protegir els seus ingressos, cal protegir el seu *dolce far niente*, cal protegir el seu xalet en la seva absència, cal protegir el seu compte corrent, cal protegir l'aparença d'exili i, sobretot, cal protegir la seva falsa imatge de líder, que és la que ens dóna a tots de menjar.

S'acomiada de vostè el seu exiliat, que ho és.

2018

Postal des de la platja (II)

27 DE JULIOL

Estimat lector, espero que en rebre aquesta es trobi vostè bé. Jo bé, gràcies a Déu. Per a qui no van bé les coses a l'exili de cala Montgó és per a la República. Ara mateix, al meu costat, una parella d'estrangers acaba de demanar dos *cafeolé* –així s'han dirigit al cambrer–, i segons he pogut observar, se'ls ha posat llet pasteuritzada. Malament van les coses a Catalunya si permetem que els nostres visitants desobeeixin el mandat republicà i no consumeixin llet crua, directament sortida de la mamella. Si no és que estigui afectada de cagaleres des que es va beure el famós got de llet no tractada per instar al seu consum, Teresa Jordà hauria de sortir a declarar que tot i ser consellera, ella no aconsella sinó que ordena, i que la Catalunya independent serà natural o no serà.

Té la seva lògica. Un país que rebutja el turisme –quins herois, els cadells d'Arran, atacant busos turístics–, que té com a objectiu crear noves fronteres, que vol recuperar les vegueries i que està disposat a sortir d'estructures com la UE, és un país que vol tornar als orígens. Literalment als orígens, és a dir, al passat. En aquest sentit, no queda sinó celebrar el nomenament d'una consellera que defensa el consum de llet crua, com temps enrere va defensar l'homeopatia. A més a més, és una encertada forma de mirar d'assolir que la mitjana d'edat a Catalunya sigui de 35 anys. Els estudis indiquen que els joves són més independentistes que els vells, per tant una immillorable estratègia és reduir unes quantes dècades l'esperança de vida dels catalans. Desapareguts els avis i la gent de mitjana edat, s'haurà aconseguit finalment allò que en diuen eixamplar la base del procés. D'una manera bèstia, si es vol, però sembla l'única que pot donar resultats.

No es descarta en les properes dates –s'està pendent de l'agenda, i recordin que els nostres polítics estan de vacances fins a l'octubre, aprofitant que a Catalunya no hi ha problemes– una nova declaració de la consellera en contra de les vacunes, aquest invent de les farmacèutiques i del capitalisme per fer diners a costa dels incauts ciutadans. I contra la penicil·lina, maleït Fleming, que al cine he vist que una mica de whisky a la ferida ho cura tot, i de forma completament natural. I alegra la vida. I permet sortir a fer, ics, perdó, declaracions de tot tipus sense vergonya. A la Catalunya natural, es permetria substituir el whisky per ratafia, si bé advertint que el seu abús pot comportar efectes secundaris perillosos i estranys, com el de sortir al carrer amb una foto de Churchill enganxada a la solapa.

Mentrestant, pensant amb bon criteri que l'homeopatia i la llet crua poden no ser suficients per tornar Catalunya als orígens i rejovenida, Teresa Jordà ha recordat que no passa res per consumir una cuixa de pollastre que fa quatre setmanes que és a la nevera. A la nevera! Ignoro per quin motiu cal guardar la carn a la nevera, quan la podem guardar en un calaix del rebedor i menjar-nos-la igual, al cap d'un mes. I millor si ens la mengem crua, com la llet. Les neveres no són naturals, i Catalunya, em penso que ja ho he dit, tendeix al natural.

Als nostres fills, en definitiva, els hem d'alimentar a base de llet i crua i pollastre del mes passat, i si per casualitat –perquè serà casualitat– es posen malalts, els entaforem un grapat de pastilles homeopàtiques, i a córrer.

Un sospita que el famós reconeixement internacional que fa tant temps que ens anuncien no serà més que un exhaustiu reconeixement psiquiàtric als líders del procés. I amb els resultats que tots sospitem.

S'acomiada de vostè el seu naturista que ho és.

Postal des de la platja (III)

3 D'AGOST

Estimat lector, espero que en rebre aquesta es trobi vostè bé. Jo bé, gràcies a Déu. Continuo a l'exili, sense res més a fer que anar a la platja i observar allò que el temps i els carbohidrats fan a les persones. I dono gràcies que el meu exili sigui quasi de tan bon passar com el de l'expresident català, i dic «quasi» perquè a mi em falta una caixa de resistència i uns quants milers de fidels que l'omplin sense fer preguntes i sense demanar rebuts. El que diferencia els nostres dos exilis en termes de qualitat no és que en Puigdemont pugui gastar sense fre i sense explicacions, no és que ell rebi periòdicament pleitesia i ratafia del president català, no és que ell visqui en un món d'il·lusió que rigui's vostè del regne d'Oz. No, el que li envejo amb tota l'ànima és que ell no pot veure TV3.

Vostè no pot imaginar el que és estar tranquil·lament exiliat a cala Montgó i que al bar on vas a fer la cervesa tinguin posada TV3. Era dissabte a la nit, però jo sabia que, fos l'hora que fos, si allò era TV3, allà apareixeria la Rahola. Efectivament. No només va aparèixer ella, ho va fer també el seu marit. I només la manca de temps va impedir que ens presentés la resta de parents. Si Tele 5 va col·locar tota la família Campos, no veig per què TV3 no ha de fer el mateix amb els Rahola, i anar ocupant tota la graella amb cosins, cunyats, sogres, fills i veïns. A la República, a més de gelat de postre cada dia, tindrem un Rahola a cada programa televisiu. Potser estic essent massa dur i presentar el marit en *prime time* i a tot Catalunya era un servei social, una manera de demostrar que, si ella ho ha aconseguit, totes les catalanes poden trobar parella, fins i tot les més desesperades, les que van llançar fa anys la tovallola, les que estaven resignades a viure per sempre en soledat. El missatge era «Catalanes, mireu-me a mi. No perdeu l'esperança».

Mentrestant, ERC i CDC es barallaven per dirigir la televisió catalana. Imagini com d'objectiva i apolítica és TV3, que hi ha punyalades per manar-la. Va voler la mala fortuna que a Madrid nomenessin una professional com Rosa María Mateo al capdavant de RTVE.

Això és mala fe. Amb Rosa María Mateo a RTVE i Vicent Sanchis a TV3, no és que les comparacions siguin odioses, és que vénen ganes de llançar el televisor per la finestra. És com si a Madrid tinguessin d'intel·lectual de capçalera en Javier Marías i aquí en Toni Albà. Ah, ja és així. Doncs és com posar al capdavant de la televisió espanyola una professional i de la catalana un professional, només que aquella del periodisme i aquest de les raspallades.

Als catalans tot això ens és igual. Hem vingut a aquest món a contribuir a la gran vida dels nostres polítics. No en tenim prou de sufragar l'exili daurat de Puigdemont -està deixant el de Joan de Borbó a Estoril com el d'un anacoreta-, que acceptem sense protestar que Presidentorra s'apugi un 5% el sou. L'home cobrarà 400 euros diaris, que passats a la moneda habitual del president interí signifiquen 20 ampolles de ratafia diàries (s'agafa com a divisa universal la Terrania, al Corte Inglés). Al cap de l'any cobrarà 7.350 ampolles de ratafia.

El procés haurà servit almenys perquè uns pocs catalans visquin bé, ja sigui a Waterloo o a Santa Coloma de Farners. Haurà calgut destrossar la convivència i pràcticament Catalunya, però són les coses dramàtiques i que acaben malament les que passen a la història. Com va escriure A. J. Liebling: què seria *Moby Dick* si Ahab hagués tingut èxit? Només una altra història de pesca.

S'acomiada de vostè el seu balener que ho és.

Postal des de la platja (i IV)

10 D'AGOST

Estimat lector, espero que en rebre aquesta es trobi vostè bé. Jo bé, gràcies a Déu. El meu exili arriba a la fi, no tinc la fortuna del pròfug Puigdemont, que pot continuar disfrutant-lo a tot drap. Cada cop que el veig pel seu canal temàtic, TV3, espero descobrir-li al canell una polsera d'aquelles que donen dret a allotjament i a barra i bufet lliure, com les de les parelles de noucasats a Cancun. Ni les joves parelles ni l'honorable fugit tenen altra preocupació que dormir, menjar, beure i folgar, si bé la folgança de Puigdemont, com tots els narcisistes, és amb si mateix. El plaer que traspua quan és entrevistat pels seus mitjans de capçalera, res no té a envejar al que disfruten els noucasats en les nits de passió.

Tot i la llunyania, m'ha arribat la carta escrita a quatre mans per Oriol Junqueras i Raül Romeva. Del seu to vergonyosament beat dedueixo que a Junqueras li han aixecat el terrible càstig d'impedir-li assistir a missa, i gràcies a aquest indult ha recuperat la sagrada inspiració. Deixant de banda la inefable referència a Mandela, i afirmacions com que el seu judici serà polític, que aguantaran ferms i bla-bla-bla, del sermó, vull dir de la carta, em quedo amb aquesta frase: «Estimeu tothom. Ajudeu tothom». No em digui que en llegir-la no ha notat caure una llàgrima furtiva. Si frase així no consta encara als evangelis, no sé a què espera l'Església per incloure-la-hi. Si sant Pau escrivia epístoles als corintis, sant Oriol i sant Raül les escriuen als llacistes, al cap i a la fi uns i altres han renunciat a qualsevol element racional que els guiï i es mouen només per la fe, amén.

Un anglès amb qui he coincidit aquests dies d'exili, m'informa que el Leeds United ha fitxat Marcelo Bielsa d'entrenador, i de la primera mesura que ha pres. El primer dia d'entrenament, Bielsa, a qui no apoden *El Loco* gratuïtament, va fer sortir els jugadors de l'estadi i els va tenir tres hores recollint brossa pels carrers. En acabar, els va reunir i els va explicar que, segons els seus càlculs, amb tres hores recollint brossa, un ciutadà de Leeds es pot pagar una entrada al futbol. Volia que sabessin per si mateixos què costa a gent normal anar a l'estadi, quins sacrificis fa un treballador per veure'ls jugar. Que entenguessin que els aficionats mereixen un respecte i que ells han de fer tot el possible per ser-ne dignes dipositaris.

La política catalana agrairia el mètode Bielsa. Quan sant Oriol i sant Raül tinguin ganes d'escriure més epístoles missaires, escombrar el pati de la presó els mostrarà una altra perspectiva i entendran que no necessitem els seus consells per viure, gràcies. Quan Presidentorra s'apuja el sou fins a quasi 150.000 euros anuals, hauria de recollir amb les dents la brossa de tot Catalunya, així recordaria com costa a la gent normal guanyar-ne 100. Quan la mesa del Parlament decreta vacances fins a l'octubre, els seus membres haurien de fregar tots els carrers catalans, i comprendrien que han de procurar per nosaltres i només per nosaltres, no pels seus partits. Quan en Puigdemont reclama dietes per assistir a un Parlament al qual no pensa anar, demana tenir seguretat que no li pertoca, o sol·licita altres prebendes per continuar vivint com un paixà, hauria de recollir brossa fins que li sagnessin les mans, així entendria que amb la seva fugida va deixar enrere ciutadans que tenen com a principal preocupació subsistir, i no seguir-lo en els seus deliris de grandesa.

S'acomiada de vostè el seu escombriaire que ho és.

Una presó gens virtual

21 D'AGOST

Els polítics catalans que es troben en presó provisional farà aviat un any que estan tancats. Un any és, si fa no fa, un 1,2% de la vida d'una persona, amb l'agreujant en el seu cas que és l'1,2% dels millors temps, ja que es troben lluny encara de la decrepitud. Un 1,2% –més el que vingui– que ningú els retornarà, un any perdut, un any allunyats del que estimen. I a canvi de què? Absolutament de res, la pretesa independència no ha avançat un mil·límetre. La seva presó, el seu 1,2% de vida, ha servit només perquè uns quants ociosos organitzin de tant en tant un sopar a les portes de la presó, amb estovalles i tovallons grocs. No diré que sigui poca cosa, però per organitzar arrossades no cal llançar a les escombraries l'1,2% de la vida, n'hi ha prou de fer una convocatòria simpàtica i que el preu sigui popular.

Per acabar de riure's dels que viuen entre reixes, fa pocs dies un alt càrrec o un conseller o què sé jo del Govern –no em preguntin quin, ja he renunciat a distingir-los– ha declarat que del que es tracta és de construir una república virtual. Acabàrem. Si ens haguessin explicat que tota la murga era per construir una república virtual, a bona hora hi hauria hagut 155, polítics empresonats i fractura social. Facin, facin, per mi no quedin, com si fan dues repúbliques, una per cada president. Igual que no sóc catòlic però no em molesten els catòlics mentre em permetin pecar lliurement i amb freqüència, no m'importa que els llacistes muntin les seves repúbliques virtuals mentre no m'obliguin a entrar-hi.

Amb les repúbliques imaginàries sóc tan tolerant com amb els amics imaginaris del meu fill. L' Ernest té vuit anyets i els polítics que juguen a repúbliques ja pentinen cabells blancs, però no hi ha diferència entre ells. Ja estàvem advertits quan, per mirar d'exculpar-se en veure que Madrid anava de debò, van argumentar que la independència que van declarar era només simbòlica. Passar d'una república simbòlica a una república virtual no és res, és com passar de tenir un amic imaginari a tenir-ne dos. O sigui, si no és que tens vuit anys, només és passar d'estar com una *xota* a estar com una regadora:

en essència no canvia res, com a màxim la medicació, que haurà de doblar la dosi. La poden prendre amb l'arròs, a les portes de la presó, aquesta sí, real.

Retratant el quasi president

24 D'AGOST

M'asseguren, vés a saber però jo m'ho crec, que als despatxos oficials encara no hi ha la foto de Presidentorra. Es podria pensar que per lleig, però bé s'hi va penjar la de Puigdemont sense que ningú protestés, o sigui que la raó és una altra. Potser, igual que el seu antecessor li va prohibir fer servir el despatx, li ha vetat també substituir els seus retrats. Pobret. És tanta la insignificança de Presidentorra que per distingir-se del pròfug es va haver d'apujar el sou. No era amor als diners, va ser un «veieu? Jo cobro més, o sigui que sóc un altre».

Per mi que l'autèntica raó és que Presidentorra té vergonya. D'ell mateix, s'entén. Veu per la seva TV3 heroics actes revolucionaris, i ell no hi pot oposar més que un llacet a la solapa. Perquè s'ha de reconèixer als llacistes els sacrificis que fan per la revolució: avui sopar a les portes de la presó, demà una festiva tractorada, dilluns una trobada de deu minuts a les portes de l'ajuntament seguida d'unes cervesetes en una terrassa, i diumenge a passar el dia a la platja i aprofitem per plantar un para-sol groc. No s'entén que amb aquesta capacitat de sacrifici i de desdeny a la pròpia vida continuïn encara subjugats i oprimits. Presidentorra n'és conscient i prefereix no mostrar-se gaire. Només faltaria que els llacistes s'adonessin que els presos estan en presons catalanes, la competència de les quals és de la Generalitat, i vigilats per policia catalana. Madrid va lliurar els presos a Presidentorra i ni tan sols li va dir «aquí els tens, i vigila que no s'escapin». No va caldre, només li va dir «aquí els tens». I allà continuen, ben tancats. A la Catalunya heroica, la desobediència, igual que la República, és virtual.

Presidentorra és el nen que, als Maristes, el professor Ricard deixava d'encarregat de mantenir l'ordre quan s'havia d'absentar, o sigui quan s'estava pixant. En tornar, el *xivato* passava l'informe.

-En Soler, en Mulero, en Cufí i en Serrat han parlat.

I en Soler, en Mulero, en Cufí i en Serrat rebien cadascun un parell de bufetades amb la mà oberta d'en Ricard. Amb els anys he après que allò no tenia res d'estrany, que també als camps d'extermini els vigilants més cruels eren els jueus. Per això Madrid ha lliurat els presos a Presidentorra, a veure si no on estarien més segurs.

Fa bé de mantenir un perfil baix, no sigui que els llacistes obrin els ulls i li acampin al davant de Palau, però és una llàstima que això ens furti veure'n la foto. Als estadistes els agrada sortir retratats amb allò que els inspira l'acció de govern, n'hi ha que sostenen una Bíblia, d'altres la declaració dels drets de l'home, algun la constitució. El retrat oficial de Presidentorra seria agafat a una ampolla de ratafia.

Paluzié se'n va a la vaga

28 D'AGOST

La proposta de l'ANC de fer l'1 d'octubre una «aturada de país» –la paraula «vaga» fa por, no en va estem parlant de la dreta catalana– té la seva lògica. Tenint en compte que el Parlament s'ha agafat vacances tot l'estiu i que el govern no governa, res més normal que seguir el seu exemple. El problema és que a l'ANC li falla la semàntica. El país, com a tal, ja està aturat des de fa anys, coincidint amb l'inici del procés i amb el temps que fa que –ignoro per quin motiu– l'ANC ha adquirit carta de *lobby*, de fet juraria que el nom real del procés és «procés d'aturada de Catalunya». El país, si entenem com a tal els seus governants i Catalunya com a ens abstracte, fa molt temps que no fa res de profit. Més aturat, impossible, no cal que l'ANC i la seva presidenta Paluzié encoratgin a aturar el que fa temps que no es mou. El que miraculosament no s'ha aturat és la gent, que continua anant cada matí a la feina, continua practicant els seus hobbies, continua estimant, bevent, menjant, passejant, rient, plorant i, en resum, tirant endavant malgrat l'ANC i els governants, que no és poca cosa. Per tant, potser el que intenta dir la Paluzié des de les seves limitacions intel·lectuals és que qui s'ha d'aturar l'1 d'octubre són els ciutadans. Ella predica amb l'exemple, no se li coneix que hagi fet mai res de profit, es deu voler sentir acompanyada. Des de la seva estultícia i el seu altaveu -a Catalunya una cosa va unida a l'altra- pensa Paluzié que la resta de catalans, com ella, vivim de xuclar la mamella.

Elisenda Paluzié passa per ser independentista, però és independentista de tira còmica. Ara proposa una vaga, perdó, que això és cosa de rojos, una «aturada de país», per qui sap què. Serà bo veure quants catalans estan disposats a perdre un jornal, un de sol, per una colla que ha reconegut que anava de farol i que va enganyar tothom. Quan la Paluzié sàpiga quants catalans reneguen del sou d'un dia, es farà una idea de quants estarien disposats a sacrificis autèntics. No dic vessar una gota de sang, que això és impensable, sinó que parlo de no anar a esquiar a l'hivern, deixar de sopar a fora cada cap de setmana o vendre's la segona residència, sacrificis que no se sap que hagi arribat a fer mai cap poble oprimit, i no per falta de valor sinó per falta de vacances, de restaurants i de segones residències.

Hisseu més banderes

31 D'AGOST

No m'agrada la gent que, quan parla, per emfatitzar que el que diu mereix reserva, dibuixa cometes amb els dits a l'aire. No només no m'agrada, tinc ganes d'agafar-los els dits i retorçar-los fins a fer-los gemegar de dolor i després preguntar-los si els crits són entre cometes. I tanmateix, hi ha una ocasió, només una, que el gest hauria de ser obligatori: quan els presentadors de TV3 parlen de «Casa de la República» referint-se a la datxa que l'expresident fugat té llogada a Waterloo per viure com un paixà. Aquí sí, un gest de cometes hauria de ser obligatori, o millor unes riallades còmplices amb l'altre presentador, acompanyades d'un cop de colze. Un gest que deixés clar que estan de broma. Perquè hi estan, no? Parlar d'una «Casa de la República» en uns informatius, ha de ser una broma. El cas contrari significaria que ens prenen als catalans per idiotes. O que TV3 ha deixat d'informar per posar-se al servei del govern. Per la televisió han passat moltes cases, i totes tenen relació amb la de Waterloo. La de *la pradera*, amb una nena tan cega com en Puigdemont quan observa la realitat; *la del reloj*, un programa tan infantil com el llacisme que segueix l'expresident; la de *los Martínez*, amb Rafaela Aparicio fent de criada, com en Matamala a Waterloo. Ja fora de la televisió, a cada festa de poble hi ha la «casa de la por», que per més noms moderns que li posin -Túnel del terror, Castillo de Dràcula- continua essent la casa de la por. Com la d'en Puigdemont, que per més que se la vulgui vestir pomposament de «Casa de la República» no deixa de ser el xalet de solters que s'han muntat uns pocs a costa d'un piló de crèduls. Si nom tan llarg no s'avé amb la concisió d'un espai informatiu, se li pot dir «el piset de la mantinguda» i tots ens entendrem.

Aquests dies estic llegint *«Izad más banderas»*, d'Evelyn Waugh. Waugh, mestre de la sàtira, fruiria com un nan si visqués a Catalunya. Expert a mostrar l'absència de valors i el cinisme dels herois de boqueta, en mostrar amb humor la desintegració d'una societat, aquí seria feliç, no li caldria inventar cap personatge. Disposaria d'un president que fuig, d'un altre que és viatjant de ratafia, d'una «Casa de la República», de seguidors voluntàriament enganyats i de frases èpiques, frases èpiques buides tothora com a intent d'evitar el desànim. *«Izad más banderas»* se situa també en un conflicte, si bé aquest no d'opereta: els prolegòmens de la II Guerra Mundial, quan Hitler comença a fer de les seves i la burgesia anglesa manté una vida ociosa, club-sopar-festa, prenent-se la guerra com una diversió i/o com una forma de prosperar. Com la classe dirigent catalana. Inclús mostren igual visió de futur que Puigdemont afirmant que Europa reconeixerà la independència, quan -entre glop i glop de porto- vaticinen que Rússia atacarà Anglaterra i Japó i Itàlia s'aliaran amb els anglesos.

Darrere la sàtira, Waugh revela que a tots els conflictes es tracta d'anar hissant més banderes a mesura que les pròpies mancances es fan evidents, per seguir enganyant la massa. Qui diu banderes diu llaços grocs, la cosa és no defallir. Quan a la «Casa de la República», entre glop i glop de porto, algú pregunta a l'expresident escapista com acabarà el procés, aquest respon el mateix que Basil Seal a «Izad más banderas» quan li pregunten què espera que passi.

-Ja sé el que vull. Vull ser un d'aquests homes de què es parlava el 1919; els espavilats que van treure profit de la guerra.

Fer país per megafonia

4 DE SETEMBRE

A Vic sí que saben fer les coses. La idea de repetir periòdicament per la megafonia del carrer «no ens desviem del nostre objectiu, la independència de Catalunya», hauria de ser imitada en tota la resta de poblacions, i a tota hora. La gent és molt despistada, i oblida amb molta alegria i facilitat els deures. Gràcies a la megafonia, aquella senyora que anava a la fleca, recorda que el seu objectiu no era comprar una baguet, com erròniament pensava, sinó un altre de més elevat. I els nens que anaven a escola creient -innocents ells- que aprendre la taula del 7 era la seva obligació, sabran que no, que és una altra. Un està esmorzant en un cafè, disposat a iniciar com bonament pugui la jornada laboral, i gràcies a l'oportuna megafonia comença el dia d'una altra manera, amb el pit inflat i amb ganes d'anar a buscar una falç i segar cadenes.

Als catalans, si no els ho repeteixes sovint, no recorden que viuen oprimits i que es troben -com molt bé va assenyalar Presidentorra- en plena crisi humanitària. Han tornat de vacances, alguns a la torre de la Costa Brava i els altres a Punta Cana, i és natural que, ni que sigui per uns minuts al dia, els marxi del cap que viuen sota el jou d'un estat imperialista, que a Catalunya hi ha una terrible repressió. Sempre és bo que una veu -i més si és tan espectacular com la de Lluís Soler- els faci memòria, que un comença oblidant que ha d'aconseguir la independència de Catalunya i acaba oblidant-se el mòbil de darrera generació al piset de putes sud-americanes.

La veritat és que la gent no hi posa gaire voluntat, a convèncer els seus conciutadans de la misèria i humiliació a què ens té sotmesos el pèrfid Estat espanyol. I és clar, així no hi ha manera de tenir-ho present. Excepte als llacistes, que per contracte tenen l'obligació de repetir-se a si mateixos, cada dia abans de ficar-se al llit, que Espanya és dolenta perquè només vol mal a Catalunya, a la resta li pot marxar del cap. Potser la solució seria, a més d'estendre a tot Catalunya la iniciativa vigatana, obligar tothom a anar pel carrer amb rostre compungit, fins i tot amb sentits plors cada dues hores, no sé, alguna cosa que ens impedeixi oblidar tot el desgraciats som. No ens hem de desviar del camí, hem de ser un ramat dòcil.

Tercer grau a Kilian Jornet

7 DE SETEMBRE

L'altre dia entrevistaven per TV3 en Kilian Jornet, que és un noi que es dedica a pujar i baixar muntanyes. No el Puigmal, com feia en Pujol, qui sap si buscant rutes segures per les quals treure diners del país. No la muntanyeta del Golf Girona, com feia en Puigdemont per anar a dormir al xalet abans que fugís deixant enrere companys i dignitat, allà se les arreglin ells sols. No les Guilleries, com fa Presidentorra tot buscant herbes per elaborar ratafia, de moment l'única acció de govern que se li coneix, i ja són més de les que va fer el seu predecessor. No, en Jornet puja el Montblanc o l'Everest, i ho fa tot sol i batent tots els rècords.

Com que casualment és català, se l'ha de convertir en heroi. I en patriota, és clar, que aquí si no ets patriota no pots ser heroi, ni tan sols persona. Així que se'l porta a TV3, perquè l'entrevisti Artur Peguera després d'emetre el documental sobre la seva (doble) pujada a l'Everest. Jo, al sofà. Al costat, la meva senyora, que va ser independentista durant un dia: el dia que va veure la policia carregant als col·legis electorals (dono gràcies que no veiés la policia reprimint una manifestació de lesbianes o se m'hauria acabat fruir del dèbit conjugal). Li va durar fins que l'endemà va obrir la boca en Puigdemont. Explico això perquè entenguin que és moderada i m'agrada tenir-la a prop com a barem: si ella dóna cops de cap de desaprovació, vol dir que jo em puc cagar en la mare de qui surt en pantalla.

No passa un minut que en Peguera ja pregunta al pobre Kilian Jornet, que és un grandíssim esportista però no és res més que això, què pensa de la «situació política a Catalunya» (primers cops de cap de la meva senyora). Com que se'n surt amb diplomàcia –«complicada, esperem que s'arregli», etc.–, li insisteix (més cops de cap, ara acompanyats d'algun esbufec), però en Jornet de nou no respon el que s'espera que respongui tot convidat a TV3. I li torna a preguntar. Tres vegades seguides, com si fos Sant Pere, se li pregunta si coneix Jesucrist, o sigui si reconeix el procés com l'única fe verdadera. A un esportista. Com si a un lampista, un llançador de pes o un practicant de cúrling, se li hagués de preguntar per la situació política catalana, cosa que ben pensada, és molt probable que succeeixi a TV3,si no és que ha ocorregut ja. En Jornet només ensopegava a respondre «sí, s'hauria de mirar de solucionar...», i no es movia d'aquí. Entre això i que va aparèixer sense el preceptiu llacet groc (ignoro com seguretat el va deixar entrar a TV3), al pobre se li acabarà sortir per televisió, així pugi a l'Everest a peu coix, per la cara nord i carregant un iac.

A Catalunya –i per extensió a TV3, el seu braç armat– ja no es pot ser ni neutral, s'ha de ser afecte al règim i deixar-ho clar des de la primera pregunta, sigui aquesta quina sigui. Els convidats ben ensinistrats estalvien al presentador que els pregunti sobre «el tema». Si en Jornet fos com ha de ser, a la pregunta de si va patir gaire en l'ascensió a l'Everest, hauria respost:

-M'ajudava mentalment pensar que més pateix Catalunya, que fa 500 anys –o més– que aguanta cruels repressions per part d'Espanya. Si el president diu «seguim», jo m'ho agafo al peu de la lletra i segueixo amunt! Llibertat presos polítics!

En lloc d'això, a mesura que avançava l'entrevista, en Jornet pensava:

-Tan bé que estava jo pujant l'Everest, marejat, congelat, amb diarrea, desorientat i deshidratat, qui em manava venir a Tv3?

El lloro de l'Ana Pastor

11 DE SETEMBRE

Com que l'Ana Pastor no és catalana, desconeix els nostres costums i expressions. Amb raó se li posaven els ulls com taronges en l'entrevista a Presidentorra, quan a qualsevol pregunta, el viatjant de ratafia responia «tenim presos polítics». Si Ana Pastor hagués tingut la previsió d'informar-se, sabria que en la nostra neollengua, «tenim presos polítics» es tradueix com «sóc idiota i no tinc ni punyetera idea del que em pregunta».

Vam veure un Presidentorra preparat només per explicar la recepta familiar de la ratafia, però va tenir la mala fortuna que precisament això no li ho preguntés la Pastor, potser a la seva família també n'elaboren i no li interessa. Li preguntava, això sí, amb quina mesura concretaria l'anunciat desacatament a la sentència de l'1-0. «Tenim presos polítics», responia l'home més espavilat que han trobat per representar els catalans. O si estava disposat a anar al Congrés a explicar-se. «Tenim presos polítics», contestava l'exeditor que no pot ni ocupar el despatx del seu antecessor. O de quina manera pensava fer efectiva la independència. «Tenim presos polítics», repetia amb una ganyota que volia ser d'intel·ligència i produïa l'efecte totalment contrari. O si amb només el 47% dels vots creia lògic embarcar-se en una aventura així. «Tenim presos polítics», recitava el disc ratllat amb forma de president. La periodista va marxar convençuda que tenim de president un inepte total. No li falta raó, les coses com siguin, però si s'hagués informat, si hagués sabut que la frase que li van repetir fins a avorrir-la no era més que el reconeixement de la incompetència i la ignorància de qui la pronunciava, potser hauria canviat d'opinió. O almenys l'hauria completat, i hauria marxat pensant que els catalans tenim de president un inepte, sí, però també incompetent i ignorant.

Quasi al final, quan semblava que Presidentorra ha vingut a aquest món només a parlar de ratafia i presos polítics, es va despenjar amb una resposta diferent. Va ser quan la Pastor, resignada a estar entrevistant un lloro, es va referir a la CUP. Llavors sí, Presidentorra es va mostrar com és: «Respecto molt la CUP, igual que la resta d'independentistes». Li va faltar afegir «i als altres, que els donin». No va fer falta, ja el vam entendre.

Ara toquen les relíquies

18 DE SETEMBRE

Era de calaix que, esgotats els missatges per repetitius i buits, els llacistes acabessin venerant les relíquies dels màrtirs, l'únic que els queda. A Girona, en l'acte institucional de l'11 de Setembre, es va exhibir ni més ni menys que el faristol des del qual en Puigdemont va pronunciar el darrer discurs abans de fugir cames ajudeu-me. No és que sigui precisament l'Arca de l'Aliança, però fins que no accedeixi Presidentorra al martirologi i es pugui exhibir la seva ampolla de ratafia, de moment és tot el que tenim. El iot de Presidentmàs queda descartat perquè continua en ús.

El flamant delegat de la Generalitat a Girona, Pere Vila, va indicar que el faristol «demostra que no ens rendirem». A mi no em mirin, jo ignorava que un faristol pogués demostrar ni això ni res, però és que jo no sóc home de fe. Potser en Vila, com a gran sacerdot, té accés a una mena de llibre de les revelacions. O potser simplement va observar que el faristol, per més burrades que es diguessin sobre ell, continuava allà ferm, sense moure's un mil·límetre. Exactament el contrari, per cert, del que havia fet el seu darrer usuari.

Per a mi un faristol no es diferencia en res d'un altre faristol, però ja he dit que jo no sóc creient. Els fidels el van poder mirar, admirar, tocar i, els més agosarats, besar. Més d'un devia vessar llàgrimes. Pensar que allà va col·locar els seus papers aquell que va fugir a igual velocitat que en Yogui després de pispar l'entrepà a un excursionista ha d'emocionar. Ara bé, si en el mateix acte el faristol va ser utilitzat, que no ho sé, crea un precedent que dificultarà fer el mateix amb la tassa de vàter on l'aleshores president va fer de cos just abans d'enfilar cap a la frontera sense mirar enrere. Una cosa és mostrar en públic la trona que va acaronar les presidencials natges i va acollir el fruit del seu ventre empès per la proximitat de la Guàrdia Civil, i l'altra és utilitzar-la davant dels fidels. Fins i tot els llacistes tenen uns límits. O això vull creure.

El llacisme hauria de fer com l'Església que imita, i posar en circulació fragments del prepuci presidencial. Això sempre funciona, i com que és difícil demostrar-ne l'autenticitat, el pobre Puigdemont ni tan sols hauria de ser circumcidat, que a la seva edat pot ser un drama que riu-te'n de l'exili.

2018

Fins a la punta de la fava

28 DE SETEMBRE

Passa sovint, sobretot quan parlo amb gent de fora de Girona, que em pregunten si rebo gaires insults i amenaces, per la meva postura crítica. No crítica contra els independentistes sinó crítica contra els idiotes, cosa que és més perillosa perquè són molts més. Queden parats quan els responc la veritat: mai, ni una. Excloses les xarxes socials, un invent que sembla pensat perquè el més poca cosa es pugui fer el milhomes, mai pel carrer he trobat ningú que m'insulti, no diguem ja que m'agredeixi, per expressar en aquestes pàgines la meva opinió. És clar que la majoria de gent és prou educada per no increpar ningú per les seves opinions, però jo em refereixo a la minoria maleducada, que no és poca. Inclús els maleducats em deixen tranquil. Quan el meu interlocutor queda estranyat, fins i tot noto que una mica incrèdul, trec ferro al tema.

- Deu ser perquè faig cara de boig perillós (riures).

És mentida, és clar. La raó és que ho sóc realment. I a Girona tothom es coneix.

Sí que he notat, no ens enganyem, que hi ha gent que abans em saludava i ha deixat de fer-ho, la qual cosa és un favor que dec al procés, perquè solen ser persones a qui no tinc gens de ganes de saludar. Alguna cosa bona havia de tenir l'aventura d'en Puigdemont i companyia. Un camina per la vorera, de camí a la feina, i nota com aquell conegut que ve en direcció contrària el mira durant una dècima de segon i tot seguit desvia la mirada -a un aparador, a un cul del davant, al mòbil- per evitar la salutació.

Tampoc seré tan arrogant de pensar que m'eviten pel que escric, a saber quins motius pot tenir una persona per simular que no m'ha vist, un deute impagat, un afer de banyes, una promesa d'amor oblidada, una discussió de trànsit, un no agradar-li la samarreta que porto, un fill no reconegut. A saber.

En aquestes coses sóc una mica despistat, i és probable que hi hagi casos de càstigs que se m'han infligit i jo no me n'hagi ni adonat. Pot molt ben passar com em va ocórrer en un bar que acostumo a freqüentar, que van contractar una cambrera tan feminista tan feminista que es negava a servir-me, vagin vostès a saber què li devien haver explicat de mi a aquella pobra noia en la darrera assemblea lila. El cas és que jo, que no paro atenció a aquestes coses, demanava una cervesa a qualsevol altra cambrera i llestos. Ni per un moment vaig tenir constància de ser objecte d'un boicot, unilateral, però boicot. Qui en canvi se'n va adonar va ser el propietari del bar, que al cap de poc la va despatxar. Trist destí el dels obrers conscienciats. A en Puigdemont li va passar el mateix: va proclamar una república sense que tingués ni la menor conseqüència sobre ningú excepte sobre ell mateix i aquells del seu govern a qui va enredar, que ara són a la presó o no poden tornar a casa.

Per contra, ha crescut el fenomen contrari. D'un any cap aquí, rar és el dia que no se m'atansa algú -al carrer, al gimnàs, a la platja, al bar- per dir-me que continuï, que ja era hora que algú digués les coses pel seu nom i que molta gent -perdonin la immodèstia- pensa el que escric. Tractant-se de Girona, zona zero llacista, la cosa és per pensar-hi. La gent ha perdut la por o la vergonya o el que fos que la feia estar callada. Per dir-ho clarament: la gent n'està fins a la punta de la fava.

La república ociosa

2 D'OCTUBRE

Ara es porta fer revolucions a hores concertades i d'uniforme, alliberar el país com qui va a ocupar el seu lloc de caixera al Mercadona. Un parell d'hores a l'estació emprenyant viatgers, crits davant d'algun edifici oficial on a més despenjarem la bandera espanyola, i després tots a la plaça que ens han dit que s'ha d'anar, on corejarem quatre consignes. Tot seguit, tothom a la feina, excepte els estudiants, que s'agafaran el dia lliure i naixeran alguns amors adolescents, que són tan efímers com les repúbliques catalanes. Hi va haver un temps que tot el temor que inspiraven aquests CDRs de pa sucat amb oli era que espantessin el turisme. Ja, ni això. Els turistes són tan llestos que de seguida distingeixen els temes seriosos dels folklòrics, i ja vénen a fer-nos fotos amb tanta tranquil·litat com les fan als que bramen a l'Speaker's Corner, l'únic lloc del món on mai deixaran a en Puigdemont pronunciar un discurs. Amb una mica de promoció, aconseguirem que les jornades revolucionàries catalanes siguin tan populars com els clavadistes d'Acapulco i encara farem diners.

De l'uniforme, res a dir, es manté l'estètica de les darreres temporades: mocador a la cara per als que volen donar imatge més transgressora, seguint la tendència que arriba de Palestina, que marca la pauta d'aquesta moda. Per als més joves, s'imposa la capa-estelada, que deixa les mans lliures per anar menjant pipes o pistatxos, els adolescents no poden descuidar l'alimentació. El caràcter folklòric de la república sí que ha evolucionat, i ho ha fet per accentuar-se: castellers, música de gralla i trabucaires presents als actes «oficials», li confereixen un aire deliciosament noucentista, alhora que ressalten la farsa. Una troballa, realment, però en anys vinents es pot perfeccionar amb paradetes de pomes confitades i castells inflables per als petits, injustament oblidats des que fa un any van ser utilitzats d'escuts humans pels seus pares que tant els estimen.

Ho resumeix bé el que vaig escoltar a un funcionari independentista, a qui li criticaven que ahir anés a treballar:

- Si volen que faci vaga, que no em descomptin 50 euros del sou.

Hem creat la República Ociosa de Catalunya, per divertir-nos a estones lliures, sempre que sigui gratis.

Perdoneu-nos, catalans

5 D'OCTUBRE

Hauran de passar unes quantes generacions abans que els catalans ens perdonin, als gironins, sempre ens les arreglem per enviar-los el pitjor que tenim. I el pitjor que tenim els gironins sol ser el pitjor del pitjor, som gent sense matisos. Si ja vam ser cruels amb Sopa de Cabra, hem continuat amb el fugitiu Puigdemont i amb Presidentorra. No s'entén que Girona encara no estigui aïllada de Catalunya amb una tanca a la berlinesa.

Si serveix de consol als catalans, els diré que si ells passen vergonya, nosaltres en passem el doble, per catalans i per gironins. No és fàcil ser avui gironí, és millor ocultar-ho. Ahir, entre esperpents al Parlament, es va saber que Presidentorra ha enviat cartes demanant la mediació internacional al que ell anomena conflicte català però jo crec que és conflicte mèdic: la discussió hauria de ser només si mantenir-lo aïllat o permetre-li un règim semiobert, però el tractament és ineludible. He escrit «cartes» però en realitat només va ser una, la mateixa enviada –asseguin-se si estan drets– als presidents d'Espanya, dels Estats Units, de la UE, de la Xina, d'Ucraïna i de Kosovo, i al Papa. Es preguntaran vostès per què als presidents d'Ucraïna i Kosovo i no als de Botswana i Argentina. Doncs jo també. A l'espera que al psiquiàtric admetin visites i ens ho expliqui el mateix Presidentorra, aventuro l'única raó plausible: perquè sí. Sense pretendre-ho va fer set còpies de la carta i, ja posats i per aprofitar el fet, les va enviar als presidents dels països que –amb els ulls embenats– assenyalava en una bola del món que el president del Parlament –també gironí, perdonin de nou– feia rodar. Ja és mala sort que el presidencial dit anés a caure en un estat tan petit com el Vaticà, però els designis del Senyor són inescrutables, i qui sap per què volia Ell castigar el seu representant a la terra.

El Papa Francesc deu maleir el dia que l'Esperit Sant el va ungir hereu de Sant Pere: fa una setmana sortia a la premsa que la senyora de Sandro Rosell li ha enviat una carta demanant-li que intercedeixi pel seu marit, i ara Presidentorra n'hi envia una altra pregant-li que ho faci per Catalunya. Qui pogués ser com els papes d'abans, que es limitaven a organitzar creuades, a lluitar en les guerres o a enverinar rivals, inclús a morir ells mateixos enverinats, allò sí que era vida i no aguantar els ploramiques catalans. Tan bé que estaria jo bevent mate a la Patagònia, qui em manava fer carrera a l'Església, se li ha sentit a dir, plorant de genolls davant de l'Altíssim.

Quan Presidentorra augurava una tardor calenta, vaig creure que es referia al seu propi estat hormonal: si es comporta en política com un adolescent, ben lògic i normal és que tingui les hormones com a tal. Això és cosa seva, vaig reflexionar, com a molt de la seva senyora o –segons disponibilitat pressupostària– de les professionals que a les comarques de Girona adornen els marges de les carreteres, que són les que hauran de sufocar el seu escalfament de tardor. Ara hem sabut que no, que amb «tardor calenta» l'home es referia a les batusses que tindrien lloc entre socis de govern, que acaba de començar el curs polític i les bufetades s'escolten des de Waterloo. Realment s'entreveu una tardor calenta. I divertida, a fe.

I tot, amb Sopa de Cabra encara en actiu. Us ho suplico, catalans: perdoneu-nos.

Que es foti la morta

9 D'OCTUBRE

Hem de disculpar que el cap de setmana ni Presidentorra ni la resta del Govern català no assistissin a la vetlla de Montserrat Caballé. L'agenda del president d'aquest poble que vol fer -o implementar o consagrar o no sé quin nou terme han inventat per dir el mateix, o sigui res- una república moderna, cosmopolita i avançada, estava repleta: la fira de l'all, la fira de l'avellana i un concurs de castells. Havia de triar, i on hi hagi un tres de cinc -si és que això existeix-, que es tregui donar el condol a la família Caballé. És cert que el ministre de Cultura hi va anar, tot i haver de viatjar des de més lluny, però és que el ministre espanyol no té ni idea del plaer que suposa seure en un tamboret amb un rast d'alls a la falda mentre la gent et fa fotos. Si no, hauria engegat la Caballé a dida i s'hauria plantat en una fira o un aplec, com el representant dels catalans. Un orgull de representant, com hi ha món.

Ahir sí, ahir Presidentorra i -suposo- algun altre conseller, van assistir al funeral, perquè ahir ja era dia laborable i passar-se pel tanatori no implicava perdre una estona del cap de setmana. Al contrari, que si ahir tampoc no haguessin anat al funeral, haurien d'haver treballat en algun tema de país. I això sí que no: el decàleg d'un president llacista estipula clarament que qualsevol excusa és vàlida per deixar de banda la feina. Fins i tot el funeral de la Caballé, que sempre va estar contra el separatisme (així en deia ella) i se sentia tan catalana com espanyola, cosa que a ulls llacistes la va fer passar de diva a botiflera. De diva, a Catalunya, només n'hi ha una, i es diu Presidentorra des que l'anterior va interpretar una tocata i fuga.

Ahir, és clar, Presidentorra es va col·locar a primera fila amb un llaç groc a la solapa. El llaç groc és ja una emoticona que adopta diferent significat segons l'ocasió en què es llueix. El de Presidentorra al funeral, que en altres països, o sigui en tots, hauria sigut un signe de mala educació, venia a dir «que es foti la morta». En qualsevol lloc del món, anar a un funeral amb un distintiu polític, fos el que fos però més si se sap que no el compartia el difunt, seria impensable. En canvi, a Catalunya només hi ha una cosa impensable: que un dia tinguem un president amb les facultats mentals intactes.

2018

Heroisme a distància

12 D'OCTUBRE

Les lliçons de valor i heroisme des del refugi de Waterloo s'han convertit en un clàssic del llacisme. Per això al president fugat se li va acudir l'original nom de Crida per a la ultimíssima operació estètica convergent. Des de la llunyania i la bona vida, ell crida a la desobediència, crida a plantar cara a l'estat, crida a sacrificis i crida, en fi, que algú, ni que sigui un despistat, faci el que ell no va ser capaç de fer, ni ho serà mai. Crida que els que no van fugir com gallines s'enfrontin a la maquinària de l'Estat, la mateixa de la qual ell va guillar només de sospitar que es començava a moure. Si hi ha universitat a distància, també ha de poder haver-hi heroisme.

I tanmateix, un no pot deixar de comprendre en Puigdemont. És algú que ja ho ha perdut absolutament tot. La dignitat i el prestigi, per descomptat i des del primer moment, però ara em refereixo a coses més tangibles: casa, família, amics, feina i, sobretot, futur. Que un home sense present i sense futur cridi a la revolta no és només comprensible: és el que toca. Ja que res no té i res no espera tenir, almenys intenta aconseguir que siguin molts més els que es trobin en la seva situació. Les penes compartides són de més bon portar. Si aconseguís enredar en la desobediència en Torrent, més alguns consellers i alts càrrecs, qui sap si acabarien també havent de fugir per cames, i a Waterloo hi cabem tots. Les sobretaules serien més entretingudes, que parlar sempre amb en Matamala comença a avorrir. I la de partides de cartes que podrien organitzar en les fredes nits belgues. Toca continuar alliçonant des de Bèlgica.

Gràcies a la crida a la revolta de Puigdemont, però sobretot gràcies al fet que encara queden il·lusos que se'l creuen, l'independentisme ha perdut la majoria al Parlament. Tampoc és que importi, va suposar només que el bloc sobiranista perdés votacions com reprovar la monarquia o proclamar el dret a l'autodeterminació, que més que propostes d'un parlament semblen la carta d'un nen als Reis. O d'un lector de diaris ociós, d'aquells que encara escriuen cartes al director i quan s'acosta Nadal les titulen «Carta als Reis» i demanen que s'acabin les guerres i la fam. Molt lacrimogen però poc efectiu, tant el Parlament català com les cartes.

Potser en Puigdemont mira TVE des de la distància, amb internet és fàcil. Fa poc emetien un reportatge sobre el mentir. Sé que a un expert com ell poc se li pot ensenyar, però el programa era científic i tot el que ell en sap ho ha descobert per instint, com tots els superdotats. S'hi deia, per exemple, que quan algú vol ser enganyat a la llarga sempre apareix algú que l'enganya. Els mentiders professionals, i el president fugat no hi ha dubte que ho és, no menteixen a la babalà, primer s'asseguren que hi ha algú no només disposat a ser enganyat, sinó amb ganes de ser-ho. Dos milions, aviat està dit.

Consideren també els científics que atribuïm més veracitat a algú que conserva trets de nadó en el rostre. No dic la intel·ligència d'un nadó, que en això estarien igualats Puigdemont i Presidentorra, sinó l'aspecte. A Presidentorra no li troba aspecte de nadó ni un talp que l'observi des de 500 metres, però en Puigdemont, blanquet, mantegós i amb la veueta atiplada, estava predestinat a ser el gran estafador dels catalans. Que vagin amb compte en Torrent i companyia.

2018

Fer un Tortosa

16 D'OCTUBRE

Entre el llacisme ha fet fortuna l'expressió «fer un Tortosa». Pel que sembla, va néixer en una visita que polítics de Ciutadans feien en aquesta ciutat, un dia que els llacistes, en lloc d'anar a increpar la líder del partit que va treure més vots en les darreres eleccions catalanes com fan habitualment, van decidir ignorar-la. Els va agradar tant el que van fer, els va sorprendre tant comprovar que deixar parlar els altres no fa que et caigui un llamp del cel com a càstig, que ara «fer un Tortosa» s'aplica a tota situació similar, a ignorar els adversaris.

Per als llacistes va ser un descobriment, en la seva simplicitat mental ignoren que la gent normal i demòcrata porta tota la vida fent tortoses. Jo mateix, mai no he fet altra cosa: quan un acte –no només polític, també cultural, social o esportiu– no m'interessa, em limito a no anar-hi i a continuar fent la meva vida. Però vet aquí que les coses de la gent normal i demòcrata són estranyes als llacistes, tan estranyes que, quan de casualitat ho duen a terme, ho troben tan extraordinari que es veuen en la necessitat de posar-li nom. Un Tortosa. És comprensible. La gent que té per costum anar a insultar, cridar o boicotejar els actes que no li agraden, sigui al carrer o a la universitat, es queda sorpresa en descobrir que hi ha una forma menys animal de comportar-se, com és la de deixar que cadascú celebri l'activitat que vulgui, sense necessitat d'anar-hi a fer el papanates.

Van quedar molt contents de la seva no activitat a Tortosa, segons diuen, perquè així Arrimadas i cia no van ser increpats i es van quedar sense poder denunciar-ho. Tan elaborat pensament –que si deixes la gent tranquil·la, no t'acusaran de no deixar-la tranquil·la– ha trigat uns quants anys a entrar als caps llacistes, de la qual cosa es dedueix que el famós «tenim pressa» anava referit al que fos, excepte a la seva velocitat de connexió neuronal. Bé, i a la independència tampoc, vistos els resultats.

Tot és començar a entendre que la tolerància tracta precisament d'això, de fer tortoses sempre i en tota circumstància. Quan tinguin clar que fer un tortosa és una cosa tan normal que no cal ni posar-li nom, quan ja ni tan sols es vegin obligats a referir-s'hi, hauran començat a caminar per la democràcia. Quanta paciència hem de tenir.

Vázquez Montalbán i el procés

19 D'OCTUBRE

Manuel Vázquez Montalbán, mort feia ahir quinze anys, avui formaria part de l'honrosa llista de botiflers, orgull molt superior al fet que et regalin la Creu de Sant Jordi, on vas a parar. Igual que ell va encunyar el terme *aznaritat* per referir-se a una època que anava molt més enllà del polític aznarisme, existeix la pujolitat, que va més lluny dels anys del pujolisme i s'estén fins als nostres dies. Vivim en plena pujolitat, no només perquè ja està clar que el procés ha sigut un intent maldestre i convergent de fugir endavant empesos pels casos de corrupció, també perquè Presidentmàs, Presidentorra i l'expresident fugat no són més que Pujols, tan populistes com l'original, només que més alts i passats per tractament estètic, si bé en aquest darrer punt amb resultats més aviat discrets.

MVM va viure quan català era tothom que vivia i treballava a Catalunya, fins i tot els xarnegos com ell. Avui és català qui viu i treballa a Catalunya, parla català, vota partits independentistes, s'absté de criticar el procés, du a la cartera una estampeta de sant Puigdemont màrtir i vés a saber si verge, defensa que TV3 és la millor TV de totes les TV que es fan i es desfan, porta llacet groc, es compra anualment la samarreta que engreixa les arques de l'Associació Nacional del Rifle o el que sigui que signifiqui ANC, somia amb una nova espècie que tingui l'origen en l'encreuament entre Pilar Rahola i Ramón Cotarelo i no va a dormir dissabte sense haver recitat les oracions, això és, sense haver vist *FAQS* a TV3. O sigui, els catalans són quatre gats, la qual cosa és una bona estratègia: ja que és impossible eixamplar la base del sobiranisme, reduïm el nombre de catalans autèntics.

MVM sí que va ser pres polític, i d'una dictadura de debò, sense que anessin ociosos a celebrar aplecs i sopars populars a les portes de la presó. Ja podrien tenir, els seguidors dels presos, similar dignitat que aquests, que mai no han reclamat la llibertat. Ho escrivia ahir aquí mateix Salvador Sostres, i ho subscric: obririen les presons i els polítics s'hi quedarien a dins. Uns per por, altres per desconfiats, potser algun per responsabilitat, però de la garjola no surten ni a empentes si abans no ho ordena un jutjat. Espanyol, per descomptat. No estaria de més que els seus hipotètics seguidors els deixessin tranquils.

Però el que faria disfrutar el pare de Pepe Carvalho seria comprovar que un dels màxims ideòlegs de la farsa és Agustí Colomines, l'home barreja de Topo Gigio i una pintura d'El Greco. Colomines explicava fa poc que Catalunya ha volgut dur a terme l'experiment de fer la independència sense morts, cosa que ho endarrereix. Sense morts, diu el llumenera. Més aviat s'hauria de referir a l'experiment català de voler fer la independència sense majoria, sense líders de debò, sense diners, sense polítics intel·ligents, sense suport de cap país, sense ganes, sense necessitat, sense projecte, sense estratègia, sense idea de res, sense valor, sense bolquers, sense seny, sense escoltar ningú i sense un goril·la dissecat en un calaix del zoo, que faria d'intel·lectual amb més mèrits que el tal Colomines.

Així és molt fàcil apuntar-se a revolucions. Com diu Pepe Carvalho a *Asesinato en el comité central*:

– M'apunto a la subversió dels imaginaris.

– I les altres subversions?

– Ah, però n'hi ha d'altres?

Dos Via Crucis diferents

30 D'OCTUBRE

Presidentorra té aspecte de no tenir bé el terrat, i realment quan obre la boca ho confirma, però a canvi té un sisè sentit per sobreviure a tot fent la viu-viu. Ell es dedica a anar a inofensives fires, a deixar-se fotografiar fent activitats rústiques, que sempre agrada, i a degustar ratafia. I punt. Quan es tracta de fer-se entrevistar per periodistes de debò, és a dir, per qualsevol persona aliena a TV3, hi envia un conseller despistat o algun que a causa de la seva edat ja no distingeixi en Vicent Sanchis de l'Oprah Winfrey.

Aquest cap de setmana Presidentorra va ser a Girona inaugurant el que ja es coneix com a Via Crucis Puigdemont, un nou atractiu turístic. Es tracta de fer el mateix recorregut que l'expresident va seguir el dia abans de fugir per cames a instal·lar-se a cos de rei a l'estranger. Guiat per l'alcaldessa i tots dos amb llàgrimes als ulls, s'aturaven als mateixos indrets on el messies ho va fer aquell infaust dia, tocant amb la punta dels dits les pedres que potser ell havia tocat amb les seves sagrades mans.

– Primera estació: Puigdemont fa un cafè en aquest bar.

I allà tenim Presidentorra, demanant de genolls un cafè al sorprès cambrer, implorant que fos, sisplau, en la mateixa tassa que el Senyor havia utilitzat, convertida ja en Sant Grial.

– Segona estació: Puigdemont té una urgència i la soluciona en aquest arbre. I Presidentorra s'obre la bragueta i entra en èxtasi mentre micciona, per fortuna sense levitar.

I així fins a la 14 estació: Puigdemont s'amaga en un cotxe i mentre el vehicle inicia la fuga pronuncia les famoses paraules: «tonto l'últim».

Molt millor aquest Via Crucis que el que va patir en forma d'entrevista el pobre Ernest Maragall a la BBC, enviat per Presidentorra. Fer-li fer el ridícul a la seva provecta edat, quan hauria d'estar jugant a la botifarra al casal del jubilat, és d'una crueltat extrema. Després de quasi fer-lo plorar, el periodista li va acabar dient «vostè no en té ni idea». Que no s'ho agafi personalment en Maragall, el missatge el va rebre ell com a conseller d'Exteriors, però anava dirigit a totes les llumeneres de l'actual Govern català i de l'anterior: vostès no en tenen ni idea.

I que hagin d'anar fins a Anglaterra per escoltar el que els puc dir jo des d'aquí: inútils, que sou uns inútils.

Maleïda separació de poders

2 DE NOVEMBRE

Volien una prova definitiva de la separació de poders a Espanya? Tot i que les darreres setmanes el Govern espanyol ha estat opinant, més ben dit insinuant, més ben dit indicant, que seria bo que els acusats de l'1-O ho fossin només pel delicte de sedició, la fiscalia els ha acabat acusant de rebel·lió. Ja ho veuen, tant pregonar des del llacisme que Espanya s'assembla a Turquia, Tailàndia i altres països sense divisió de poders, per acabar desitjant que fos així: qui pogués viure a Turquia, on el poder judicial s'avé al que li dicta el poder executiu! Tant de bo fóssim a Tailàndia, on quan el Govern recomana acusar un pres d'un delicte, la fiscalia s'hi plega sense protestar! Maleïda divisió de poders, que permet a la justícia actuar sense escoltar els polítics!

Per fortuna per als presos, Presidentorra com a líder dels CDRs ja va advertir que Catalunya, o sigui ell i els qui se'l creuen, no acceptarà cap altra sentència que no sigui la lliure absolució dels polítics presos, és a dir, de tots excepte Rodrigo Rato, que no és català. Això, en neollengua catalana, significa que després de la sentència -que ni en somnis serà absolutòria, em sap greu ser jo qui explica que els reis són els pares- els CDRs tallaran un parell de carreteres i la via del TAV, uns quants milers de persones s'aplegaran en alguna plaça per cridar una estona, i l'endemà tothom anirà a treballar com cada dia.

Si aquesta rebel·lió que promou el president dels CDRs no obté fruits, sempre queda el pla B, que no és altre que fer cas d'una punyetera vegada a en Toni Comín, que porta un any intentant ser protagonista des de Waterloo i tothom l'ignora, el pobre. L'última d'aquest senyor amb ulls i pestanyes de nina Pepona és fer una crida a la vaga indefinida. En això s'ha d'admetre que és conseqüent, segurament el polític més conseqüent que ha donat Catalunya els darrers anys. Ja que ell fa un any que viu de la *sopa boba* a Brussel·les, més uns quants anys anteriors sense que se li conegui ofici tot i que sí molts beneficis, res més lògic que propugnar que tots els catalans adoptin el seu *modus vivendi*. Per a en Comín, una aturada indefinida és l'estat habitual de la persona, el que no pot entendre aquest home és que hi hagi qui va a treballar cada dia per poder menjar. Comín proposa una vaga indefinida -des de Brussel·les per descomptat-, no només com a mesura de pressió, sinó perquè té comprovat que així es viu la mar de bé. Busca per a tots els catalans el benestar que ell fa anys que viu en primera persona, i que duri.

-Per què han d'anar a treballar cada dia els catalans, si el més fàcil és llevar-se tard, passejar per Waterloo, atendre la trucada periòdica de Catalunya Ràdio o TV3, anar a menjar musclos amb el creador de la Crida, i en acabat conèixer algun bar de moda, abans d'anar a dormir?- es pregunta amb tota lògica aquest revolucionari, digne hereu del Che Guevara.

I si algun desinformat li respon que els que van a treballar ho fan per guanyar-se la vida, ell, realment sorprès i onejant al vent aquelles pestanyes emmidonades, respondrà que per això ja hi ha les caixes de resistència. I a viure, que són dos dies.

No sé jo si aquestes revolucions que Comín i el cap dels CDRs preparen per a l'alliberament dels presos tenen gaire futur. Jo d'ells demanaria l'extradició a Turquia, més fàcil ho tindrien.

Ser indepe, una angoixa

6 DE NOVEMBRE

El llacisme té mala sort. Que les peticions de la fiscalia s'hagin conegut en ple pont ha impossibilitat fer mobilitzacions en favor dels presos. És que, a més, el pont va coincidir amb una onada de fred que va permetre que algunes estacions d'esquí, com Masella, obrissin les pistes. Ja m'explicaran, doncs, entre els que anaven a estrenar els esquís d'aquesta temporada, els que anaven a la torre de la costa i els que aprofitaven els quatre dies de festa per anar de compres a Londres, qui quedava aquí per recordar que els catalans som un poble oprimit i que Espanya ens roba, tant diners com dies de llibertat dels nostres líders. Quatre gats. I per convocar mobilitzacions de quatre gats, millor deixar-ho per a un altre dia, sobretot si tres d'aquests gats són gironins i -quanta maleïda coincidència- aquest llarg cap de setmana eren Fires de Girona. No serà fàcil trobar una altra data que ens vagi bé, perquè ja s'acosta el pont del Dia de la Constitució -més estacions d'esquí obertes, més viatges amb Ryanair, quina angoixa-, i no ens n'adonarem i ens trobarem en portes del Nadal, i entre preparar tiberis i fer compres, no queda temps ni per reclamar llibertats ni per recordar al món -que ens mira- que som una colònia miserable. Jo ja ho deixaria per a després de Reis.

És el que té ser *indepe*, perquè el procés no és cosa d'independentistes, sinó d'*indepes*. En una recent entrevista, l'historiador Ucelay-Da Cal distingia entre uns i altres. Aquesta -ehem- revolució dita procés és només d'*indepes*, com ells solen anomenar-se. Indepe es pronuncia en castellà, amb les dues e tancades. Els *indepes* pregonen les virtuts de la independència com els cristians evangelistes les virtuts de la religió, perquè sí, penediu-vos pecadors, la independència s'acosta.

Un és indepe perquè és guai ser-ho, perquè està de moda, tio, i per demostrar al papà que em mereixo la paga setmanal o al fill que sóc enrotllat. I perquè la penya ho és, i perquè hi ha una tia que t'hi cagues, i perquè l'estelada és guapa. Un indepe no necessita més raons. Només necessita, com queda dit, temps per manifestar-se entre el pont de l'1 de novembre i el de la Constitució. Però que no sigui en cap de setmana, que no és cosa de sacrificar estones de lleure. Seguim, tio.

Directes cap al Nobel de Física

9 DE NOVEMBRE

Parlava amb un company del diari sobre el via crucis que va fer Presidentorra a Girona, tot seguint les passes de Puigdemont abans de fugir, aturant-se als mateixos llocs, fent els mateixos gestos, mostrant la mateixa intel·ligència. Ploràvem de riure. El company assegurava que ja no es pot fer més el ridícul. Vagi en el seu descàrrec que, pobre noi, és jove. Li vaig dir que mentre nosaltres conversàvem, segurament el llacisme estava superant les cotes de ridiculesa que ell creia inabastables. Dit i fet. L'endemà era presentat pomposament el Consell per a la República, aquella eina per qui sap què, però que qui s'hi vulgui apuntar ha de pagar 10 euros

- Ara sí que ja hem tocat sostre- em deia el company l'endemà.

Quina poca fe en la capacitat del nostre govern. Un dia després vèiem Presidentorra i alguns consellers agafats de les mans i cantant *L'hora dels adéus* com minyons escolta, els faltava només anar en pantaló curt i destrossar el mobiliari per fer un foc de camp. Insuperable? Ni pensar-ho. Dies després es presentaven els caganers del pessebre, entre els quals la figureta d'un llaç groc amb cagarro també groc (!), així com les de tots els consellers empresonats, quan l'únic que ha fet mèrits per ser declarat caganer major és en Puigdemont, i per partida doble: per haver-se cagat a les calces i fugir, i per haver-la cagat en tota la seva estratègia política.

El meu company no ha tornat a obrir la boca, sap que són capaços de superar-se dia a dia, fins a l'infinit. Els polítics llacistes han assolit el que fa segles buscaven els científics: el moviment continu. Moviment continu cap a la idiotesa absoluta, sí, però moviment al cap i a la fi, i el premi Nobel espera. No va poder ser el de la Pau per a Puigdemont, potser sigui el de Física per a tots en conjunt.

Com diria Julio Camba, tot el que surt de boca del Govern català no són més que arguments melodramàtics amb una mica de novel·la de Dickens i una altra mica de tango argentí. Van organitzar un «referèndum» -beneïdes cometes- i no pensaven que Espanya el prohibiria, però el va prohibir. Van tirar-lo endavant no pensant que hi hauria actuació policial, i n'hi va haver. No pensaven, després, ser imputats per la justícia, i ho van ser. No pensaven que se'ls apliques la presó provisional, i se'ls va aplicar. No pensaven ser acusats de rebel·lió i ho han estat. La pregunta és: pensaven alguna cosa? Han pensat mai alguna cosa?

Segurament tampoc pensen que al judici puguin ser condemnats, pobrets. Ja sé que hi ha saberuts intel·lectuals que consideren que això -presó, judici, fugats, etc.- no fa més que «enquistar» la situació. Aquí procedeix una nova pregunta: i què? Enquistar la situació, o sigui mantenir l'actual, significa que els CDRs continuaran penjant llaços grocs, que es reuniran a cridar a la plaça major del poble un cop a la setmana, i que un parell de cops l'any, aniran a manifestar-se a Barcelona. Per mi ho poden fer fins que els sagnin les mans de tant fer nusos, la gola de tant cridar i els peus de tant caminar.

Val més dedicar el temps a esbrinar com hem arribat aquí. I la resposta, mirin, potser estigui en la notícia que aquesta setmana revelava que Catalunya inverteix en educació, de mitjana, menys que Espanya i menys que Europa: com deia algú referint-se a Trump, idiotitza els votants i elegiran un idiota.

Sanchis, el dur

13 DE NOVEMBRE

Lluny de la meva intenció voler donar lliçons de periodisme a Vicent Sanchis, director de TV3 per la gràcia de Déu. Lluny de la meva intenció perquè no tinc ganes de perdre el meu valuós temps, quan ho pot fer qualsevol amb més capacitat que ell, posem per cas el meu fill de vuit anys. O la nena de 4 anys que li ha tocat apadrinar aquest any a col·legi i que encara no sap llegir. Com en Sanchis.

La nena li podria explicar moltes coses, al mediocre periodista valencià. La primera, que deixés la propaganda al departament de publicitat de la casa. Mostrar-se com un entrevistador dur, fins i tot inquisidor, podria ser un mèrit... si ho fos sempre. Em sembla perfecte que es disfressi de periodista agressiu quan entrevista la cap de l'oposició i líder del partit que va guanyar les eleccions catalanes. El vomitiu és que després, quan entrevista polítics llacistes com Presidentorra o el fugat Puigdemont, caigui de genolls al seu davant. I no perquè es trobi en presència de la divinitat, que també, sinó perquè aquesta és la postura més còmoda pel seu paper de meretriu experta en arts franceses. Meretriu de luxe, si hem de fer cas dels seus ingressos per tan bucal feina, però val a dir en el seu descàrrec que la du a terme tantes vegades i amb tanta passió que, com es diu de les autèntiques professionals, sembla que ho faci per amor.

El que és amor passional en uns casos es torna despit quan té al davant Arrimadas. Ja sé que fins i tot les més expertes cortesanes tenien amants favorits i que no es pot desitjar els uns amb la mateixa passió que els altres. Que també un home madur com en Sanchis té dret a triar el seu objecte de desig, es veu que les hormones desbocades no respecten ni la senectut. Però es podria contenir una mica, ni que sigui per consideració a les treballadores que han de passar després el fregall per recollir les baves. I també perquè ho fa al davant de tots els televidents, per l'amor de Déu, es podria esperar a finalitzar l'emissió i fora de càmera degustar –ara sí– el fruit amarg de la passió.

La nena apadrinada pel meu fill podria donar moltes lliçons a Sanchis. La principal, tenir una mica de vergonya i de respecte per un mateix, coses que als quatre anys ja es coneixen.

Les xefles s'han de pagar

16 DE NOVEMBRE

Es veu que Presidentmàs haurà de pagar quasi 5 milions d'euros, que és el que vam pagar els catalans per organitzar allò del 9-N, una xarlotada de tantes, recordin, «volem votar», «in-inde-independència» i blablabla. O sigui que en realitat el que ha de fer és tornar-nos als catalans els nostres diners, que ell va malgastar en el que li va passar pel barret. Ell s'ho va passar molt bé, va sortir a totes les ràdios i televisions i, en fi, es va divertir com un nan pel mòdic preu de zero euros, perquè la factura la vam pagar tots. Els polítics catalans estan tan acostumats a fer-se el pinxo amb els nostres diners que és comprensible que el pobre no pensés que la gent normal acostuma a pagar-se les xefles. Presidentmàs va passar sense escales de la infantesa a la política, així que també va passar amb tota naturalitat d'anar a Port Aventura a càrrec dels papàs a divertir-se a càrrec dels catalans. Ha hagut de venir un jutge a explicar-li que és molt legítim voler sentir-se reina per un dia, però que la festa se l'ha de pagar de la seva butxaca.

Presidentmàs, ho hauran notat pel tractament que li dispenso, continua essent Presidentmàs encara que no presideixi res, tret de la llista de morosos o embargats. El llacisme té molt clars els protocols, i continuarà parlant de Presidentmàs fins i tot quan visqui en un caixer, entre cartons, igual que es refereix encara a president Puigdemont per més que hagi fugit i deixat enrere país, casa, família i càrrec, a més de l'honorabilitat. Fins i tot n'hi ha, juro que els he escoltat, que en la intimitat parlen encara de president Pujol. En Montilla no, en Montilla és només en Montilla, perquè tot i que va ser també president, pesa més que sigui xarnego. Això el llacisme no ho perdona.

El PDeCAT -o sigui la Convergència de tota la vida- ha sortit en defensa de Presidentmàs, o més ben dit, dels diners de Presidentmàs, assegurant que fer-li pagar aquesta morterada és un «càstig polític». Estic segur que ho diuen seriosament. Convergència porta tantes dècades cobrant en lloc de pagar, que cada vegada que algú els vol cobrar un deute, ho consideren un càstig. Imagino les cues que deuen formar els seus dirigents quan al súper es neguen a pagar els iogurts, les pizzes congelades i els bolquers -en la llista de la compra convergent no falten mai els bolquers, de fa uns anys ençà- per considerar-ho un càstig, i no qualsevol càstig, sinó càstig polític.

- Seguretat? Vinguin a la caixa número 4, per favor. Hi ha un senyor amb gorra de capità de vaixell que es nega a pagar la compra, i a més pretén sostreure de la caixa el 3% de l'import total. Assegura que sempre s'ha fet així i que té pressa, que salpa cap a Ítaca. Sembla perillós.

Presidentmàs té a partir d'ara l'opció de viure en un caixer, la de demanar un euro a cada català com va fer Lola Flores fa anys, o la de muntar una caixa de resistència. Jo recomano aquesta darrera solució. Abans les estafes es feien pel mètode de la Piràmide, ja saben, cadascú havia d'enredar cinc incauts, i així successivament. Això ja està superat. Es va superar quan algú de l'ANC va descobrir el que passa per ser la millor aportació de Catalunya a la humanitat: la caixa de resistència, també anomenada «per què perdre el temps embarcant-nos en llargues piràmides, si podem estafar-los a tots d'una tacada». Seguim.

2018

La Núria, emprenedora

27 DE NOVEMBRE

Quan vinc al diari, cada matí i sempre al mateix lloc, trobo un noi ajupit a terra, que demana diners al vianant. En ser estranger, ignora que si es posés un llaç groc a la solapa i en lloc de murmurar *«una ayuda por favor»*, cridés amb fermesa un «per a la Caixa de Resistència», ja hauria deixat el seu metre quadrat de carrer i s'hauria retirat a viure a un apartament a les Bahames. La Núria ho va entendre. La Núria és la CDR guardiana de la Caixa de Resistència de Vilafranca del Penedès. O ho era, fins que va marxar amb els diners i no se sap on para ni ella ni els euros que havien de servir per resistir qui sap què. Potser se'n diuen caixes de resistència perquè són per comprovar qui és capaç de resistir la temptació d'embutxacar-se la pasta.

La mateixa opacitat de les caixes de resistència dificulta saber quanta gent viu d'aquestes. A la pobra Núria l'han enxampat, deu ser encara més estúpida que la resta, però em jugo un braç que no és un cas aïllat. És normal. Vostè té a càrrec seu un compte corrent amb ningú sap quants diners, està sopant una sardina de llauna, i mentrestant veu per TV el president fugat mostrant el xaletet de Waterloo o sent per ràdio el que cobra el seu successor per promocionar la ratafia, i pensa que està fent l'idiota. I efectivament, l'està fent a menys que agafi els diners i corri.

A algunes empreses, sobretot de l'administració pública, passen de tant en tant una guardiola «per la caixa de resistència». I a veure qui és el guapo que s'hi nega, no diguem ja qui és el que demana explicacions o comprovants. Lluny d'enfadar-nos, n'hem de prendre exemple. Si vostè, lector, té dificultats per arribar a fi de mes, o no en té però li agradaria passar 15 dies a l'Havana amb una mulata a cada braç, agafi una guardiola -a poder ser de fang, als llacistes tot el que tingui cert aire rural els infon confiança- i passi pel seu lloc de treball a demanar, millor dit exigir, «per a la caixa de resistència». Si algú reclama un rebut o alguna prova que els diners es destinen a una causa humanitària com assegurar que un expresident fugit continuï vivint a cos de rei i sense treballar, se li diu botifler, traïdor i unionista. I a viure.

2018

Els catalans de les pedres en fan pans i de les caixes de resistència, plans. De pensions.

Una vaga de fam diluïda

4 DE DESEMBRE

Totes les alarmes van saltar la setmana passada, en veure que hi ha catalans que comencen a estar farts de la matraca llacista i surten a protestar per temes de veritat transcendents. Alguna cosa s'havia de fer perquè la gent tornés a agafar l'estelada i a no preguntar. Res millor que fer circular una foto dels presos, tenint cura de col·locar els dos més *greixandos* -algú creu que va ser casual?- al darrere, no fos que es veiés que, malgrat el que s'havia filtrat interessadament, no només no han perdut un trist quilo sinó que llueixen formosos com vedells. Algú va oblidar advertir els ocasionals models que havien de fer cara de tristos, en lloc de la de «nosaltres aquí, tan ricament, i vosaltres omplint caixes de resistència» amb què van ser immortalitzats. Una nova prova que les millors estratègies fracassen pel factor humà.

No n'hi havia prou. L'afartament dels catalans amb el Govern i la situació de tot plegat arriba a tal grau que es requeria un altre cop d'efecte per mobilitzar masses: una vaga de fam. Una vaga de fam, això sí, digna de qui proclama la independència però no la proclama, de sí però no, més una vagueta que una vaga, així que quatre d'ells han deixat de menjar sòlids però continuen ingerint líquids.

-No ens rendirem. Avui per dinar només hem ingerit un gaspatxo, un caldo de carn, puré de patates, una vichyssoise, sopa de peix -hi havia gambes surant però només n'hem xuclat el cap-, iogurt -líquid- de postres, un carajillo i una fària. Seguim!

I ara arriba Vox i ningú no recorda ni els soferts presos ni els no menys soferts exiliats, que porten un ritme de vida de vaga de fam perenne. Lògicament els costa d'entendre que a Espanya cridi tant l'atenció l'auge d'un partit populista, de dretes, que posa la bandera i la pàtria per davant de qualsevol altre tema, quan a Catalunya és el pa de cada dia.

Sigui com sigui, Vox els ha robat protagonisme. I el problema és que amb la foto i la vaga han cremat totes les naus. Per cridar una mica l'atenció ja només els queda deixar-se fotografiar en pilota picada pel calendari de Lledoners 2019, però hauran de convèncer cinc interns més d'ensenyar el cul, encara que siguin un parell de quinquis, un traficant i dos proxenetes.

Sempre trobo motius d'alegria

7 DE DESEMBRE

Ahir, a Girona, els intolerants van voler impedir un acte polític. I punt. És intranscendent de quina ideologia eren els uns i els altres, si d'esquerres o de dretes, si catalanistes o espanyolistes, si moros o cristians. Els fets són que uns volien celebrar un acte polític i els altres no volien que ho fessin. I punt.

Estic segur que avui sortiran els que argumenten que Vox va venir a Girona a provocar. Són els mateixos que quan violen una dona, asseguren que tal com vestia anava provocant, la molt puta, si és que ho anava buscant. Jo dec ser un tio molt rar, perquè mai de la vida m'he sentit provocat per absolutament cap acte polític, per sort no puc dir el mateix de les dones. Si no m'agrada un míting, una manifestació o una conferència, em limito a no anar-hi. Per això mai no n'he assistit voluntàriament a cap. Però els asseguro que sigui qui sigui qui parla o qui ho convoca, no he notat dins meu cap preocupació. Ni la més mínima. Potser, més que rar, el que sóc és modest, i em costa de creure que ho facin per molestar-me.

Com que, a més de rar, sóc optimista, m'agrada trobar la part positiva de gresques com la d'ahir. Veure que la policia catalana és tan eficient porra en mà com la Guàrdia Civil, m'omple d'orgull a mi i estic segur que a tots els que ahir ho van comprovar en pròpia pell. Tornar a casa amb el cap obert i la camisa tacada de sang, però sabent que qui t'ha atonyinat té el nivell C de català, és per estar content i satisfet. De fet, no descarto que tots els que es van aplegar ahir als carrers de Girona ho fessin només per poder viure l'experiència de ser colpejats en català, que com és sabut és una llengua analgèsica. Me n'alegro molt per ells.

L'altre motiu d'alegria, més important perquè ens afecta a tots, és que gràcies a actes com el celebrat ahir, sabem del que ens vam salvar pel fet de tenir uns polítics idiotes i/o covards al capdavant del procés. Pel que es dedueix de com actuen els patriotes, la famosa República que havia de ser la Dinamarca del Sud, hauria sigut en realitat la Corea de l'oest, i només podrien celebrar actes públics els que haguessin superat tots els tests d'afecció al règim. Si hem de fer cas de l'acció d'ahir i d'altres dels darrers dies –el mateix Manuel Valls va haver de posar fi a un acte–, a la República que ens volien encolomar serien il·legalitzats tots els partits polítics no llacistes, serien tancats tots els mitjans de comunicació desafectes, i jo m'hauria d'exiliar al xalet Waterloo, només espero que en unes condicions de vida semblants a les de l'actual inquilí.

No és que sigui cap sorpresa, ja fa temps que sabem que a Catalunya els únics que poden fer ús dels més bàsics drets i llibertats són els llacistes, i que els altres han de recloure's a casa si no volen ser hostilitzats, però festes com l'organitzada a Girona serveixen per refrescar-nos la memòria. Per recordar-nos com seria una República catalana amb aquesta colla campant lliurement, i amb un president/piròman atiant-los al crit d'«apreteu, apreteu». Alegria, per tant, d'haver tingut una classe política tan inepta que va fracassar en el seu intent de convertir Catalunya en un Ulster. Si tot el que hem de pagar a canvi és que TV3 ens recordi cada dia que uns fan dieta a la presó i els altres no poden ni acostar-se a la frontera, ens ha sortit prou barat.

2018

Cuina de fireta a Waterloo

14 DE DESEMBRE

Es en aquestes dates quan recordo com de pesada es posava la meva germana demanant als Reis una cuina de fireta, no es podia conformar amb els Madelman com jo, no, ella volia la punyetera cuina. Fins que un any, en llevar-nos el 6 de gener, allà hi havia la cuina, petita, de fusta, just al costat del meu esperat Madelman Safari. Fou així com la meva germana va deixar de donar la tabarra, es passava les hores fent veure que cuinava mentre la resta de família es podia dedicar tranquil·lament a les seves activitats, com ara imaginar expedicions al Kilimanjaro amb els ninots que *«lo pueden todo»*. Tant de bo haguéssim sabut abans que una simple cuina de fireta ens la tindria entretinguda.

No és casual que també en aquestes dates li hagin regalat a Carles Puigdemont el seu Consell per a la República, un govern de fireta perquè jugui a governar mentre els adults fem la nostra vida. Gràcies a aquest govern de fireta, el nen estarà entretingut: ara dicto un decret, ara promulgo una llei, ara em dirigeixo a Europa exigint que expulsin a Espanya de tot arreu, OTI inclosa, després nomeno per a càrrecs imaginaris els meus amics, i demà escriuré una carta a en Trump explicant-li el canvi climàtic. Per mi, com si uneix en sant matrimoni en Sanchis i la Rahola pels serveis propagandístics prestats, el cas és que jugui i no molesti, com la meva germana. De tant en tant haurem de fer veure que li fem cas –jo mateix simulava menjar les sopes que la meva germana preparava en la cuineta–, però no costa res dir-li que sí, que d'acord, que és el nostre líder i que aquest dibuixet que fa amb un 6 i un 4, és clavadet al seu rostre i l'usarem per als segells de correus de la Repúbica.

- I ara reuniré el Consell i cantarem tots junts els Segadors, serà «díver» -exclama, picant de mans i assegut a terra.

La diferència entre els dos infants, vull dir en Puigdemont i la meva germana, és que a aquesta mai no ens la vam prendre seriosament, li seguíem la veta perquè ens convenia. En canvi, n'hi ha que es prenen seriosament els trastorns del nen de Waterloo, que ve a ser com si algú pretengués alimentar-se de les porqueries que cuinava la meva germana a base de fang, aigua, i alguna mosca que aconseguia caçar. Han arribat a creure que la cuina de fireta que manega Puigdemont amb el pompós nom de Consell per a la República, funciona realment.

- Brrrumm, brrrumm, i aquest sóc jo en vehicle oficial-, crida ara mentre fa córrer per terra un cotxe de llautó, angelet.

I tots assentint seriosos. És comprensible, s'hi juguen la bona vida. Al President Torra més li val jurar que el Consell de fireta és de debò si no vol tornar a editar llibres que a ningú interessen. Elsa Artadi encara esquiaria a Baqueira, però ara sense que ningú la reconegués, perquè allà de xaves «pijes» n'hi ha a cabassos. El mateix Rufián es veu obligat a seguir la farsa perquè, sinó, el pobre estaria carregant caixes al magatzem de Bon Preu, tot i que també és cert que ningú hi sortiria perdent excepte les anxoves i els cogombres, ofesos per estar al càrrec d'algú amb menor coeficient intel·lectual que ells.

El govern en ple, i els diputats que el recolzen, s'haurien menjat les porqueries que preparava la meva germana a la cuina de fireta, igual que es mengen les que prepara en Puigdemont al govern de fireta. Vés quin remei, és això, o treballar.

L'esquerra pàmfila

18 DE DESEMBRE

L'esquerra pàmfila està adobant el camp a la dreta amb una alegria que avergonyiria els esquerrans autèntics, de tot just fa una generació. Els temes que preocupen avui l'esquerra són, per exemple –segur que me'n deixo, tan vastos són els seus interessos– l'ús del llenguatge inclusiu, criticar el maltractament animal, reclamar a tota hora la paritat, fer llistats de cançons que menystenen algun col·lectiu, manifestar-se contra el consum de pernil, criticar els caçadors, procurar que els escolars no pateixin traumes per culpa dels suspensos, no fer servir segons quines expressions que poden resultar ofensives, censurar la publicitat sexista, utilitzar el *hashtag* #metoo, inventar paraules *cool* com empoderar, migrants o heteropatriarcat i tant de blablabla com sigui necessari. Ah, i a Catalunya, mostrar connivència amb els CDRs, com si fossin aquests, que no deixen d'emprenyar els ciutadans normals –sí, he dit normals–, els necessitats d'empara. Amb tal panorama, no sé com hi ha qui s'estranya del creixement de Ciutadans i de l'auge de Vox: a qui ha de votar, la gent que vol que li resolguin els problemes reals del dia a dia? Esperen que voti a qui com a màgica solució als seus maldecaps li proposa pagar per les bosses de plàstic i no escoltar Maluma?

Jo, quan algú comença un discurs o una entrevista amb un «tots i totes hauríem de» o amb un «som molts i moltes que», ja desconnecto, perquè tinc la certesa que és idiota. Amb aquest senzill mètode m'estalvio perdre el temps escoltant burrades. El mateix faig quan algú és tan capullo de criticar novel·les o cançons per la seva temàtica, com si la ficció hagués de ser sempre bonica. Els engego a prendre pel cul, tot i saber que els molt ignorants m'acusaran d'homòfob.

En lloc de prendre nota i atrevir-se a tractar els assumptes que afecten els ciutadans, la reacció de l'esquerra ha sigut la previsible: cridar «que ve el feixisme», reclamar cordons sanitaris i intentar recuperar al carrer el que perden a les urnes per incompetents.

I si ara jo acabo aquest article afirmant que l'actual esquerra es comporta com un grupet de nenes adolescents d'un col·legi de monges, hi haurà qui m'acusarà de sexisme. I saben què? M'importarà un rave.

Bona feina dels CDRs

24 DE DESEMBRE

La millor, què dic, l'única manera de mostrar que realment a Catalunya no hi ha llibertat és restringir-ne la llibertat. Vista així, l'actuació dels CDRs té tota la lògica. Si no fos per ells, els catalans farien la seva vida amb tota tranquil·litat, i això sí que no. Catalunya ha de queixar-se, ha de cridar que viu oprimida, i si ningú no l'oprimeix, per això hi ha els CDRs. Imaginin on anirien a parar tants segles de laments, si de cop tothom descobrís que qui vol anar a treballar hi va, qui vol anar al cinema també hi va, i qui s'ha citat al meublé amb la seva amant també hi pot anar. I per si no fos suficient, tot això parlant català. Com quedarien els catalans? Doncs com uns victimistes, gent que viu en un lloc ric, pròsper i sense problemes, i es queixa sense motiu. Per fortuna, tenim els CDRs, que treballen perquè això no sigui així, mirant sempre d'assegurar-nos algun motiu de queixa.

No és que se'n surtin gaire, perquè un parell de dies a l'any intenten tallar quatre carreteres i organitzar no sé quins aldarulls a les ciutats, i no aguanten fins més enllà de l'hora de dinar, però el que compta és la intenció. Algú podria pensar que protestar contra el govern espanyol a base d'emprenyar els catalans és una estratègia peculiar, quan no directament idiota. Però quan estiguem temptats de creure que tots els CDRs són carn de psiquiàtric, hem de recordar que no, que perjudicar els catalans és l'estratègia perfecta per poder després cridar al món que els catalans viuen perjudicats. Si ni Espanya ni França ni la Xina ni Andorra es preocupen pel malestar dels catalans, ja se'n preocuparan els heroics CDRs, encara que per un dia hagin de matinar, tan bé que s'està al llit fins a les onze.

S'ha de ser comprensiu amb els nens i nenes dels CDRs. Tot forma part d'una estratègia. Els seus xisclets de *groupies* adolescents, les seves ganes de ser atonyinats per la policia, l'estètica revolucionària extreta d'una pel·lícula antiga que un dia van veure, les consignes èpiques que criden, tan buides com els seus cervellets, tot pot semblar ridícul, i de fet ho és en extrem. Però treballen per nosaltres, no sigui que ens adonem que, tret d'ells i el nostre govern, no tenim altre problema.

No diràs idiota ni mentiràs

28 DE DESEMBRE

El conseller d'Interior, un home mal afaitat amb ulls d'estar sempre sobrepassat per qualsevol situació, inclús si li demanen l'hora, no li ha agradat que un policia digués idiota a un manifestant. Estic d'acord amb ell. Dir-li idiota a un tipus vestit de guarda forestal que es troba fent l'animal mentre diu defensar qui sap quina república, és pecar de benèvol. Un policia ha de dir la veritat per dura que sigui, i qualificar-lo d'idiota és quedar-se molt curt, és ni acostar-se remotament a la realitat, així que farà santament el conseller Buch de sancionar un mosso amb excés de tacte. La policia ha de ser honrada i utilitzar els adjectius precisos, per cruels que siguin. N'existeixen molts altres que no m'atreveixo ni a escriure, que s'aproparien molt més a la veritat i evitarien que el pobre forestal acabés els aldarulls amb l'equívoc convenciment de ser simplement idiota, tot un menysteniment, ja que amb una mica de pràctica això ho pot ser qualsevol. No són pocs els cedeerres, segons es va deduir de les imatges dels aldarulls, que fins i tot neixen amb la qualitat de la idiòcia i durant tota la vida intenten superar-la dia a dia. Els forestals i bombers que participen en «defenses de la república», i la resta dels que creuen en l'existència d'aquest ens imaginari, superen amb escreix la simple idiòcia, mereixen uns policies que no els enganyin, que els dediquin l'insult que honradament i amb no pocs esforços es guanyen en el quefer diari. A veure si s'entén: un forestal idiota és l'Smith, a qui l'os Iogui porta pel camí de l'amargura. Però l'Smith és Newton al costat dels forestals per la república.

Ja imagino que no ha de ser fàcil dedicar a cada manifestant l'insult exacte que s'ha guanyat, cada un d'ells és mereixedor del seu, personal i intransferible. Però per això hi ha les escoles de policia, per practicar, que es comença anomenant només idiota a un home que porta mesos preparant-se per superar aquest estat tan simple de retard, i s'acaba qualificant de «dolentet» el violador agafat *in fraganti*. No, els ciutadans tenen dret que la policia es dirigeixi a ells amb els termes exactes. Tornant al forestal, dir-li públicament idiota segurament ha provocat que el noi arribés a casa seva eufòric, convençut que s'havia produït una miraculosa millora en les seves capacitats mentals.

– Mama, mama! Ja només sóc idiota, m'ho ha dit un policia!

I vinga celebracions familiars, i vinga portar amb orgull el nen a menjar galetes a cals veïns, i vinga plorar i donar gràcies a la verge dels Desemparats. Quin disgust, quan sàpiguen la veritat. Tot, per culpa d'un policia que no va saber utilitzar correctament el llenguatge. És clar que si en lloc de diagnosticar les patologies dels manifestants, els policies es limitessin a atonyinar-los com s'ha fet tota la vida, aquestes coses no passarien. Un cop de porra ben donat evita equívocs i segur que, a hores d'ara, el nostre forestal no es faria falses il·lusions sobre millores en la seva minsa ment.

D'aquí a creure's capaç de concedir entrevistes a TV3, hi havia només un pas, i és així que fa uns dies ja explicava en *prime time* l'experiència. És normal, com que l'han convençut que només és idiota, ha pensat que TV3 és el terreny adobat a la seva presència. Això demostra que el noi mira sovint aquest canal.

2019

El febrer comença el judici als 18 detinguts pel procés, acusats de delictes de rebel·lió, desobediència, sedició i malversació de cabals públics. El juny fou declarat vist per a sentència.
El setembre són arrestats 7 membres dels CDR, acusats de preparar atemptats terroristes.

No ho volem ni regalat

4 DE GENER

Tractant-se de Catalunya, un estava convençut que el conseller de Polítiques Digitals i Administració Pública, com el seu càrrec indica, tindria com a funció nomenar a dit qui entrarà a l'administració per viure del procés, naturalment atenent al seu historial convergent, cognoms catalans i grandària del llaç a la solapa. I així és. Resulta, però, que entre les seves atribucions hi ha també la de recaptador de tributs/palanganer de l'expresident pròfug. Com que entre les qualitats que es demanaven per ostentar un càrrec tan específic destacava la d'ignorar què són la vergonya i la dignitat, l'home adequat era Jordi Puigneró. I a fe que s'esforça per demostrar que no disposa d'una cosa ni de l'altra. Fa tot just quatre dies publicava un tuit demanant, quasi suplicant, als catalans, que aquests dies regalin a familiars i amics una inscripció al Consell de la República. «Una nova forma d'exercir la ciutadania ja és aquí», finalitzava cofoi el seu missatge, al més pur estil de les mamelludes que aquests dies anuncien perfums per TV. Ja que la gent no s'inscriu per pròpia voluntat en els deliris d'en Puigdemont, fa una crida a inscriure'ls forçosament en forma de regal. Pensa l'ingenu conseller que si algú no s'ha dignat gastar fins ara 10 euros a formar part de la secta, ni tan sols en ple coma etílic de la nit de cap d'any, li farà il·lusió l'obsequi.

Puigneró, pobret, ignora que el seu tuit no és més que el reconeixement oficial del que tothom ja sabia: que el Consell de la República, que esperava un milió d'adeptes a raó de 10 euros per barba (facin comptes) ha sigut un fracàs estrepitós, a penes arriba als 50.000. La xifra indica que descomptant els mateixos que han promogut el procés i els seus familiars, els que han aconseguit càrrec gràcies al procés i volen conservar-lo, els que esperen aconseguir càrrec gràcies al procés i els que volen tenir amics al procés perquè mai se sap què s'hi pot guanyar, no hi ha un sol català disposat a pagar ni 10 misèrrims euros per la camama del Consell de la República. Resulta que els catalans no volen ni sentir a parlar de la «nova forma d'exercir la ciutadania», i això que realment és nova, ja que es basa a regalar 10 euros a fons perdut a uns fulanos que viuen a Bèlgica perquè en facin l'ús que els plagui. Gràcies a la campanya publicitària de Puigneró, ara es pot afirmar que no la volen ni regalada.

Una vegada sabem del cert que el Consell de la República no serveix ni per fer diners, que és la seva única funció coneguda, millor que el desballestem i tornem a les enganyifes tradicionals. Em refereixo a la famosa piràmide (cada llacista ha de pagar 10 euros i aconseguir cinc llacistes més i així es convertirà en milionari al cap de no sé quants mesos) o més senzill encara, que en Puigdemont i en Puigneró aprenguin els rudiments del funcionament dels tres cubells i la boleta, i facin de trilers, ofici que no els vindrà de nou. Fins i tot, malgrat sigui una enganyifa molt espanyola, es pot enviar Presidentorra -ha de ser algú amb aspecte de tenir poques llums- a una estació de metro a enredar algun incaut amb el truc de l'estampeta.

Tot, abans que continuar amb aquestes campanyes a les xarxes, que es comença suplicant als catalans que inscriguin a qui sigui al Consell, ni que sigui la seva mascota, i s'acaba regalant el carnet de membre a qui porti cinc envasos de ratafia.

Torturant els presos

8 DE GENER

No és gens estrany que no hi hagi un acte a Catalunya, sigui gastronòmic o literari, sense que algú agafi un micro i recordi els presos. Com pateixen, pobres. L'últim a fer-ho -quan llegeixin això n'hi haurà hagut un altre- va ser el guanyador del Josep Pla, en recollir el premi. El suposat escriptor, no en recordo el nom però sonava a extrem esquerre del Sant Andreu, va tenir un record per a «presos i exiliats», assegurant-se així que a TV3 el seu tall de veu fos molt més llarg que el del guanyador del Nadal, el premi important. El màrqueting està canviant. Avui, sortir als mitjans catalans és tan senzill com posar-se un llaç a la solapa i parlar dels presos amb paraules sentimentaloides. Fent això, gaudirà vostè del moment de glòria, encara que el seu mèrit sigui guanyar la quina del poble, el premi Pla o un campionat de tute.

Però parlava dels presos, sotmesos a tortures inhumanes, i més si els comparem amb la vida de paixà que gasta en Puigdemont. No em refereixo que hagin passat les festes separats de la família, que això sovint és més un regal que un càstig, ja m'hi apuntaria jo. No, el pitjor és el martiri a què els sotmeten els ociosos que van a celebrar els més estrafolaris actes festius a les portes de la presó, per recordar-los que mentre ells purguen la pena la resta ens ho passem pipa. Finançats sens dubte pel malvat estat espanyol, hordes de maltractadors s'apleguen a tocar dels murs de Lledoners i del Puig de les Basses per fer castells, cantar nadales, celebrar concerts, atipar-se en suculents sopars o -aquesta l'acabo de llegir- organitzar-hi campionats de vòlei. Hi falten només *botellons*. Tot al màxim volum possible, perquè els presos sàpiguen que a fora la vida segueix, lúdica i divertida com sempre. Un incís: els berenars i sopars s'han de fer quan el vent bufi cap a la presó, així mentre els presos mengen l'infame ranxo carcerari els arriba l'aroma de costelles i botifarres que es degusten a l'exterior.

Quina tristor em provoca, que hi hagi catalans tan cruels. Quina rancúnia deuen sentir envers els presos, per putejar-los així. Per fortuna, aquests aviat seran traslladats a Madrid i deixaran enrere tots els llacistes que els fan la vida impossible. Deixaran fins i tot de veure a TV3 tant de pesat parlant d'ells. Hi pot haver major felicitat?

Catalans opinant d'Andalusia

11 DE GENER

Com que els catalans no tenim problemes i a més gaudim d'un govern i una classe política que és enveja de propis i estranys, hem dedicat els últims dies a criticar els andalusos, que ja des del regnat de Pujol sabíem que eren uns ganduls i uns *viva-la-virgen*, però ara hem descobert que, a més, no saben votar. No se'ls ha acudit res més, als andalusos, dic, que atorgar el govern a la dreta, un fet inconcebible per a un poble com el català, que està mantenint al poder un banquer i els seus hereus -amb lleus interrupcions i uns quants canvis de nom- des que en Tarradellas va cridar «ja sóc aquí».

El que aquí ens ofèn especialment dels andalusos és que gran part d'ells ha votat un partit que vol derogar la Llei de Violència de Gènere i expulsar immigrants il·legals. Inconcebible. No com els catalans, que continuen seguint amb la fe d'una secta els polítics que van intentar derogar no una llei sinó la Constitució i l'Estatut d'una sola tacada, i que pretenien expulsar d'Espanya no uns quants sinó tots els catalans sense excepció. Per si no fossin suficients aquestes clares mostres d'endarreriment andalusí, cal afegir que aquest partit que als catalans ens fa tanta ràbia que no penso ni esmentar-ne el nom, pretén protegir manifestacions culturals com el flamenc i els toros. Es pot actuar de manera més miserable que defensant el flamenc i els toros a Andalusia? No saben els andalusos en general -i l'innombrable partit en particular- que com a raça manifestament inferior els seus gustos han de ser dictats pels catalans? Es comença preferint el flamenc a les sardanes i s'acaba bevent *manzanilla* en lloc de ratafia.

Afortunadament per als andalusos, com que per aquí tot va com una seda, els periodistes i els polítics catalans poden dedicar els esforços al que de debò interessa, que és a ensenyar a aquella pobra gent com s'han de governar. Si els andalusos fossin una nació avançada com nosaltres, i no una simple regió espanyolitzada, ara tindrien un president a l'exili, això sí que és modernitat. I no els dic res si aquest president exiliat se sent com un emperador romà i fa tastar els àpats als seus servidors per si de cas estan enverinats, segurament amb l'esperança que així sigui i d'una punyetera vegada algú li faci cas. Tenir a l'estranger un expresident pròfug de la justícia i del qual va a rebre instruccions cada setmana el president vigent no està a l'abast d'una senzilla regió com Andalusia, sinó només de països avançats com Catalunya i, en el seu dia, Burundi (com no recordar Mwambutsa IV?). Volen una dada definitiva que demostri que els andalusos tenen molt a aprendre dels catalans? Mentre presidentorra s'embutxaca 147.000 euros anuals (dietes i altres prebendes a part), el president andalús en cobrarà 65.000. A ningú no ha d'estranyar que el tema de conversa a Catalunya siguin els resultats andalusos, on van a parar, amb aquests sous que aquí cobra un miserable subsecretari col·locat a dit.

Quan parlem de les eleccions andaluses, els catalans fem un posat entre escandalitzat i condescendent. Ens afecta moltíssim el que fan els andalusos a casa seva perquè som demòcrates de pedra picada, però alhora ens sabem tan superiors que no podem evitar un lleuger somriure, pobres diables, com pot ser que ells s'equivoquin tant quan voten i nosaltres ho encertem una vegada i una altra i una altra.

Torra fa les amèriques

15 DE GENER

Presidentorra és als Estats Units, amb el seu habitual aspecte d'acabar de desembarcar a l'illa d'Ellis després de vint dies a les bodegues d'un vaixell de càrrega, i amb la peregrina idea d'«internacionalitzar el conflicte», expressió que de moment es tradueix en el fet que l'expresident fugat fos saludat a les Illes Feroe per un senyor que assegurava ser no sé quin càrrec de no sé quin govern d'aquell ignot indret. De moment, als EUA només s'interessen per Presidentorra els mitjans públics catalans allà desplaçats, i s'hi interessen no per l'interès del que pugui dir, sinó per l'interès d'un viatge de gorra: ja que dels pressupostos en surten els diners per pagar el viatge de Presidentorra, seguici i periodistes, aquests com a mínim han de posar-li un micro al davant i que gralli. Al país on sacseges un arbre del poble més remot del mitjà oest i cauen tres emissores locals de ràdio, cinc diaris i un parell de setmanaris, només els mitjans públics catalans simulen interessar-se pel que digui el presumpte president. Tota una imatge del pes de la Catalunya actual al món.

Malament deuen estar les finances a Palau que no puguem pagar ni mitja plana de publireportatge en el periòdic d'una *high school*, per a diversió de *teenagers* entre tiroteig i tiroteig. Podríem almenys enviar un pernil a algun periodista americà a canvi de preguntar alguna cosa a Presidentorra, ni que sigui l'hora, i ja s'encarregarà TV3 d'obrir el TN titulant «Presidentorra marca el tempo als americans». O disfressar d'americà el corresponsal de Catalunya Ràdio, posant-li al cap un barret texà i al micro un nom que comenci amb RKO. El que sigui, per dissimular el ridícul d'anar pel món a parlar només pels catalans.

Presidentorra assegura, a sobre, que intensificarà els viatges arreu del món, cosa que es podria prendre com una amenaça a la societat de nacions. Però vist el nul interès que desperta entre polítics, jubilats, aturats i periodistes en general, cal prendre la declaració com a estímul per als corresponsals que l'han acompanyat. Com que queda lleig dir-los «aquesta patotxada que fem aquí la repetirem en altres llocs, veureu que bé que ens ho passarem viatjant a compte dels catalans», en diu «internacionalitzar el conflicte», que és el mateix però queda més fi.

L'ingenu Ramon Fontseré

18 DE GENER

L'altre dia a TVE -a TV3 no hi surten els botiflers- entrevistaven tres membres dels Joglars i els van demanar l'opinió sobre el procés. Ramon Fontseré, actual director de la companyia, va respondre amb una pregunta que per òbvia i senzilla resumeix a la perfecció el que ha ocorregut a Catalunya: «Per què ha servit, tot això?».

Gent a la presó, d'altra fugida a l'estranger, causes obertes, fractura social, crispació, empreses que marxen, els catalans cada cop més mal vistos a la resta d'Espanya, un govern que no governa i tot -no ens enganyem- a canvi de no haver avançat ni un mil·límetre en la independència o el que fos que es buscava. La pregunta se l'haurien de fer els polítics que ens han dut fins aquí, però se l'haurien de fer lluny de les multituds que els encoratgen a mentir, tancats al lavabo i mirant-se al mirall: per què ha servit, tot això?

- Home, jo visc molt millor.

No parlava de vostè, Puigdemont, sinó del país en general. Deixant de banda l'expresident pròfug, a qui el procés ha reportat -reconeguem-ho- poder viure sense treballar i a tot tren, la utilitat de tot plegat no s'albira. No fa gaire -sembla que hagi passat molt temps, i no- a Catalunya es vivia bé i sense conflictes. Què n'hem tret, de fer que tot vagi pitjor?

- De pitjor res, escolti, que jo ara cobro 165.000 euros anuals, dietes a banda, i em passo els caps de setmana de fira en fira. Abans era un gris editor.

No interrompi, Presidentorra, insisteixo que parlo en general. Admeto que no és vostè un cas excepcional, que hi ha milers de càrrecs -tots amb llaç a la solapa o amb llaç de sang amb algun polític, si són tots dos llaços millor- que han vist millorar el seu estatus, és a dir els seus ingressos. Però no tot es pot valorar en aquests termes econòmics i privats, del que es tracta és d'intentar esbrinar de què ha servit tot plegat, que això és el que es pregunta en Fontseré i, perquè amagar-ho, jo mateix. No dic que a ulls dels beneficiats no sigui un canvi positiu, a veure què importa que el país se'n vagi a la merda si ells engreixen el compte corrent, però el ciutadà espera alguna cosa més.

- Té raó, no tot són els diners. A nosaltres no ens coneixia ni Déu i ara som famosos. Fins i tot semblem intel·lectuals, el somni de la nostra vida.

Aquests eren Cotarelo i Talegón, fins fa res tan desconeguts que passaven per personatges de Francisco Ibáñez, *Cotarelo y Talegón contra el gang del Chicharrón*. El llacisme els ha adoptat de mascotes hispanes, no sé com no n'hi ha més que s'hi apunten: «no és vostè ningú a Espanya però té pocs o -millor- cap principi? Posi's un llaç groc i es convertirà en intel·lectual del règim!» La pregunta és si val la pena destrossar un país a canvi que uns guanyin diners i d'altres engreixin l'ego.

- I per què quedar-nos amb una sola opció, si podem millorar-les totes dues?

Ben apuntat, senyora Rahola. El naufragi de Catalunya és un dany col·lateral, a canvi d'oportuns contractes televisius que aporten excel·lent salut a la seva autoestima i al seu compte corrent, si és que són coses diferents. Però no és el tema.

Pobre Fontseré, preguntant-se ingènuament de què ha servit el procés. A Catalunya segur que no li ha servit de ben res, però només que grati una mica descobrirà un piló de catalans que hi han sortit guanyant. Els de sempre.

El 155 que a tothom beneficia

25 DE GENER

És urgent una nova aplicació del 155. No és que ho demani el PP, que també, és que ho suplica el llacisme, i això inclou el Govern català i tots els alcaldes i alcaldesses de llaç groc. El 155, siguem francs, els ciutadans no el vam ni notar, almenys jo em recordo fent exactament la mateixa vida amb 155 que sense i això inclou anar a treballar a la mateixa hora, beure el mateix nombre de cerveses i estirar-me al sofà a veure passar la vida. Quan sento que la gent parla del 155 amb el mateix to de veu que si es referís a l'Anticrist, no em puc imaginar quines penalitats devien passar, pobres, mentre jo continuava amb les meves rutines diàries.

A les autoritats llacistes sí que els va canviar la vida. Però per bé. Durant la tristament breu vigència del 155, continuaven també amb la seva vida, és a dir, continuaven sense governar ni fer res de profit per als ciutadans, però el 155 era la coartada, l'excusa perfecta per ocultar tanta inoperància i idiotesa. Que creixen les llistes d'espera? La culpa era del 155. Que –cas de Girona– es tanca l'ambulatori del barri de Taialà? Era a causa del 155. Que els funcionaris no cobren? El 155 impedia pagar. Que perd el Barça, no se m'aixeca, creix l'atur, marxen empreses, TV3 és una merda, hi ha més barracons a les escoles, els alts càrrecs s'enriqueixen amb els nostres diners, puja el preu del lloguer o aquesta cervesa no està freda? Tot era culpa del 155.

Desgraciadament el 155 no era etern, i ara els polítics catalans es troben nus. Les idioteses les cometen en la mateixa magnitud que abans –més, seria impossible–, però no tenen article constitucional al qual agafar-se. La situació és crítica. És veritat que sempre es poden excusar –i a fe que ho fan– que havent-hi «presos polítics» un no pot governar com voldria, la situació és excepcional i blablabla, però se'ls comença a veure el llautó. Al final fins i tot els catalans que encara no ho saben, sorprenentment en queden, deduiran que Govern i ajuntaments estan ocupats per inútils. Estic segur que en les negociacions que se suposa que mantenen els governs català i espanyol, figura l'aplicació del 155. Pedro Sánchez s'hi resisteix, però si vol que els diputats catalans votin a favor dels pressupostos haurà de cedir.

– *Y dígame, Presidentorra, qué quieren ustedes? Mejor financiación? Los presos libres? Un aumento de sueldo? Otros Juegos Olímpicos? Pida por esa boquita, pida* –s'escolta a la Moncloa.

– Una nova aplicació del 155, si és tan amable, que al final els catalans s'adonaran que mai no havia d'haver deixat de vendre assegurances. Esperi: ha dit també augment de sou?

Els pares de la Constitució sabien bé el que feien. El 155, contra el que la gent creu, no va ser ideat per castigar ningú, sinó per ajudar governs inútils. Aquells pròcers sabien que estaven legislant per a Espanya, i la possibilitat de governants que en altres països serien éssers incapacitats era alta. Van idear l'article 155, que als ciutadans no afecta en res, i a canvi permet que presidents, consellers i alcaldes (i conselleres i alcaldesses, no se m'acusi de sexista) facin les burrades de sempre, però amb més impunitat si cal. Faci'ls el favor Pedro Sánchez, i apliqui el 155. Ho necessiten com aigua del cel.

2019

El Virolai com a butlla

29 DE GENER

L'estratègia defensiva dels polítics catalans presos comença a estar perfilada. No sé si és bona idea revelar-la a la fiscalia poc abans del judici, però a Junqueras se li va escapar en una entrevista: «Com poden parlar de fets violents si la gent cantava el Virolai i regalaven clavells a la Policia?». La frase mostra que, a la presó, en Junqueras no ha perdut el temps en vagues de fam de cara a la galeria, sinó que l'ha aprofitat estudiant Dret. Si regalar espanyolíssims clavells ja denota intenció d'aconseguir una relació amorosa, o almenys sexual, amb els agents, cantar el Virolai elimina tota possibilitat de cometre un delicte, això és sabut des del Dret Romà. Quan els jutges sentin els acusats confessant que lloaven musicalment la Verge Maria, els deixaran en llibertat entre plors i en demanaran la immediata canonització.

Per què embolicar-se en intentar desmuntar les acusacions, si n'hi ha prou d'explicar que cantaven el Virolai? Inclús podran aprofitar la retransmissió del judici per aixecar-se tots els acusats i cantar a capel·la «Rosa d'abril, Morena de la serra, de Montserrat estel, etc.», en un remake d'El cor de la presó que ha de rebentar els índexs d'audiència. Imagino en aquell emocionant instant jutges, fiscals i advocats estripant-se les togues i llançant a una gran foguera els seus manuals de Dret Penal, en comprendre que de res no valen tants anys d'estudi quan un acusat -del delicte que sigui- assegura amb senzillesa que entonava el Virolai. Probablement si l'alcalde de Torroella de Montgrí -no en va, del mateix partit que Junqueras- es mostra orgullós de la gent del seu poble que fa uns dies va increpar i agredir ciutadans d'una opció política diferent, és perquè mentre ho feien cantaven el Virolai, cosa que elimina tota la violència que pugui haver-hi en el fet de llançar pedres o llaunes de beguda a la cara de qui sigui. El Virolai eximeix tothom de culpa, si els de La Manada ho haguessin sabut, haurien entonat la pia cançoneta mentre envoltaven aquella noia i s'haurien estalviat ser acusats de res.

A poc a poc anem sabent com hauria sigut la republiqueta que ens volien endossar: valenta com polítics que o bé fugen o bé es desdiuen de tot, moderna com un Virolai, intel·ligent com els que encara se la creuen.

Si no valor, almenys tenir vergonya

1 DE FEBRER

En el desplegament de la pancarta gegant que es va col·locar a Amer, zona zero del llacisme, amb una imatge de l'expresident fugat –i per tal motiu fill il·lustre de la vil·la– que recorda les que als anys 30 adornaven Itàlia amb la imatge de Mussolini, em vaig fixar en un detall: a sota del dibuix d'estil feixistoide hi figura l'expressió «No surrender». Com que és sabut que la Catalunya rural sempre s'emmiralla en les zones menys desenvolupades de les espanyes i adopta literalment la seva forma de parlar, vaig deduir que és una adaptació lliure de «No sus rindáis». A partir d'Amer, ja he vist el «No sus rindáis», catalanitzat en «No surrender», en altres escrits, fins i tot en hashtag, l'honor màxim a què aspira tota expressió.

Un, que a més de poliglota és de natural curiós, es pregunta quina rendició els falta dur a terme, als que van fugir cames ajudeu-me i a la gent que els adora en forma de cartell mussolinià o d'holograma, depenent del cas. Rendir-se és el que han estat fent des que van proclamar aquella republiqueta nonata i diria que ja des d'abans, quan tot un president –aleshores encara ho era– va renunciar a votar al seu poble per por de la Guàrdia Civil. A partir d'aleshores, les rendicions s'han anat succeint. I el que ens falta per veure.

Per fer una revolució són necessàries dues coses: uns líders valents i intel·ligents, i força gent disposada al sacrifici. I molta sort, perquè ni l'existència de totes dues circumstàncies assegura l'èxit, com la història s'encarrega de demostrar. Imaginin, doncs, quines opcions tenia Catalunya, amb dirigents que s'han demostrat covards i estúpids, i amb uns ciutadans que viuen massa bé per arriscar res del que tenen. Rendir-se era l'únic que es podia esperar.

No sus rindáis. Tantes han sigut les rendicions, que cada dia hi ha més gent que acusa en Puigdemont i la resta de fugats de ser uns covards. Això em molesta. No crec que sigui cosa de covardia, o com a mínim crec que la covardia pot ser disculpable. A mi mateix, potser no em faria cap gràcia passar-me 15 anys a la «trena», encara que em vinguessin cada dia a fer un concert a les portes de la presó i a enlairar globus en el meu honor. És comprensible, per tant, que alguns fugissin, més encara si, com és el cas, estaven acostumats a un nivell de vida d'alt estànding, a veure qui canvia el xalet amb piscina del Golf Girona per una cel·la amb dutxa comuna, els millors restaurants pel ranxo. Potser jo faria igual i optaria per marxar, deixant enrere els que fins llavors em tenien per amic.

El que segur que no faria, una vegada fugit, és alliçonar els que queden, cridar a la revolta o instigar a la desobediència, des de mil quilòmetres de distància. Perquè potser jo també seria covard, però almenys tinc una mica de vergonya. I se n'ha de tenir molt poca, o gens, per ser un Puigdemont, una Anna Gabriel, un Comín o una Marta Rovira, i després de fugir continuar amb la tabarra de la revolució. Que sí, Puigdemont, que és molt comprensiu que sigueu covards, que tothom es pot cagar a les calces alguna vegada, però no estaria de més tenir una mica de sentit del ridícul, i una vegada fugits, callar i desaparèixer de l'escena pública. El poble pot perdonar la covardia dels seus dirigents, però no la poca vergonya i el cinisme.

El punt 21 del llistat de 21 punts

8 DE FEBRER

Molt s'ha parlat sobre que els 21 punts que Presidentorra va reclamar a Pedro Sánchez tracten més d'Espanya que de Catalunya, no deixa de ser una curiosa manera de «fer república» aquesta de preocupar-se per la regeneració de l'estat de què volen marxar. També resulta curiós exigir amb una mà la separació de poders, mentre amb l'altra es demana al govern que passi per sobre dels tribunals i deixi lliures els presos. Però a hores d'ara no ens sorprendrem d'una incongruència més o menys del govern català, entre les idees de bomber que tenen els d'aquí, i les que els vénen dictades des de Waterloo, és lògic que uns i altres facin impressió de necessitar tractament psiquiàtric. Res de nou. A mi, el que de debò m'ha deixat preocupat és l'últim punt, exactament el 21, el deuen haver posat tan enrere amb la intenció que passi desapercebut. Com que sóc dels que encara es resisteixen a reconèixer que tenim un govern i uns dirigents completament idiotes malgrat tants indicis que així ho afirmen, vull creure que el redactat diu exactament el que vol dir.

Diu el punt 21: «S'ha de fer efectiva una política de fosses comunes». Glups. Deu ser la primera vegada que un govern declara, negre sobre blanc, que vol iniciar una política de fosses comunes, i a sobre sol·licitant al Govern espanyol que col·labori en la massacre. No diré que fins ara no hagin existit règims que han fet un ús a discreció de les fosses comunes, però tenien almenys la decència de fer-ho clandestinament, a cap se li va acudir anunciar-ho en document públic. O, almenys, a mi no em consta que en Hitler escrivís que «s'ha de fer efectiva una política de camps d'extermini», i el mateix m'atreviria a assegurar de Stalin i els gulags. S'agraeix la sinceritat de Presidentorra.

Suposo que el govern –a il·lusos no hi ha qui els guanyi– creu encara possible la independència i es deu veure en l'obligació de preparar un lloc de descans etern per a tots els catalans que no la volien i no han marxat a temps, o pels que no puguin demostrar puresa de raça, o pels que se sap que han votat partits no prou catalanistes en algunes eleccions, o –toco fusta– pels periodistes que mai es van creure les seves mentides. O per qui sigui, tampoc no ens posarem ara legalistes. Està bé ser previsor i preparar una política de foses comunes, que després se t'acumulen els cossos i els has de llançar a les cunetes, ja sabem com funciona, això.

Agrada també que no es tracti d'una sola fossa comuna, sinó que el famós punt 21 faci servir el plural. Política de fosses comunes. Una sola fossa comporta despeses de trasllat, imaginin que la fossa es cava a Barcelona, no sé, al Camp de la Bota per no improvisar, i que fins allà han d'arribar des de tot Catalunya els mals catalans. El que estalviaríem -això sí que ho tenen les fosses comunes, permeten quadrar millor els pressupostos- en taüts, làpides i altres despeses d'enterrament, se'ns n'aniria en transport. És elogiable que es pensi en diverses fosses, si és possible una a cada comarca, per descomptat que de dimensions més generoses allà on hi hagi votants de partits no prou sobiranistes, botiflers en català planer.

A mi, el redactat dels 21 punts em porta a la memòria Antífanes, que va deixar dit que qualsevol cosa pot dissimular-se menys l'amor i l'ebrietat. I no li veig a Presidentorra cara d'enamorat.

Dues carabasses al marquès

15 DE FEBRER

La sort del pròfug Puigdemont és que estem tan entretinguts amb el judici que ningú no li fa cas. És clar que per a un megalòman com ell això deu ser difícil de suportar, però mentre gent que no té ni punyetera idea de dret discuteix a les xarxes sobre el judici o assegura que en Junqueras o en Forn han parlat molt bé (com si estiguéssim en un torneig escolar de debats i no en una vista on parlar bé et pot enviar 20 anys a la presó si no ho acompanyes d'alguna cosa més), es passen per alt els periòdics ridículs de qui va ser fugaç i fugat president. Aquí estic jo per posar-hi remei.

El marquès de Waterloo va començar la setmana ofès amb la valenciana Mònica Oltra, que havia declarat cosa tan òbvia com que mentre en Junqueras és a la presó l'expresident viu a cos de rei a Bèlgica, fotent-se tiberis i penjant les fotos a Twitter. El marquès, suposo que tant de temps allunyat de la senyora es fa difícil de suportar, un és un home i té necessitats, va convidar la valenciana a passar una setmana amb ell al seu feu perquè l'acompanyés en els dies de vi i roses, però la Mònica li va donar carabasses excusant-se en el fet que ella ha de treballar pels ciutadans i no té temps d'aventures vodevilesques a Bèlgica. No hem de culpar en Puigdemont, és natural que ell cregui que qualsevol persona pot abandonar sense problemes la feina una setmana i passar amb ell una temporadeta, al cap i a la fi ell ho està fent des de fa més d'un any i ningú no l'ha trobat a faltar. De tota manera, per feina, la que se li giraria a l'inquilí de la Casa de la República si hagués d'acollir una setmana tots els catalans (i valencians) que estan convençuts que viu com un paixà a costa d'altres, mentre els seus examics són a presó. Segurament aquests, si estiguessin en llibertat, serien els primers d'apuntar-s'hi.

Ja que l'intent d'endur-se Mònica Oltra al piset de solter va fracassar i la vida ociosa acaba essent avorrida, dies després el marquès va anar a Alemanya en cerca de diversió i va aparèixer per sorpresa atorgant un premi als autors del documental *Dos Cataluñas*. Pobrets, una vegada es van recuperar de l'ensurt, i no devia ser fàcil, els va faltar temps per tornar el premi. Que en Puigdemont lliuri un premi a un reportatge sobre la fractura social que hi ha a Catalunya ve a ser com si algú fa un documental sobre l'Holocaust i li dóna el premi el doctor Mengele en persona, i encara tot seguit es permet dirigir unes paraules al públic. Per arrencar a córrer.

Dos desenganys en només pocs dies han d'acabar afectant l'autoestima de qualsevol, encara que aquest qualsevol visqui des de fa mesos fora de la realitat. No seria estrany que per tornar a ser el més popular del curs en els pròxims dies decidís crear un altre partit polític. O redecorar el xalet perquè TV3 obri els noticiaris amb l'exclusiva.

Que els ciutadans estiguin pendents del judici comporta dos aspectes positius. El primer, que ja comencem a tenir borrosa la imatge del marquès de Waterloo, en poc anys discutirem si va existir de veritat, com el Yeti. La segona, que potser Presidentorra aprèn alguna cosa de Dret i no dirà burrades com que la voluntat del poble està per sobre de la llei.

-Presidentorra? No, home, era en Mussolini qui deia això.

Sí, aquest també.

Transparència absoluta

19 DE FEBRER

S'acosten les municipals i no és fàcil trobar gent per formar les llistes. Si deu costar, que fa uns dies vaig rebre la proposta -amable i educada- de formar part d'una. Els juro que no m'ho invento. No revelaré el partit ni el municipi, però es tracta d'un poble de la Costa Brava, amb el qual l'única relació que tinc és la d'usuari de la seva platja nudista. Interpreto que la persona que em va oferir ser-ne regidor, qui sap si alcalde, m'hi devia veure alguna vegada i va observar en mi grans qualitats que podrien satisfer els ciutadans. I ciutadanes, permetin que per una vegada utilitzi llenguatge inclusiu.

M'estic plantejant si acceptar. No sé absolutament res del municipi que opto a governar, però fer carrera política amb l'únic bagatge d'haver mostrat cul i cigala en públic no és poca cosa, ja és molt més del que han fet altres candidats, inclosos els dos presidents de la Generalitat que patim. La campanya la tindria quasi feta. Una foto frontal, en pilota picada, a la platja nudista del poble, segur que doná vots, i més si s'acompanya d'un bon eslògan. Penso en un senzill «Albert Soler: res a amagar», però també en altres de més elaborats, com «No deixaré res penjant», «Crec en les possibilitats de creixement» o «Prou política de la pastanaga». Si em permeten la immodèstia, estic segur que algun publicista proposarà «Albert Soler: té el que s'ha de tenir», però crec sincerament que tampoc no n'hi ha per a tant i ho rebutjaré educadament.

La lluna es pot permetre tenir una cara oculta, però no un candidat que porta l'honradesa i la transparència per bandera. Per tant, a més de fotos frontals, hauré d'aparèixer als cartells des d'una altra perspectiva, vull dir la del cul. Ja que són fotos de platja, suggeriré que siguin preses des de darrere i amb zoom, just en el moment que m'ajupo a estendre bé la tovallola, cosa que permetrà més eslògans atractius, com «Prou zones obscures a l'ajuntament» o «Amb un ull sempre obert i vigilant el municipi».

Els faré saber si accepto la proposta. Tinc el dubte de si sabré comportar-me en els mítings i debats electorals. Suposo que s'esperarà de mi que m'abaixi pantalons i calçotets per donar fe que les qualitats que m'han postulat per al càrrec continuen fermes.

2019

Feixistes a Cotlliure

26 DE FEBRER

No hem de ser cruels, amb els pobres llacistes que van anar a Cotlliure a increpar els republicans que es disposaven a retre homenatge a Antonio Machado. És natural que ells vegin feixistes allà on hi havia familiars d'exiliats, no són gent de gaires llums, ocupats a fer repúbliques no tenen temps de llegir. Des de la perspectiva llacista, tothom que no porta un llacet groc o, en el seu defecte, un pin que demana la llibertat dels «presos polítics» és feixista. A saber qui devia ser, aquest tal Machado enterrat a Cotlliure, segurament algun militar dels que l'any 1936 -o 1947, jo que sé- van participar en aquella guerra d'Espanya contra Catalunya, això m'ho van ensenyar al *cole*.

Ells van a passar un dia primaveral en un poblet francès, la resta sobra. Que uns avis juguen a petanca i beuen pastís? Feixistes. Que una senyora surt de la *boulangerie* amb una *baguette*? Feixista. Que fills d'exiliats s'acosten al cementiri? Feixistes amb més raó, a sobre parlen espanyol. Que en Pedro Sánchez pretén honorar els exiliats? Feixista, l'únic exiliat que mai ha existit al món viu en un palauet a Waterloo. No és fàcil, no, ser lluitador antifeixista a la manera catalana, quan no hem d'impedir per la força actes de partits legals i democràtics, hem d'increpar en Serrat o la Coixet, i, quan no, hem d'insultar els porcs que volen retre homenatge a aquest collons de Machado, ara penso que a veure si ens hem confós i era només un futbolista que va anar a morir a França, és igual, segur que era feixista.

Després que aquests patriotes catalans indiquessin com hauria sigut la republiqueta que ens volien imposar, els suposats intel·lectuals es queixen que la bandera col·locada a la tomba de Machado no fos la republicana, intolerable, on s'ha vist ofensa igual. Aquests, però, tenen raó. En Sánchez hauria d'haver posat al cementiri de Cotlliure la tricolor, per fer memòria i recordar a tant d'indocumentat que, per molt menys del que han fet els líders del procés, la República va tancar Companys i tot el govern en un vaixell i va ordenar l'exèrcit ocupar Generalitat, ajuntaments i carreteres, amb desenes de morts i 3.000 empresonats. Amb la tricolor onejant, airosa.

Sí, a Cotlliure hi havia feixistes, però duien llaços grocs.

Presidentorra diu que se'n va

1 DE MARÇ

Presidentorra, el màxim representant de l'estat espanyol a Catalunya, el que va mantenir a la presó els polítics que ara són jutjats i els va lliurar obedientment a la Justícia de qui el paga, ha anunciat que no vol viure ni un dia més a Espanya. Ho va dir fa dos dies, o sigui que quan vostès llegeixin això, com que és un home de paraula, segur que ja ha marxat. O com a mínim tindrà les maletes fetes. El problema serà a on anar.

Una opció seria al xalet de Waterloo, que es convertiria així en una mena de refugi perquè els presidents desbarriats no campin pel carrer, un servei d'indubtable utilitat pública, a l'estil dels antics sanatoris. El problema és que a Waterloo les habitacions del servei, que Presidentorra ha demostrat sobradament que mereix, estan ocupades per l'ordenança Matamala, i no crec que el president fugat li vulgui fer lloc al seu llit. Si en Puigdemont no li permet usar el seu despatx a la Generalitat, molt menys acceptarà compartir-hi llençols, mantes i fredes nits belgues.

De cara a les peregrinacions dels fidels, seria aconsellable que triés com a destinació un país no gaire allunyat de Bèlgica. Pels pelegrins del llaç groc ja suposa una molèstia retre la visita que per obligació han de fer almenys un cop a la vida a Waterloo, donant set voltes senceres al xalet de la República i fent un petó als peus d'en Puigdemont a cada volta. Si amb un president a l'exili ja costa ser català de bé, amb dos serà tasca titànica, i més si a Presidentorra se li acut establir-se, no ho sé, a Ucraïna, on fan licors d'herbes semblants a la ratafia. Si, en canvi, munta el seu xalet a Holanda, els fidels aprofitarien el viatge per visitar dos líders al preu d'un.

Mentre aquests detalls se solucionen, els catalans es divideixen entre els que estan encantats que Presidentorra marxi i els que pensen que hauria de ser fora des de fa temps. La veritat és que urgeix que compleixi la seva paraula i no visqui ni un dia més a l'estat espanyol, perquè a la que té un dia lliure, és a dir, a la que no té en l'agenda una fira rural per visitar, l'home s'apuja el sou. Buscar-li lloc de residència, si pot ser en un altre continent millor que en un altre país, comença a ser una qüestió prioritària, perquè si quan vostè llegeix això continua amb residència a Catalunya, probablement ha aprovat un nou decret augmentant-se el sou. No és capaç ni d'esperar a ser fora i guanyar-se la vida honradament com la resta d'exiliats, és a dir apel·lant a caixes de resistència que els fidels aniran omplint generosament. I fins i tot els no fidels, si així el perden de vista.

Quan Presidentorra diu «no vull viure ni un dia més a l'estat espanyol» ho fa en un clamorós singular, lluny d'aquell «marxem!» de temps enrere, que en ser plural incloïa vés a saber quanta gent, no a mi per descomptat, amb totes les dificultats que un grupet implica per posar-se d'acord en dia i hora de partida, i lloc de destinació. Un agraeix que un llacista -no qualsevol llacista sinó el que viu millor de tots, i això ja abans del proper augment de sou- hagi descobert que per deixar de viure a Espanya, res com fer-ho de manera individual: agafes un bitllet només d'anada a qualsevol lloc i llestos, no cal embolicar-se amb referèndums, DUIs ni desconnexions de tot un país, que ja estem veient que quan arriba el dia de la veritat, feina tens a convèncer un tribunal que tot el que vas fer era de broma.

2019

La narració del partit per TV3

8 DE MARÇ

Segueixo el judici a estones, pel Telenotícies que hi ha sintonitzat per defecte a cals meus pares a l'hora de dinar, i observo que als acusats se'ls està posant la cara dels jugadors del Madrid contra l'Ajax. Com aquests, es pensaven que després del primer partit, o sigui la primera setmana de declaracions, ja ho tenien tot fet i guanyarien l'eliminatòria sense baixar del furgó policial, però van passant els minuts i els van caient els gols a sobre, sense que ni ells ni els espectadors entenguin com és possible. Els Turull, Rull, Sánchez i companyia comencen a tenir el mateix aspecte patibulari que els Casemiro, Kroos i Modric, l'aspecte dels que molt abans del final del partit intueixen que això és un bany i que la derrota serà molt més que una derrota, serà un esfondrament. El capità, en Puigdi, va forçar la targeta i s'ho mira tranquil·lament des de la llotja que s'ha muntat a Waterloo, amb la seguretat que només purgaran les culpes els que són a terreny de joc del Tribunal Suprem.

No és bona política donar per guanyada una eliminatòria abans d'hora. Menys encara si ja el primer partit mereixia acabar en derrota. El problema dels equips del règim és que fins i tot quan l'estratègia és dolenta i el joc que l'ha de posar en pràctica és pèssim, els seguidors incondicionals -ajudats pels mitjans de comunicació afins- ho continuen veient tot de color de rosa, es neguen a veure la realitat. I, és clar, quan arriba la derrota, és molt més dolorosa per inesperada. Les floritures de fa un parell de setmanes són útils només de cara a la galeria, però res més, i ara no sé si estic parlant de futbol o del judici, segurament de tot.

L'única cosa bona de tot plegat és que finalment TV3 ha trobat la seva raó de ser. Li ha costat anys de debatre's entre entretenir, informar, aconsellar, adoctrinar, o una barreja de tot plegat. Res d'això. L'autèntica vocació de la cadena pública catalana era -ara ho ha descobert- la d'advocat defensor. Com si volgués recuperar el temps perdut, s'hi dedica a temps complet. El mètode és el següent: es televisen fragments del judici i s'intercalen amb imatges d'arxiu que presumptament desmunten el que ha dit l'acusació, o reafirmen a la defensa. Sembla fàcil, però requereix pràctica i, sobretot, requereix oblidar completament quina ha de ser la funció d'una televisió pública. Per exemple: que un testimoni assegura que els concentrats als col·legis electorals eren violents? S'intercalen imatges d'un grup de gent amb les mans enlaire. Que un altre assegura que la policia va actuar correctament? Ara toquen imatges d'antiavalots a cops de porra. És un sistema senzill, fal·laç però senzill: és com si a mi m'acusen d'haver-me emborratxat i aporto imatges en què se'm veu bevent aigua. Com si en Jordi Pujol se'ns mostrés fent la declaració de renda.

Per descomptat que el paper d'advocat defensor de TV3 és tan simbòlic com tot el que es fa a Catalunya, referèndum i DUI inclosos, ja que en res no influeix en el tribunal. L'única funció que té és la d'exaltar els espectadors, fer-los creure que perdem perquè tenim l'àrbitre en contra i que fins i tot el VAR està conxorxat contra nosaltres que, com la història sap, som els millors. I fer-los agafar de nou la bandera i que surtin a cridar «Hala, Madrid!» o «Fem República!», tant és, la qüestió és ocultar responsabilitats.

Cuevillas per Girona

12 DE MARÇ

A veure per què no ha de poder ser l'advocat Cuevillas candidat per Girona de Junts per Puigdemont, encara que no hi resideixi. Girona és una província tan sotmesa al llacisme que pot ser-ne cap de llista qualsevol persona, animal o cosa, encara que ni la sàpiga situar al mapa. Si va ser cap de llista per Girona en Lluís Llach, un antic cantant nascut fa molt per aquí, però que es passa la vida entre tarragonins i senegalesos, bé pot ser-ho un advocat de Barcelona que hi té segona residència. La segona residència dota d'una percepció especial dels problemes gironins, jo conec barcelonins que tenen casa a l'Escala i coneixen molt més que els autòctons els millors llocs per prendre un gintònic en 40 quilòmetres a la rodona. Amb això i anar a les havaneres de Calella vestint l'uniforme reglamentari -nàutiques, bermudes i camisa arremangada fins a mig avantbraç-, Cuevillas té tot el que necessita per representar Girona a Madrid.

Per ser diputat de segons quins partits només cal lluir llacet groc i caure bé al marquès de Waterloo. El primer requisit és fàcil, però el segon és tan imprevisible com ho és el funcionament del cervell de Puigdemont, si és que funciona. Polítics que se'n van a dormir pensant que aquest els aprecia es lleven amb la notícia que són a la llista negra, qui sap per què, no ho sap ni el mateix Puigdemont, què ha de saber. Ser polític de Junts per Puigdemont és viure en el terror, com els membres del PCUS durant l'stalinisme, que quan eren cridats al Kremlin no sabien si era per lliurar-los una medalla o per enviar-los a un gulag. Per als caiguts en desgràcia de Stalin o de Puigdemont el càstig és igual d'horrorós: treballar per guanyar-se la vida.

No sé si en Cuevillas cau bé o malament al marquès de Waterloo, però és el seu advocat, o sigui que s'ha guanyat un retir daurat. Ser advocat d'algú que es lleva cada dia amb una nova idea estrafolària que el converteix en riota de tothom és estressant, i si no se'l pot enviar a un balneari, almenys el Congrés. No té importància que en Cuevillas ho ignori tot de Girona, mentre cridi ben fort des de la tribuna «En Puigdemont és el meu pastor, res no em faltarà». Per nosaltres que no pateixi, els gironins estem més que acostumats a representants de fireta.

2019

El diari d'Elsa Frank

15 DE MARÇ

S'ha crucificat injustament l'Elsa Artadi per haver-se servit políticament de l' Anna Frank, quan la pobra dona no sabia que estava parlant d'una víctima de l'holocaust. Ella pensava amb tota la seva bona fe que es tractava d'una esquiadora de Baqueira o d'alguna espectadora de les Havaneres de Calella de Palafrugell -on, sinó, van els catalans que compten?-, que va deixar les seves impressions per escrit. No demanem a l'Artadi que sàpiga més del que està capacitada de saber. Al cap de la nostrada política de jaquetes de mil euros i pentinat de perruqueria cara, no hi pot entrar que senyoreta de nom tan català -Anna Frank, per Déu!- sigui holandesa.

- Au vinga, si ni tan sols es diu Anne Van Frank. Segur que a aquesta noia l'he saludat en alguna botiga de la part alta de Passeig de Gràcia- respon l'Elsa a qui gosa insinuar-li que potser s'ha equivocat.

Artadi, la primera política de la història que sembla haver passat directament de la Christmas Race al Parlament, no és tan tonta com sembla. Ha investigat i sap que la tal Anna Frank va passar l'adolescència a Bergen-Belsen, que deu ser una discoteca pija de Barcelona, haurà de preguntar com s'hi arriba, li han dit que en tren, però ella no és una pobra que fa servir transport públic, per favor. L'Elsa ha llegit per sobre algunes frases del *Diari d'Anna Frank* -«ai quina gràcia, jo també feia un diari, quan era adolescent, però el vaig abandonar a la tercera pàgina, em treia temps d'anar a la *pelu*»- i ha comprovat que l'Anna i ella tenen els mateixos anhels, les mateixes inquietuds i les mateixes ànsies vitals.

-Quan l'Anna escriu «Pensa en tota la bellesa que hi ha al teu voltant i sigues feliç» es troba en una *boutique chic* de Barcelona, ho sé perquè a mi em ve el mateix pensament quan hi entro. Felicitat és mirar al voltant i veure lleixes i més lleixes amb modelets i bosses de mà de Dior, Balenciaga i Cardin. Bé, felicitat és sobretot tenir a mà la Visa per comprar-los, això és el que realment vol dir l'Anna. I encara hi ha qui s'enfada si la cito? Però si som ànimes bessones.

S'ha de tenir molta mala fe per criticar l'Artadi, no costa res deixar-la disfrutar feliç de la seva nova amiga Anna. La consellera és una dona de vastos coneixements i sap perfectament que el doctor Mengele és un cirurgià plàstic -caríssim, per descomptat- que modela els millors pits de Catalunya, que els Frank viuen en un àtic amb golfes, igual que ella, que Holocaust és el nom d'un bar de copes que ha obert aquell noi taaaan simpàtic a qui va conèixer al White Summer de Begur, que el Zyclon B és ginebra d'exportació, ideaaal i divina per al gintònic i que la solució final no és altra cosa que la pàgina del diari on hi ha la resolució del crucigrama, allà on va a parar indefectiblement una vegada ha escrit el parell de definicions que de mitjana sol conèixer.

I encara que no li agradi presumir d'intel·ligent, sap també que aquest gas de què tant li parlen -que pesada que és la gent- des que ha confessat ser íntima de l'Anna Frank, és ni més ni menys que Luz de Gas, un lloc *guai* per anar a prendre copes, li proposaré a l'Anna d'anar-hi juntes, segur que s'ho passarà bé però, aix, haig d'anar amb compte, perquè jo després de la segona cervesa ja no sé el que faig i sóc capaç de vestir roba que no combini, quin horror.

De llaços i llacets

19 DE MARÇ

Com qui no vol la cosa, en pocs anys s'ha passat d'amenaçar l'estat amb la independència, a desafiar-lo resistint-se a treure els llaços grocs dels edificis oficials. Dit d'una altra manera, s'ha passat de voler fer una revolució -de simular-ho, segons hem sabut després- a una rebequeria de nen que es nega a fer el que els pares li ordenen, no per cap motiu en especial sinó només perquè l'hi ordenen. Perquè després diguin que el suflé no ha baixat.

Ja sabem que el judici els ha posat a tots la por al cos, però, francament, si tot el que són capaços de fer és desobeir la tonteria dels llacets, millor que acatin tot el que se'ls digui, perquè res no hi ha més vergonyós que covards que se les donen de valents, amb Presidentorra al capdavant de tots.

La gent s'ha habituat tant a veure simbologia llacista als edificis oficials, que oblida un fet fonamental: aquests edificis són de tots els ciutadans, tant dels que volen la llibertat dels presos com dels que desitgen que els polítics que van jugar a revolucionaris es podreixin a la presó. En un país democràtic, això seria prou motiu per mantenir aquests edificis verges de simbologia, però l'actual Govern català de democràtic en té poc. De tal manera que els llaços en dependències oficials ja no signifiquen «llibertat pels presos», si és que mai ho van significar, sinó que ara criden a ple pulmó «en aquest edifici només tenen veu uns quants, i ai dels que gosin portar-los la contrària». I és així que conec funcionaris que han d'anar a treballar cada dia abaixant el cap i tancant la boca, aguantant que els que dominen la situació es facin seves totes les consignes. Estic, per tant, en contra que durant la campanya electoral es treguin els llaços: s'han de treure per sempre, per higiene democràtica.

Allà cadascú, si el vol portar a la solapa. Fins i tot m'alegra el dia veure cada matí com el llueix al judici en Jordi Sánchez, que en el súmmum de la ridiculesa entra cada dia al Tribunal Suprem amb llacet groc, o sigui, demanant als magistrats que el deixin lliure. Algú l'hauria d'avisar que aquestes coses estan bé al carrer, però que un cop s'asseu al banc dels acusats, més val una bona defensa que un llacet suplicant al tribunal que el deixi marxar perquè ell només cantava el Virolai.

Laura Borràs, la reprimida

22 DE MARÇ

No cal ser entomòleg per saber que un escarabat de la patata hauria fet a la conselleria de Cultura la mateixa feina que Laura Borràs, si bé cal reconèixer que al pobre coleòpter potser no se li hauria acudit la peculiar idea de la consellera per sortir als papers: davant la impossibilitat de sortir-hi per la feina feta, sortir-hi per anar vestida sempre totalment de groc -almenys en les peces de vestuari que estan a la vista- i posar sempre en tota situació, així sigui un funeral, el mateix somriure fora de lloc que tenen esculpit a la cara els pacients de frenopàtic sense possibilitat de rehabilitació.

Fos per interès zoològic, fos perquè la Borràs aspira ara a seure al Congrés i cal acostumar a poc a poc la resta d'espanyols a la seva visió, l'altra nit l'entrevistaven a TVE. No va decebre.

- Per negociar, demanarem la fi de la repressió i el dret d'autodeterminació.

Se'm va acudir que potser sí, darrere d'aquell somriure estrany s'amaga una dona reprimida i farta de ser-ho. He viscut prou per saber que hi ha dones reprimides de tot tipus, no veig perquè no n'hi pot haver de vestides de groc, a vegades aquests colors llampants amaguen problemes interns, són un intent d'enganyar-se a un mateix. Si la Borràs, tal com confessa, és una dona reprimida, no és cosa de fer-ne broma, la seva vida íntima deu ser un infern. El que se m'escapa és com ho pot solucionar el presentador de TVE a qui es dirigia somrient –prefereixo no pensar que fos una insinuació vetllada, no estan els temps puritans per aquestes alegries televisives–, i el mateix dic si la reflexió anava destinada a Pedro Sánchez, que està feliçment casat.

Correguem un espès però trist vel sobre la vida privada de la consellera, encara que ella l'airegi. Fos com fos, la idea era clara: si el Govern espanyol vol negociar, ha de posar fi a la repressió de la consellera i reconèixer el dret a l'autodeterminació de Catalunya. El presentador no ho va fer, però la cosa hauria sigut preguntar-li:

- I si no, què?

Costa d'imaginar que algú sense cap força reclami res, potser amaga un as a la màniga, no ho sé, potències mundials donant suport a Catalunya, milions de persones disposades al sacrifici, mig cervell útil en tot el Govern, el que sigui, per impossible que sembli.

- Si no, continuarem fent pelegrinatges a Waterloo, seguirem demanant als catalans que comprin samarretes noves cada 11 de Setembre, i insistirem en la catalanitat de Colom!- hauria contestat la Borràs, reprimida però ferma i groga.

Ignoro si un escarabat de la patata pot arribar a sentir-se tan reprimit com una consellera, no veig perquè no, pobrissó. El que segur que no faria seria escriure llibres, tasca a la qual malauradament sí que s'ha dedicat la Borràs. Corre per casa –tinc prohibit que hi entrin andròmines inútils, però som família de periodistes i per desgràcia són més obsequioses les editorials que les botigues de xarcuteria– entre àlbums vells de cromos de La Liga i bosses de plàstic que s'hi acumulen sense objectiu conegut, el seu últim *hit*, «La literatura en un tuit», títol encertadíssim per a una dona tota l'obra literària aprofitable de la qual cap en 140 caràcters.

Tindrem sort, si va a Madrid. Posar Laura Borràs de consellera de Cultura és com posar de conseller de Sanitat un malalt, amb l'esperança que així es curi.

Terribas la servil

26 DE MARÇ

Necessito amb urgència localitzar Mònica Terribas. Tinc una estampeta que em vull treure de sobre, si em paga mil euros és tota seva. Estic segur que, fins que algú no li digui el contrari, creurà que és un número premiat de loteria i no un dibuix fet pel meu fill. Terribas la crèdula, que passa per ser el súmmum del periodisme català, va saludar els pobres oients el 27-O amb «Bona tarda, ciutadans i ciutadanes de la república de Catalunya», cosa que en si no és dolenta, ja que demostra la seva nul·la capacitat periodística -si entenem per a periodisme no limitar-se a repetir com lloros el que diu el poder sinó esbrinar la veritat- i en un país de polítics menys que mediocres, una periodista menys que mediocre dóna el perfil ideal. Per si no fos prou mèrit, diumenge passat a *Salvados* insistia que la burrada que va dir per antena tenia tota la raó de ser «perquè encara no s'havia aplicat el 155» (sic). El fet de reafirmar una burrada sense cap rubor, a l'actual Catalunya la postula per a les més altes instàncies. Aquesta dona està mal aprofitada darrere d'un micro, mereix una conselleria.

No sé si diumenge em va fer més vergonyeta tornar a escoltar la veu de la Terribas grallant animalades per antena aquell dia infaust, o veure-la amb posat pretesament ofès, intentant convèncer algun despistat que allò que va dir s'ajustava a la més estricta realitat. *Doña erre que erre*, impostant una dignitat que va perdre fa molt, es resistia a reconèixer que va ser enganyada, i en això tenia tota la raó: no va ser enganyada, sabia perfectament que era ella qui estava enganyant els oients. Mentidera o idiota? Tant és, res no s'avé més a una república imaginària que una periodista d'ètica imaginària, estan fets l'una per l'altra.

Si el Govern català derogués demà la llei de la gravetat, Terribas la servil instaria els catalans a saltar sense por des d'un vuitè pis, almenys fins que s'apliqués el 155 i tal declaració fos invalidada. Terribas és el millor exemple de com han degenerat a Catalunya els mitjans públics, capaços ja únicament de fer d'altaveu de l'amo a canvi d'un bon sou. Ja va deixar escrit fa un segle Julio Camba que «si un pot enriquir-se amb el periodisme, és únicament a condició que abandoni el periodisme». La Terribas ha seguit tan savi consell.

2019

De discoteca amb en Trapero

29 DE MARÇ

Va ser veure per televisió aquell home, assegut al Tribunal Suprem, i recordar de què el coneixia: en Trapero corria pel Platea en els temps que jo freqüentava aquest local gironí. De més jove, solia trobar al Boomerang l'expresident Puigdemont, no sé si el recorden, un que va guillar i mai més s'ha sabut d'ell, com el Dioni però amb musclos en lloc de mulates i buidant les butxaques dels seus fidels en lloc d'un furgó bancari. Està vist que el meu infaust destí és ensopegar als locals nocturns amb tots els que van participar en la maleïda paella de ca la Pilar Rahola. Ara que freqüento el Fogons, corro el risc de trobar-me cara a cara, entre mulates que beuen cubells de cervesa i dominicans que juguen al dominó, amb la Garcia Melero venent falsos calçotets Calvin Klein o -els déus ho impedeixen- amb la mateixa Rahola asseguda a la tassa del vàter, que el lavabo del Fogons no té llisquet.

Igual que en Puigdemont de jovenet al Boomerang, en Trapero al Platea tampoc no ballava. Se solia posar a la barra, amb la mirada i la postura dels homes durs, per alguna cosa «Posició de barra de discoteca» és assignatura obligatòria a les escoles de policia de tot el món, i de les més complicades d'aprovar, ja que la línia que separa un home dur d'un borratxo solitari és tan prima que només autèntics professionals la voregen sense caure a l'altre costat. En Trapero era un professional, en Puigdemont, no. Un oficial de policia a la barra d'una discoteca, aporta al local una dosi de glamur superior inclús a la d'un periodista, però a canvi les senyoretes que se li acosten marxen desenganyades, ja que a la picarona pregunta de «portes pistola o és que t'alegres de veure'm?», el policia sempre respon que porta pistola, cosa que fa fugir decebuda a la fins aleshores il·lusionada femella. Potser per això en Trapero solia estar sol, o com a molt en companyia d'un altre oficial, sense temors infundats, ja que tots dos sabien que el que se li notava a l'altre era la pistola.

Pensava jo tot això mentre seguia la seva declaració. Potser va ser el seu gest agafant el got mentre responia preguntes del fiscal, el que em va activar la memòria: era el mateix gest amb què prenia copes al Platea. El to amb què es dirigia en els vells temps a les cambreres de faldilla curta i ajustada, servia ara per dirigir-se als magistrats de toga llarga i folgada. En aquell cas, per demanar una altra ronda; en aquest, per insistir que respecta la llei; en ambdós, per aconseguir allargar el temps de llibertat. «És ell!», vaig cridar en silenci. Arribar de la barra del Platea a declarar en un judici que tenies un pla per detenir en Puigdemont, això sí que és una carrera. No recordo quants dels que freqüentàvem llavors el Platea teníem un pla per detenir en Puigdemont, però per més que les altes hores de la nit siguin terreny adobat per aquestes coses, no passaríem de la dotzena. Tanmateix, al cap dels anys en Trapero continuava amb el pla: això és personal. Alguna cosa va passar a la paella de la Rahola, qui sap si en Puigdemont li va agafar un musclo, el temps ha demostrat que l'expresident és capaç de tot per aquest mol·lusc, fins d'ensorrar el país per poder anar a Bèlgica a atipar-se'n.

Fos com fos, com a tothom, la declaració de Trapero em va deixar impressionat. Quina sang freda s'ha de tenir per no confondre's i dirigir-se a en Marchena amb un «posa'm un altre gintònic, guapa».

Jo també sóc Cotarelo

2 D'ABRIL

El pobre Ramón Cotarelo, cinquanta per cent del celebrat duet *Cotarelo y Talegón contra el gang del Chicharrón*, el tenen en un no viure. Fa mesos, la CUP de Tarragona el va allotjar en una habitació d'hotel que no tenia ni taula, ni cadira, ni wifi, ves que no fos un *meublé*, on aquests accessoris són sobrers i només cal un llit, un bidet i vídeos porno a mansalva. En Cotarelo, en lloc d'aprofitar l'avinentesa per rememorar ardors juvenils, va optar per l'«aquí us quedeu», que fa tota la vida que ho diu a companys de viatge i hi està més habituat.

Quan ja tenia oblidat aquest desdeny d'un independentisme que ha abraçat amb la fermesa de qui agafa una mamella i no s'hi desenganxa ni a trets, ara JxCat el menysprea posant-lo suplent en la candidatura per Girona. Vesteix-te com un jove revolucionari a la teva provecta edat convertint-te en riota general, parla català de manera risible, pentina't els cabells blancs amb cueta com si encara anessis a l'institut, trasllada't a viure a una Girona provinciana i casposa, apareix fent el ridícul a tots els mitjans, adopta postura juvenil en les fotos encara que et costi no poder dormir a la nit de dolor a les articulacions, i total, per què? Perquè el marquès de Waterloo incompleixi la promesa i et relegui a la llista.

No se'l pot fer anar així de corcoll. A aquestes edats –perquè Cotarelo ja té una edat, encara que la seva forma de vestir intenti desmentir-ho– un home necessita estabilitat. Els canvis bruscos poden ser fatals, no són pocs els casos de jubilats que es busquen en una llista electoral i en veure's de suplents pateixen un ictus. A un senyor que enfila l'hivern de la vida i que abraça l'independentisme com la darrera oportunitat de ser algú, no se'l pot marejar. Una cosa és que calgui dir-li les coses moltes vegades perquè les entengui i l'altra que cada vegada se li diguin diferents, per Déu, que no teniu cor.

- «On podria jo viure del *xollo* sense fotre ni brot? Mmm, a Catalunya tenen fama de ser gent seriosa i de tractar amb veneració qualsevol que els segueixi la veta»- va pensar un bon dia.

I cap a Catalunya va anar. Tot, per acabar en un *meublé* i de suplent en una llista on en canvi hi ha tots els amics del president fugit. S'imposa una campanya: jo també sóc Cotarelo.

Campanya per un xurro a la solapa

5 D'ABRIL

Fa pocs dies, un dels meus fills va patir un atemptat que, si no fos de natural discret com el seu pare, hauria sigut portada als diaris més prestigiosos. Estava el noi celebrant una calçotada campestre, quan una cabra se li va acostar a traïció i es va menjar el llaç groc que lluïa a la solapa. Ni tan sols era la cabra de la legió sinó una cabra civil, sense passat militar conegut, aparentment aliena les reivindicacions polítiques d'uns i altres.

La cosa no passaria d'aquí, si no fos que el company Ramon de España, a qui vaig explicar el terrible succés, va aventurar que potser la pobra cabra pensava que allò era comestible, i que en atenció a aquests animals i a d'altres de diferents espècies que en el futur puguin tenir similars intencions, potser seria oportú que en lloc de llaços de colors, la gent lluís un xurro enganxat al pit.

Li he estat donant voltes a la proposta, i crec que realment s'hauria d'iniciar una campanya en aquest sentit, i no només com a deferència a animals afamats. Un xurro a la pitrera -en forma de llaç, o perdria valor simbòlic-, d'entrada serveix per berenar a mitja tarda, i en això el seu portador ja guanya per golejada als que duen simples llacets grocs de plàstic o de roba, de digestió més complicada excepte que el llacista sigui com una cabra, que més d'un sembla haver-n'hi. Però més enllà de la seva utilitat gastronòmica, el xurro seria un símbol. Qui porta un xurro a la solapa està indicant que li importen un ídem les reivindicacions llacistes, que altres preocupacions té i que no l'atabalin amb idioteses. Conec funcionaris que es troben en una situació incòmoda quan, a la feina, els seus companys els demanen col·laboracions econòmiques per la caixa de resistència; en farien prou d'assenyalar-se el xurro de la solapa, sense ni aixecar la vista de l'expedient que estan ultimant, perquè els petitoris entenguessin que els importa un xurro la seva guardiola. Dur un xurro enganxat hauria de ser suficient perquè ningú et vingui a molestar amb parides. Un musclo en escabetx, per deixar clar que tots sabem a què dedica el temps el president fugit, també seria útil, però la despesa en tintoreria ho desaconsella.

Un xurro és una forma elegant i sobretot dolça –per no parlar del seu aroma–, d'enlairar-se per sobre de tants provincians que et miren malament si no portes el preceptiu llaç groc. Si es té la precaució de no utilitzar un xurro ensucrat, ja que el sucre es podria confondre amb caspa, el xurro és elegant i signe de distinció. L'elegància xurrera dóna mil voltes a qualsevol llaç, ni que sigui de seda, i s'haurà acabat això de mirar per sobre de l'espatlla als que fins ara tenim verges les solapes de la caçadora. Auguro que seran molts els llacistes que acabaran canviant el llaç groc per un xurro, a la que descobreixin que són molts els avantatges d'aquest. I cap inconvenient, perquè al cap i a la fi, per aconseguir que un tribunal deixi lliures uns acusats, la mateixa utilitat té un xurro que un llacet que una cagada de colom.

Si la republiqueta catalana va ser un xurro, si s'ha sabut que tot el procés no era més que un xurro, si els tres últims presidents de la Generalitat no servirien ni per fer de xurrers, si tenim uns polítics a qui les autèntiques preocupacions dels catalans els importen un xurro, què menys que enganxar-nos un xurro al pit. Una porra ja seria anar amb mala llet.

La Boya s'enfonsa

9 D'ABRIL

Una de dues: o la Mireia Boya se'n va a casa sense dir res, que al cap i a la fi ningú no l'ha de trobar a faltar, o se n'hi va explicant fil per randa quines agressions ha patit i per part de qui. Però denunciar en abstracte una misteriosa «agressió psicològica continuada», és l'habitual posar només la punteta dels polítics catalans, sigui per proclamar repúbliques, sigui per justificar que marxen a casa. O sigui: jo no et crec, germana.

Potser «agressió psicològica continuada» significa que un home s'exhibia cada dia davant de la cupaire sense el preceptiu llacet groc a la solapa, i això no hi ha Boya que ho aguanti sense enfonsar-se. Pitjor encara: qui sap si un mascle tenia per costum llegir un llibre davant seu, amb el terrabastall psicològic que ha de suposar a aquesta dona el misteri de la lectura.

I això que en la carta-totxo que va fer pública perquè tots la planyéssim no hi faltava cap de les expressions obligatòries: sororitat, rol de poder, sistema patriarcal... No mancava més que la campanya #totssommireiaboya. Però ni una concreció. El seu partit se la va creure, és clar, però quina credibilitat té la CUP, si usen el femení homes que passarien desapercebuts entre una manada d'ossos? Si no saben concordar gènere i nom, menys ha de saber què coi significa «agressió psicològica continuada». L'expressió queda bé i s'apunten al carro: jo et crec, germana, prou agressions, s'acosten eleccions i a veure si amb això rasquem vots.

Potser la realitat no quedava prou cupaire. Jo aconsellaria la Boya que deixi de parlar de cara a la galeria i se sinceri amb si mateixa. Que digui si se'n va a casa perquè li agrada planxar i fregar, o si prefereix cuidar la família, o si algú li ha revelat que la república no existeix, idiota, i vol deixar de fer el ridícul. Prova de dir-ho, germana, primer davant del mirall i després en públic. Veuràs com et sentiràs millor.

És lleig assetjar una dona, però això no implica refiar-nos de la primera que ens explica un conte. La Boya mereix tanta credibilitat com si, per justificar el seu nivell intel·lectual, assegura que ha sigut abduïda pels marcians i li han extret mig cervell per estudiar-lo: no dic que no sigui possible, però has d'aportar proves i detalls, germana, o tampoc no et creuré.

Puigdemont al país de Lil·liput

12 D'ABRIL

El que més m'agrada de les aparicions en pantalla de l'expresident Puigdemont, sí home, aquell que va fugir fa temps, és el tractament de la perspectiva. El líder suprem apareix en una pantalla gegant i es dirigeix als seus fidels com si realment fossin al seu davant i tinguessin la mida de minúsculs ninotets. En les seves periòdiques aparicions, el marquès de Waterloo no mira endavant, com seria el normal, sinó cap avall, allà on ell veu tota una colla de diminutes figures que el lloen i el veneren. Els parla, els somriu, els diu que la república ja és a tocar i que el món ens mira, i tot seguit demana diners per la caixa de resistència, però sempre mirant-los des de dalt, amb la mirada infantil del meu fill quan juga amb els clicks de Playmobil. A vegades fa inclús el gest d'acostar-los la mà perquè hi pugin, igual que pujava la Jessica Lange a la mà d'en King Kong (en Puigdemont, no el meu fill).

En altres circumstàncies, la gent es faria un tip de riure, en veure un senyor que es dirigeix a la multitud com si fos un gegant. Els llacistes, no. Primer, perquè fa temps que han perdut el sentit de l'humor, i segon perquè a Catalunya, riure's de les animalades del marquès de Waterloo és delicte de lesa traïció. En tercer lloc, és lleig riure's de les persones afectades de patologies psíquiques. Segurament en Puigdi creu veritablement que és en Gulliver visitant el país de Lil·liput, al cap i a la fi més probable és que existeixi aquest país que la república catalana. Els psiquiatres opten en aquests casos per seguir el corrent als malalts, així que, ben pensat, els seus fidels obren santament en no desenganyar-lo. Un crit a destemps, del tipus «mira endavant i deixa de fer el pallasso», podria ser fatal per l'equilibri emocional del personatge, ja de per si molt feble.

És el més a prop que estarà mai en Puigdemont de ser un líder gegantí, un polític d'alçada. No és poca cosa, molts dels fidels que el segueixen de pantalla en pantalla, esperant les seves aparicions com pastorets esperant les de la verge de Fàtima, estan convençuts que realment el Vivales és així de gran. O, si més no, que ells són així de petits comparats amb ell. Aquestes coses funcionen així, es tracta de fer creure a una colla de desvalguts que sense tu no arribaran mai a res, i a partir que ho creguin ja els pots demanar el que vulguis, fins i tot que sacrifiquin la llibertat per tu, tot i que molt millor si els sacrificis són econòmics per sufragar-te el tren de vida, com és el cas.

Amb el pas dels anys, difuminat el seu record i acostumats a veure'l només en pantalla gegant, tothom creurà que en Puigdemont és realment un monstre de 25 metres, creença afavorida per la peculiar manera de dirigir-se al seu públic. Correran sobre ell tota mena de llegendes, els pares l'utilitzaran d'amenaça quan els fills no vulguin anar a dormir i desenes de tietes llacistes uniran esforços per teixir-li una bufanda groga de 12 metres de llargada, ara que arriba l'hivern.

Mentrestant ha crescut, sí, però d'ample, que la bona vida se li comença a notar en cintura, papada i altres zones d'acumulació adiposa. Els diners de la caixa de resistència se n'estan anant en renovacions setmanals de vestuari, en set dies l'única peça aprofitable que li queda és el llacet groc a la solapa. Així no hi ha qui el segresti, els 100.000 euros de premi no compensen la despesa d'alimentar-lo.

Tots som a Madrid

16 D'ABRIL

Que tres consellers del govern català s'hagin gastat uns 6.000 euros en viatjar un parell de dies a Madrid per assistir al judici no ens hauria de sorprendre. Al revés, ens hauria d'enorgullir veure que els nostres representants ni mengen entrepans de calamars ni s'allotgen en pensions del carrer Carretas, sinó que viatgen com a prínceps. I que aquests diners no surtin de la seva butxaca, sinó dels pressupostos, és doble motiu d'orgull, ja que confirma que tenim uns representants que, altra cosa no sabran fer, però estalviar per fer-se un raconet el dia de demà ho tenen ben après.

Segur que a Ester Capella, Laura Borràs i Damià Calvet ni els va passar pel cap la possibilitat de pagar-se el viatge. Un no cobra 110.000 euros anuals per dilapidar-los anant a fer-se una foto a l'entrada del Tribunal Suprem. Això es paga a part. Ja que té com a únic objectiu que almenys una part dels catalans cregui que realment hi ha un govern al capdavant del país, deixar-se veure a les portes del Suprem ha de ser una feina remunerada. Dietes a banda, per tant espero que després de sufragar-se el viatge i l'estada a Madrid amb càrrec a tots els catalans, passin a Tresoreria el tiquet dels àpats.

Això és el més important. Carregar al compte de tots els catalans un dinar al Lhardy -si és que existeix encara- o un sopar a l'Asador Donostiarra, ve a ser com si tots hi hem menjat una miqueta, ni que sigui per delegació. Els treballadors mai no hi podrem accedir, però ja que per altra cosa no serveixen els consellers, almenys que puguem dir que gràcies a la seva gana, a la seva *joie de vivre* i a la seva barra, tots hem tastat els millors restaurants, hem dormit als millors llits, hem degustat els millors gintònics, hem follat les millors putes i hem viatjat en primera. O no són els nostres representants?

Falta conèixer encara les despeses de Presidentorra i altres consellers que van viatjar a també a Madrid. Estic segur que no ens sentirem decebuts amb ells, que hauran complert també amb el mandat popular, que no és altre que fer-nos sentir adinerats com ells.

2019

Si volen fer-nos creure que ens jutgen a tots quan en jutgen uns pocs, també ens poden fer creure que tots mengem al DiverXO quan uns pocs s'hi atipen. Això va de crèduls.

Les rutes del procés

22 D'ABRIL

Un amic que ha passat la Setmana Santa a Belfast m'ha explicat que allà s'organitzen ara rutes turístiques pels llocs on la violència campava lliurement. Aquí una barricada, allà marques de trets en una façana, aquí pintades pro-IRA i pro-paramilitars, i allà a baix el cràter que va deixar una bomba en esclatar. Els guies són ni més ni menys que antics combatents d'un o altre bàndol -a vegades dos, un de cada- que així treuen profit dels anys de plom a Irlanda del Nord.

Això obre una via perquè els líders catalans es puguin guanyar la vida d'aquí a uns anys, quan ja tothom els hagi oblidat però hagin de trobar formes de sobreviure. Si poc abans d'ingressar en un geriàtric, en Puigdemont pot retornar a la seva Girona, res no ha d'impedir que faci de guia turístic, estic segur que encara que no tingui llicència les autoritats tindran la màniga una mica ampla, tenint em compte la seva experiència.

- I aquí, cof, cof, la gent ocupava la via perquè pensava que era una forma com una altra de fer república.

- *Oh! Wonderful, wonderful! Yo, foto con usted en la vía-* s'admirarà un sexagenari noruec.

- Si vol foto, haurà de pagar un plus, que la caixa de resistència fa anys que es va esgotar- replicarà el vell heroi.

La ruta continuarà pel pont on va canviar de cotxe per fugir, pel col·legi Verd -«he, he, com repartia, aquí, la policia, precisament un d'aquells agents fa també de guia, si ho desitgen, després els el puc presentar»- i explicant amb pèls i senyals com va entabanar els companys de govern fent-los creure que es quedaria amb ells a assumir conseqüències.

- *Usted muy pillo, usted pícaro español!-* riuran uns turistes suecs, tot donant una propina a aquell vellet tan simpàtic que explica històries tan divertides.

Que el procés no hagi servit de res en el sentit polític no vol dir que no se'n pugui treure profit econòmic, i ningú hi té més dret que els seus creadors. Potser no ara, potser no d'aquí a poc, però en un futur les «Rutes turístiques de la república imaginària» -així es diran-, aconseguiran per fi, gràcies al turisme, internacionalitzar el procés.

- I no oblidin que, en acabar, poden comprar un llacet groc a la botiga.

Les cançons d'en Donaire al Suprem

26 D'ABRIL

Quan surto del diari m'instal·lo a la barra del Fogons, a veure si a còpia de cervesa, mulates i música llatina, oblido el judici del Suprem. Vana esperança, ni allà hi ha manera de desconnectar. Es diria que la propietària, la Nancy, tria la música segons la jornada viscuda al Suprem. Per exemple, avui que ha declarat el mosso Albert Donaire, no pot ser casual que soni a tot drap la Becky G, cantant *Mayores*, un tema que diu coses tan tendres com *«a mi me gustan más grandes, que no me quepan en la boca»*, que remeten a aquest agent. I no em refereixo només a les fanfarroneries, que és clar que de tan grosses no li caben a la boca, només cal comparar els tuits que publica amb el seu acoquinament davant del tribunal, sinó a coses més tangibles. Sé de què parlo. A Madrid, si no vas amb compte i deixes clar de quina mida vols el *bocata calamares*, et colen un mini i te'l cobren a preu de maxi, és millor advertir que t'agraden grans, com devia fer Donaire en l'estada a la capital. I com la Becky G., que es devia trobar en la mateixa tessitura en algun viatge a Madrid, tan impressionada va quedar que ho va immortalitzar en una cançó.

No, no és casualitat que soni *Mayores*. I menys si tot seguit, com per deixar clar la Nancy que no es perd detall del judici, els bafles del Fogons escupen la Thalía cantant *«no me acuerdo, no me acuerdo, y si no me acuerdo no pasó»*, sens dubte dedicada també a en Donaire, ja que és la frase que més repetia com a testimoni. És cert que aquesta amnèsia afecta també els testimonis i acusats -tots neguen la realitat amb l'argument que no la recorden-, però un espera que almenys un policia que de boqueta es vanta de ser un valent soldat per la república, tingui un mínim de dignitat. Que aquell gall no es torni tan de pressa a ulls vista de la mida d'un pollet de granja, que esperi almenys a la segona reprimenda del president del tribunal, que fins el meu fill de nou anys té més valor, que el mosso Donaire es deu posar a plorar si per fires el fan pujar al tren de la bruixa, pobret. Si amb aquestes canyes s'ha de fer una república, poden esperar asseguts els seus promotors.

Però tampoc no hem de ser tan durs. Albert Donaire és un pobre noi de poble que, ves què havia de fer a la vida, es va fer policia, cosa que als pobles sempre atorga un plus de popularitat i estalvia acabar llaurant un camp. El problema dels narcisistes és que no en fan prou de ser populars al seu poble, necessiten alguna cosa més, així que es va inventar un engendre anomenat «Mossos per la República», com podria haver creat «Mossos pel ball de saló», d'alguna manera ho ha de fer per destacar en aquest injust món meritocràtic qui no posseeix cap mèrit. Amb un nom *cool* com aquest i alguns tuits que mostrin indestructible patriotisme -més alguna foto insinuant, que un no és de pedra i no tot ha de ser política, la fama està servida, que ser mosso per a dedicar-se només a tasques policials és poca cosa.

Però, ai, va voler la mala fortuna que un dia hagués de declarar davant d'un tribunal, i allà va quedar clar que en Donaire era valent només a les xarxes. I, és clar, un veu el trist paper que fa, tenallat per la por, i es pregunta en mans de qui està la nostra seguretat. Si el tal Donaire ens ha de defensar mai de res, potser l'Abascal tindrà raó i més val que ens armem fins a les dents nosaltres mateixos.

2019

La República filatèlica

30 D'ABRIL

Hi ha molts indesitjables que s'han afartat de criticar el Consell de la República, insinuant que és una enganyifa perquè els fidels vagin enviant diners a Bèlgica per sufragar la gran vida d'en Puigdemont i els seus amiguets. Ara s'hauran d'empassar les seves paraules, perquè ahir es va anunciar que «després de setmanes de feina intensa» (sic) aquest consell tan injustament criticat ha presentat una col·lecció de segells. Això sol ja seria motiu de joia i alegria per als catalans de bé, però és que a més els segells duen imatges altament patriòtiques, com una urna o, atenció, un llaç groc, cosa que ens estalviarà saliva, ja que no hi pot haver català autèntic que no vessi unes llàgrimes en tenir als dits tal relíquia, llàgrimes que serviran per enganxar-lo sense passar-li la llengua per l'anvers, que el Consell de la República Filatèlica ho té tot pensat. Petit incís per als més joves: els segells eren uns quadradets petits que, mitjançant saliva, s'enganxaven a la part superior d'una cosa que duia el nom de *sobre*, que a la vegada en contenia una altra anomenada *carta* i que consistia en un paper escrit. Tot plegat s'enviava a una altra persona per comunicar-li deutes, fer-li saber el nostre estat general o -en casos més desesperats- declarar-li l'amor. Dècades enrere aquest curiós sistema substituïa el Whatsapp i l'*e-mail.*

Rebre una carta avui en dia fa por, però no s'alarmin, que si en una cantonada hi ha un segell amb el dibuix d'un llaç groc, vol dir que va sortir de Waterloo amb tartana fa dues setmanes i va ser escrita amb ploma de ganso. A veure si ara que sabem que el Consell de la República és només una associació per a la recuperació d'ancestrals costums, les donacions creixen i en Puigdemont deixa de pidolar diners, que fa coseta veure'l sortir cada dos per tres a demanar, tot i que més trist és *de robar*.

Després dels segells, l'expresident instarà amb el seu exemple a recuperar activitats com la de cagar ajupit al bosc, parlar en públic amb un escuradents viatjant de costat a costat de la boca, i trucar només a través de telèfons fixos, i encara amb l'ajut d'una operadora, tot retransmès oportunament per TV3, en blanc i negre per descomptat. El que s'ha de fer, perquè el món ens miri. Ah, i sobretot, no oblidin enviar a Waterloo algun gir postal.

Núria De Gispert requereix atenció

3 DE MAIG

No sé en quin geriàtric està ingressada la Núria de Gispert, però si jo fos la família, em preocuparia, no sembla que la vigilin gaire (dono per fet que no viu a casa, és evident que requereix atenció continuada). Els cuidadors tenen l'obligació de no permetre l'accés a les noves tecnologies a les àvies amb símptomes evidents de senectut, perquè tant poden entrar a pàgines porno per recordar la seva joventut, com fer compres milionàries per Amazon, com publicar tuits que fan avergonyir tothom, excepció feta de la pròpia tuitejadora, que viu en el seu món de fantasia. La senectut és molt traïdora, no perdona ningú, i als primers senyals -sortir a la premsa vestida de fada per convertir-se en la riota de tot un país, ja indicava que la cosa del terrat no anava bé- la família més propera hauria d'haver pres mesures dràstiques. Incapacitar un familiar sempre és dur, però a vegades és millor prendre decisions difícils que haver de lamentar més endavant no haver-ho fet. Fa anys que hauria de tenir restringit l'accés a Internet, com no sigui sota la supervisió d'algú de confiança. Se'ns adverteix fins a l'exasperació que no permetem que els nens naveguin sols per internet i, en canvi, no se'ns avisa dels avis, que són molt més perillosos. El meu fill de nou anys -ja s'està convertint en personatge habitual d'aquesta columna-, per exemple, mai no em faria avergonyir d'ell a causa d'Internet. En canvi, si la de Gispert fos la meva besàvia, ara mateix no sabria on amagar-me.

Visito sovint la residència on viu la meva tia, i puc donar fe que allà les infermeres són molt curoses amb les noves tecnologies, no deixen que ni avis ni àvies juguin amb tablets ni ordinadors. La meva tia podria fer-ho sense perill, si volgués, perquè conserva el cervell en perfecte estat (potser és per això, que no li interessa), però en les meves visites no puc deixar de veure altres inquilins i inquilines -cridant perquè sí, bavejant o simplement vegetant-, qualsevol dels quals podria ser la de Gispert, i noto una suor freda només de pensar que poguessin inundar les xarxes amb els seus pensaments: seria la fi del món. No entenc, per tant, que en la residència de la de Gispert no es prenguin unes mínimes mesures de seguretat, sabent que la bona dona ja ha viscut els seus dies més clarividents, que les estones de lucidesa, cada cop més escasses els darrers temps, potser no tornaran, i que a partir d'ara tot el que faci o escrigui, servirà només per avergonyir família i amics.

El seu tuit qualificant de porcs tota la gent que a ella no li agrada prou, no té massa importància, segurament tenia un mal dia perquè alguna altra resident li havia agafat un caramel que guardava per a l'hora de berenar, aquestes coses passen, els geriàtrics són un món a part. Ara bé, una cosa és disculpar-la a causa del seu estat i l'altra és que se li hagi d'atorgar la Creu de Sant Jordi. Qui se'n farà responsable si se la menja? I si la clava a una infermera que li ha insistit massa que s'ha d'acabar la sopeta? I si la confon amb el supositori de les vuit del vespre? No sembla que a la seva residència siguin gent gaire curosa en la vigilància, així que, per evitar mals majors, jo li retiraria la Creu i li enganxaria a la pitrera tres tiretes de cel·lofana de colors: ella quedarà igual de contenta i no hi haurà cap perill.

Que trist i inexorable és el pas del temps, que no perdona ningú.

Llacets grocs a Mauthausen

7 DE MAIG

Qui a Catalunya aspiri a un càrrec ben remunerat, ha de complir només dues condicions: dur llacet groc al pit i parlar sempre, a tota hora i en tota circumstància, dels «presos polítics». La indigència intel·lectual es valora però no és imprescindible, n'hi ha prou amb simular-la. A Catalunya n'hi ha molts amb tan poc sentit del ridícul que a canvi d'un bon sou accepten quedar com a pesats i ignorants. Sigui perquè la gana empeny, sigui perquè s'han acostumat a un tren de vida difícil de sostenir treballant, no falten voluntaris disposats a prostituir-se. No físicament, sinó intel·lectualment, que és més miserable.

No és estrany que una directora general aprofiti un acte a Mauthausen per recordar que en Romeva està a la presó. És igual que cap dels que van ser tancats a Mauthausen tingués judici, és igual que patissin gana i fred, és igual que fossin torturats i assassinats pel sol fet de ser d'una raça en concret, és igual tot: la directora general cobra un bon sou per a) ignorar tots aquests fets i b) esmentar els seus «presos polítics». I ja està. Se li podria recordar que en Romeva és a la presó per jugar a fer República sense suport ni d'una majoria de catalans ni -sobretot- del president que el va empènyer al precipici, o sigui per idiota, mentre que els desgraciats de Mauthausen no van tenir ni ocasió de renunciar a fer res, perquè res no havien fet.

Tot això no importa. Un càrrec de la Generalitat ha de parlar sempre dels presos. Si l'alt càrrec és de Memòria Democràtica, recordant que els que pateixen són els nostres presos i no els jueus dels anys trenta; si és d'Agricultura i Pesca, defensant la veda del peix blau però reclamant-ne una de polítics catalans; si és de Patrimoni, ressaltant les semblances del pantocràtor amb l'exiliat de Waterloo; i si és de Jocs i Tributs, organitzant una porra per veure qui endevina la condemna que s'imposarà als presos, i a la merda la Grossa. Ja que ens hem especialitzat a ser la riota del món, fem bé d'excel·lir en la tasca i millorar-la dia a dia, que la feina ben feta no té fronteres, deia aquell.

Si en Romeva tingués vergonya, demanaria perdó per l'obscena utilització del seu nom. I si, com se sospita, no en té, almenys que assisteixi al judici amb pijama de ratlles. Per dissimular, dic.

Jordi Sànchez i el Papa de Roma

10 DE MAIG

El dia que em vaig creuar amb Jordi Sànchez en un túnel del metro, feia cara de condemnat, i això que encara no havia estat ni citat a declarar. Segurament el seu inconscient, que en algunes persones és molt més savi que el seu conscient per la simple raó que aquest no existeix, l'avisava que alguna cosa no pintava bé. El recordo vestit de negre, caminant tot sol, apressat, com si volgués fugir d'algú, per més que encara no sabia que aquest algú era la justícia. Crec que fins i tot duia una cartera de mà, perquè vaig pensar que li faltava només un barret de copa per passar pel cobrador del frac. Però no em facin cas, potser la seva mala cara era a causa del fet que, en hora punta i centenars de persones al voltant, ningú no el reconeixia, ningú no s'aturava a agrair-li el seu heroic paper en favor de la República, ningú no queia de genolls al seu pas per besar-li els peus. Esforça't per sortir a tota hora a TV3 pronunciant frases èpiques, enfila't al damunt de cotxes de la Guàrdia Civil i xupa càmera com un desesperat, per al final passar desapercebut, ni un coi d'autògraf, merda de vida, la culpa és del metro, que només el fan servir desgraciats que tenen preocupacions vanes i intranscendents com anar a guanyar-se la vida, en lloc de pensar en la República que advindrà. Només un tio amb el cap rapat, cara de son, que venia de Girona, va semblar mirar-lo durant un instant com pensant «però... però... no és en Sànchez? La mare que el va parir, quina mala cara fa, vist en directe». Pocs dies després, ja era a la presó.

El cruel anonimat del metro va ser la primera bufetada. La segona ha arribat al judici, quan un testimoni de la defensa l'ha deixat amb el cul, vull dir el pacifisme, a l'aire. La cara que se li va posar quan un cap dels Mossos que declarava en teoria per exculpar-lo, va afirmar amb rotunditat que en Sánchez exercia de líder de la revolta, em recordava la del meu fill de nou anys quan, més petit, tenia mal de panxa perquè duia tres dies sense fer caca. Jo creia que aquests girs del guió només passen a les pel·lícules, tant em semblava estar veient *Ley y orden*, que esperava que l'advocat interrompés el mosso a crits.

- Ha arribat vostè a un acord amb la fiscalia per variar el seu testimoni?

En lloc d'això, el sofert policia va detallar l'arrogància de Sànchez, que els instava a marxar d'allà i amenaçava de trucar al president, fos qui fos en aquells moments, potser el vigent ja corria cap a Bèlgica. La resposta del mosso ha quedat per a la història: «D'aquí no em moc encara que truqui el Papa de Roma». Papa de Roma. Feia anys que no escoltava aquesta expressió, denota que el mosso, a més de ser de la meva generació, és persona pietosa: del ventall d'autoritats mundials al seu abast, va triar la del bisbe de Roma per remarcar el ferm propòsit de no moure's de lloc. Si no li hagués suposat blasfemar, impensable en un mosso creient, hauria afegit «ni que em truqui Déu».

Mai no sabrem si Jordi Sànchez va intentar contactar amb Bergoglio. Segur que sí, quan un egòlatra s'anima, no s'atura en minúcies, i si es veia investit de lideratge pel mandat del poble -sigui això el que sigui-, el Papa de Roma s'havia de posar primer al telèfon i després a les seves ordres. Com els Mossos, la Guàrdia Civil, els funcionaris, l'ANC, el Govern, l'oposició i -diguem-ho clar- tot Catalunya. Sempre de forma pacífica, és clar.

La pija contra l'avi

14 DE MAIG

En mala hora Elsa Artadi, candidata per poders, va insinuar que Ernest Maragall és massa vell per ser alcalde de Barcelona. L'home hauria pogut tancar la qüestió replicant que si ell és vell, ella és pija, fet que salta més a la vista que l'edat del germà d'en Maragall (Ernest Maragall mai no deixarà de ser el germà d'en Maragall) i que encara dificulta més la tasca de governar sense provocar riallades al pas. En lloc d'això, el germà d'en Maragall s'ha cregut en l'obligació de desmentir-ho a base d'activitats juvenils, i el que és pitjor, de deixar constància gràfica de totes, cosa que em fa pensar que ha sigut idea d'algun insensat cap de campanya. I és així que un dia ens trobem a la premsa imatges del candidat republicà fent veure que juga a futbol amb uns joves, i al següent fent veure que juga a ping pong, tot sigui per demostrar que l'home és capaç de dur una vida adolescent que ja voldria l'Artadi entre visita i visita a la perruqueria.

El perill és que encara queden molts dies de campanya, i el germà d'en Maragall ha entrat en una espiral juvenil que no pot tenir aturador. Fins al dia 26 l'hem de veure saltar en paracaigudes, fer de saltador des d'algun penya-segat de la Costa Brava, participar en la Maraton des Sables, demostrar les seves arts amatòries amb tres mulates alhora i assistir al Viña Rock i passa els tres dies de concerts fins al cul de droga, i de tot ens en deixarà proves fotogràfiques i/o en vídeo. El risc és que l'home no arribi al dia 26, però en fi, tot sigui per fer creure als votants que tant el DNI com la seva pròpia aparença menteixen, i que el germà d'en Maragall és en realitat un jove que si assoleix l'alcaldia, anirà cada dia a treballar vestit de runner, que ell fa running des que li han explicat que el footing és el mateix, però practicat per vells.

Per descomptat que durant el que queda de campanya aparcarà la moto. Això va ser un error d'estratègia: a certa edat anar en moto dona la sensació de decrepitud. Tots tenim a la ment imatges de jubilats en Mobylette que van a l'hort a passar la tarda arrencant herbes. La resta de campanya l'ha de fer en monopatí, i que rabiï l'Artadi entre dues sessions més de perruqueria.

Pijos i avis que dissimulen el que són i es barallen per una poltrona. Això i res més, és el procés.

Un botiguer torna de vacances

17 DE MAIG

La notícia és que un botiguer ha tornat de vacances. Dit així, i encara que el *botiguerisme* sigui a Girona una religió, pot semblar un fet fútil i més si sabem que en Matamala va marxar perquè va voler, s'ha estat un any i mig vivint a Waterloo perquè li ha donat la gana, i ha tornat quan li ha passat per la fava, ja que ningú el reclamava. Hauria tornat un mes abans o un any abans, i els guàrdies civils de l'aeroport li haurien fet el mateix cas: cap, a menys que hagués fet escala a Amsterdam per proveir-se de mercaderia. Però l'oportunitat de quedar com a *paletos* provincians era massa llaminera per deixar-la escapar, així que un grup de gironins amb res millor a fer, més les autoritats municipals i autonòmiques, ocioses per definició, van anar a rebre'l com si fos un *marine* que tornava després de sis anys presoner del Vietcong. Semblava l'entrada de Jesús a Jerusalem, hosanna, no li faltava a en Matamala més que entrar a Girona a cavall d'un burro. I no serà que en faltessin. Fins i tot Laura Borràs, la consellera més gran que ha tingut mai Catalunya, per desgràcia només en el sentit físic, va anar a abraçar el pobre Matamala, que va pensar que li queia a sobre una figura del mont Rushmore.

Entenc les llàgrimes de la família, de ben segur que no esperaven veure mai més el pare/marit. No són gaires els homes que una vegada s'han acostumat a la bona vida, sense treballar i lluny de la família, tornen a casa. En Matamala passarà a la història per ser dels pocs homes que va anar per tabac i han tornat, és normal que els seus éssers estimats desbordin emoció, l'estadística no jugava a favor del retrobament. És cert que a vegades les llàgrimes familiars són de decepció, un s'ha desfet de tots els records del fugat, la cadira del cap de taula, uns quants discs, roba vella que només feia nosa, el Grecian 2000, la tovallola de platja, tres biografies de Puigdemont que ja ningú no llegiria, i un pot de laxant. A veure qui no ploraria, davant la perspectiva de dedicar una tarda a reposar tot el que has llançat. Mai no ho sabrem, les llàgrimes són com les ventositats, només un mateix sap si afloren per alegria, per tristesa o per ràbia.

Un home que es fuga de la llar només torna a casa si el que li ofereixen és prou sucós. Després d'haver tastat l'autèntica bona vida, no és suficient un WhatsApp dient «et trobem a faltar, torna a casa», no, a aquests nivells es necessita molt més, perquè un recordi que té família. I quin millor lloc se li pot trobar a algú que ja no recorda el que és treballar, que un seient al Senat? El Senat es va inventar per a això, per a gent que ha oblidat treballar, per a gent que no ho ha fet mai i per a gent a qui falten motius per tornar a casa.

Molts han acusat Puigdemont de nepotisme, per haver col·locat el seu fidel criat encapçalant la candidatura al Senat. Res d'això. En Puigdemont, que coneix per pròpia experiència que quan un tasta les bondats de la vida de *rodríguez* -a més, gratuïta mercès a les caixes de resistència dels generosos llacistes-, no té cap desig de fer marxa enrere, li va oferir seient al Senat per instar-lo a tornar, qui sap si per amor a la institució familiar -dels altres- o perquè ara que li han -hem- posat secretària, a la Casa de la República no hi cabem tots i a més vull intimitat.

El retorn d'un botiguer. Quina vergonya, ser gironí. Quina vergonya, ser català.

La mort és una putada

21 DE MAIG

Ens ha deixat amb la discreció pròpia del seu ofici en Juan González Costas, un filantrop, benefactor de tots els gironins i de no pocs forasters que travessaven les nostres carreteres. Se n'ha anat sense Creu de Sant Jordi, quan d'altres amb menys mèrits la tenen, i sense ni tan sols ser pregoner de Girona, la ciutat que gràcies a ell va conèixer l'amor.

De pagament, però amor. En Juan era fundador i propietari del club La Paloma Blanca, nom d'inequívoques arrels artístiques i catòliques. Artístiques perquè des d' Alberti -«se equivocó la paloma», deia el poeta, que no sabia que a La Paloma Blanca no hi havia equivocació possible: els preus estaven perfectament estipulats- a Picasso, el colom ha servit d'inspiració als més grans. I catòliques perquè l'Esperit Sant va prendre forma de colom, i un colom va ser també qui va indicar a Noè que ja no plovia i podia descansar del viatge, igual que durant dècades, els camioners que albiraven a l'horitzó La Paloma Blanca, sabien que en una de les habitacions els esperava el repòs del guerrer. De pagament, però repòs.

No ha sigut casual que la mort el sorprengués en ple Temps de Flors. La Paloma Blanca competeix amb Temps de Flors per l'honor de ser l'esdeveniment que més visitants porta a Girona i la seva àrea metropolitana, si bé, salvant honroses excepcions, els clients d'una i altra institució no són els mateixos. Competeixen també per la simbòlica medalla de quin dels dos empeny més gironins a marxar del centre urbà, en el cas de les flors per fugir d'aglomeracions, en el de La Paloma per fugir de la rutina conjugal. Però, ai, mentre tothom reconeix els mèrits als responsables de la mostra de flors, en Juan s'ha hagut de conformar amb una minúscula esquela. Ell, que havia acollit a casa a la majoria de prohoms, polítics, clergat i empresaris gironins.

Gràcies a l'empenta d'en Juan, ni l'auge d'internet ni el dels pisos de senyoretes, que tants clubs de carretera han tancat -alguns d'ells veritables institucions- no van poder amb La Paloma Blanca, convertida en l'últim refugi dels *puteros* tradicionals. En Juan deixa vídua, tres fills, i un piló de senyoretes amb una gran incògnita sobre el seu futur professional. Això sí que mereix ajuts, Presidentorra, i no la ratafia.

Girona, la capital del règim

24 DE MAIG

Si Presidentorra buscava capital per a un país caspós i carca, que creu ser més del que és, arrapat a les fires de l'all i la ratafia, amb ciutadans de tortell dominical i xalet a la costa, preocupats sobretot per les aparences, i que mirin per sobre l'espatlla els xarnegos, immigrants i altres animals de classe baixa, la seva tria és perfecta: Girona és la ciutat ideal i ell mateix l'immillorable cap d'estat. Que hi ha altres Girona? Potser sí, però no són l'autèntica.

La capital ha de ser el reflex del país tancat i llòbrec que segons tots els indicis pretenen crear, així que està justificat que Presidentorra prefereixi Girona a la cosmopolita Barcelona, un país provincià mereix una capital provinciana. A Girona tothom es coneix, i això permet mirar malament a qui s'ho mereix, a Girona existeixen més de 300 maneres de mirar malament al veí –transmeses de pares a fills–, en un ventall de possibilitats que van des del «a la que et giris et criticaré» fins al «que poca cosa ets», tan subtils que són imperceptibles pel foraster. La Catalunya actual necessita una panòplia semblant de mirades, ara que cada cop és més clar quins són els mals catalans. Els gironins, a més, han demostrat que al crit de «ja» i –això és bàsic– sense pensar, tant tallen la via del tren com canvien de nom una plaça, com amb només quatre tractors bloquegen la principal artèria ciutadana, cosa impossible a Barcelona, ciutat d'àmplies avingudes. I tot, amb permís municipal, què dic permís, col·laboració, a veure si en pren nota la Colau. A Girona tothom porta llaç groc, per la senzilla raó que qui no el porta no és gironí autèntic, i ens aixequem d'hora perquè ho diu en Guardiola. I aquí la roba bruta es renta a casa, i de fora vingueren que de casa ens tragueren, i els catalans de les pedres en fem pans i qui no vulgui pols que no vagi a l'era, ens encanten les frases fetes, com més ràncies millor, que deixin clar que aquí, a conservadors, no ens guanya ningú. Com la Catalunya de Presidentorra. Girona, en fi, és la ciutat que ha fet del xuixo el seu símbol: una pasta ensucrada, oliosa i embafadora fins a dir prou, exactament com la republiqueta que ens van voler endossar, i igualment creada sobre la fal·làcia que va néixer aquí, des de baix. Per voluntat popular, com si diguéssim.

Tot i que aquestes raons ja serien suficients per proclamar Girona capital de la nova Catalunya, m'ensumo que Presidentorra n'ha valorat d'altres, més personals. El factor humà, ja saben. A Barcelona ningú el reconeix, i això fa mal a qui creu ser important. Va a passeig, va en metro, i el prenen per un marxant de bestiar que va a la capital a gastar-se el que ha guanyat venent l'Elvira, la seva estimada vaca. Li falten només les espardenyes de veta i un cistell al braç amb una gallina que treu el cap. Galtes vermelles, somriure babau, és la víctima propícia de malparits que el volen engalipar amb una estampeta a canvi de 1.000 euros i, el que és pitjor, ho aconsegueixen cada dia. No, a Barcelona ningú lloa Presidentorra, i això fa mal. Girona, provinciana ella, és una altra cosa: no pot fer un pas sense que algú li demani una *selfie*, sense que li acostin nens perquè els petonegi, sense que li facin tocar malalts perquè els guareixi. Barcelona, desafecta al règim, no pot ser capital, això és prerrogativa de Girona. Potser, a semblança del Ferrol, l'hauríem de batejar Girona del Cabdill. Sona bé.

Bona gent que m'aprecia

28 DE MAIG

D'un temps ençà, no faig més que ensopegar amb bona gent que es preocupa per mi, tant, que inclús m'aconsellen què haig de fer per millorar professionalment. Són persones que em coneixen -Girona és petita, tothom es coneix-, la majoria porten un llacet groc a la solapa, que deu ser el signe que identifica els «preocupats per Albert Soler i la seva feina», i em parlen de manera amistosa, quasi íntima, perquè quedi clar que el seu interès sóc només jo, sense segones intencions. No em queixo, millor això que trobar un cap de cavall al llit.

-Hauries de canviar de tema en els teus articles. No és cap crítica, eh, és només una opinió. Escrius molt bé, ets ben capaç de treure suc a altres coses.

La raspallada no falta mai. A Catalunya, i més a Girona, la gent és subtil, segles de pràctica -activa i passiva- han ensenyat que la millor manera de convèncer algú és inflar-li l'ego. Regalar-li un càrrec, un premi o una col·laboració als mitjans públics és també una bona fórmula, però els meus coneguts no tenen tants contactes com els de la Rahola, posem per cas.

La bona gent és així. No és que els molesti que en els meus articles desemmascari, ridiculitzi i em mofi d'una colla que han fet del procés un *modus vivendi*, alguns fins i tot a l'estranger. No, de cap manera, si m'aconsellen que tracti altres temes és només pel meu propi bé, perquè la meva categoria literària no mereix viure encotillada amb camàndules processistes. Podent dedicar cada columna a relatar l'excursió feta amb la família el cap de setmana a algun dels 221 poblets gironins, és inconcebible que malbarati el meu talent escrivint sobre l'actualitat.

Curiosament, tota aquesta bona gent no es mostraria gens preocupada per la meva carrera si jo dediqués els articles a repetir, set dies a la setmana, que la independència és a tocar, que en Puigdemont és un profeta sense recursos que s'enfronta al món -ara deuen pensar que exagero la paròdia, però alguna cosa així vaig llegir ahir a en Cotarelo-, que Espanya ens té oprimits i subjugats i que aquí manen l'Ibex-35 i el règim del 78. Si fes això, els socis del cub «Preocupats per Albert Soler i la seva feina» callarien i deixarien que em repetís eternament. Gent peculiar, aquesta bona gent.

L'opressió, per a qui se la treballa

31 DE MAIG

Ser un oprimit no està a l'abast de qualsevol. Només cal obrir una mica els ulls quan es visiten aquestes petites poblacions, a tocar de les ciutats, que han passat a convertir-se en zones residencials, per comprovar que com més grossa i maca és la casa, més gros és també el llaç groc que adorna la balconada. I no hi faltarà alguna estelada al vent. Es tracta de l'habitatge d'una família oprimida, tal com indiquen els senyals externs. Si veu vostè una casota amb piscina, una extensió de gespa similar a la del Nou Camp i tres cotxes al garatge, tingui per segur que hi haurà també bonics llaços grocs, estelades i potser alguna pancarta anunciant al món allà hi viuen oprimits, demanant auxili, suplicant que algú els tregui d'aquella situació insofrible. Una cosa semblant passa a la ciutat, on la proliferació de pancartes als balcons, i llaços en façanes i en pitreres dels vianants, és especialment notable al centre, als barris de la burgesia. La Rambla mateixa, un diumenge al migdia, està plena d'oprimits fent l'aperitiu.

A mi també m'agradaria ser un oprimit, però m'haig de conformar amb el sou de periodista i a viure en un piset a la perifèria. Al meu barri, com que és un barri de treballadors i d'immigrants, a penes hi ha oprimits, per manca de temps essencialment. El diumenge m'agrada passejar pel centre de Girona i veure tants oprimits amb llaç groc pel carrer, vivint en pisos que mai no podré comprar i conduint cotxes que mai no podré ni tocar. Els treballadors tenim tantes preocupacions que la de sentir-nos oprimits ens passa per alt, ja voldríem, ja. Procuro que en aquestes excursions m'acompanyi l' Ernest, que als seus nou anys comença a veure que hi ha gent diferent de la que veu habitualment a casa i al barri. Aprofito per exercir de pare, per educar-lo.

-Veus, Ernest? Si estudies i et fas un home de profit, quan siguis gran potser podràs ser un oprimit– li dic amanyagant-li el cap mentre mira bocabadat, diria que amb enveja, gent elegant amb llaç groc.

Quan vaig a Barcelona, com que em desplaço en metro, no veig llaços grocs. Al metro no hi ha oprimits, hi ha treballadors. Els oprimits viatgen en taxi, en el seu propi cotxe o en vehicle oficial, com Presidentorra, que gràcies a cobrar 140.000 euros anuals, es pot sentir el príncep dels oprimits. O com Joana Ortega, que acaba de ser col·locada a raó de 70.000 euros, i només se'ns ha comunicat que farà una feina «transversal». Abans hi havia senyoretes que es guanyaven la vida de manera horitzontal, algunes fins i tot acabaven posant una merceria, gràcies a tantes hores de treball horitzontal. Catalunya, pionera en tantes coses, ha inventat les que treballen de manera transversal, Joana Ortega n'és el prototip, però en vindran més. Joana Ortega, no cal dir-ho, és també una oprimida. Transversal, però oprimida. Amb 70.000 euros l'any, l'opressió es comença a fer angoixant.

No és estrany que la màxima aspiració dels pobres treballadors catalans -no diguem dels immigrants- sigui arribar a estar oprimits. Potser ens hauríem de manifestar, reclamant una mica d'opressió, no pot ser que se l'enduguin sempre els mateixos. Mentre no millorem la nostra trista situació econòmica, ens hem de conformar a formar part dels opressors, o dels colons, o de com ens vulguin anomenar els pobres oprimits.

El judici, el 155 i altres bromes

7 DE JUNY

Per la cosa dels pactes, aquests dies se'ns recorda a totes hores que hi ha partits que van estar a favor del 155 (o no hi van estar prou en contra, això a la Catalunya del qui no està amb mi està contra mi, és igual). Es parla del 155 com si a Catalunya haguéssim reviscut un Ulster amb tanquetes i barricades als carrers, soldats entrant a les cases i vagues de fam de debò, no l'operació biquini que van dur a terme els nostres herois. Un poble que ha viscut sempre bé, s'ha d'esforçar molt, per construir un relat prou èpic que entabani uns quants i permeti passar la bacina. Cal parlar d'exiliats, de resistència, de presos polítics, de vagues de fam i de revolució, i cal deixar clar que amb l'infame 155, Catalunya es va convertir en l'Índia colonial, amb l'única diferència que el líder del país asiàtic estava cada dia més prim, i el nostre està cada dia més gras. Simple qüestió de metabolisme, perquè a vida ascètica, en Puigdemont passa la mà per la cara a en Gandhi. La crua realitat és que, tret de destituir un govern que amenaçava més de la meitat dels ciutadans, el 155 va ser només això: substituir uns alts càrrecs posats a dit de qui ningú sabia el nom ni quina feina feien, per uns altres alts càrrecs posats a dit de qui ningú sabia el nom ni quina feina feien, però que cobraven menys. Per la resta, tot va seguir igual, ni tan sols van intervenir TV3, ja voldríem.

Els llacistes veuen massa pel·lícules, cosa que no és dolenta fins que no comences a creure't que vius en una superproducció. A banda del 155, el judici és un altre escenari on juguen a herois de cine. Fa poc, un de tants que darrerament comencen a intuir que hi haurà condemna dura, donava l'explicació definitiva.

- En Marchena i els altres magistrats estan a sou de l'estat espanyol. Si hi hagués un jurat format per 12 ciutadans, i un d'ells cregués en la seva innocència com a Dotze homes sense pietat, segur que convenceria la resta i els absoldrien.

No em diran que no és entendridor. Encara esperen l'aparició d'un Henry Fonda que els salvi els mobles. No hi serà, però per substituir-lo tenen els al·legats finals de la setmana vinent, quan els acusats podran tornar a fer discursets èpics com a les pel·lícules de judicis, ara que ja tenim oblidats els de l'inici de la vista, que tantes llàgrimes van fer vessar als llacistes. Discursets que jurídicament no tindran cap rellevància, però cinematogràficament donaran joc, i d'això es tracta. A més emoció, més donacions per a la causa, com saben els pidolaires que ensenyen les seves deformacions als vianants.

Pel·lícules a banda, ni el 155 ni la condemna, si n'hi ha, ens afecten la vida. Almenys no la meva, que l'únic que em pot passar és que l'Ajuntament de Girona torni a anul·lar els focs artificials de les festes per obligar tots els gironins a estar tristos, focs artificials que al cap i a la fi mai m'he dignat a mirar, excepte quan m'hi obligava una xicota de joventut. Si surten en llibertat, millor per a ells i les seves famílies. Si es queden uns anys a l'ombra, pitjor per a ells i les seves famílies. A mi plim. Però que els inhabilitin per sempre, que això sí que m'afecta. Que cap d'aquests farsants, irresponsables, mentiders, fanàtics, inconscients i incapaços que ens han dut a l'actual situació, ocupi mai més càrrec públic. Tothom en té prou amb els seus problemes, per haver d'aguantar els provocats per altres. I a preu d'or.

Homenatge a una pantalla

11 DE JUNY

El dia 22, a Girona, se celebra l'àpat-homenatge a la pantalla gegant. Serà caret, 45 euros, però les coses barates perden gràcia, res no agrada més als llacistes oprimits que gastar-se una bona pasta per explicar-ho després a Twitter.

-Sóc amb la dona al sopar en homenatge a en KRLS. Ens hem gastat 100 euros, perquè he dit que es poden quedar el canvi, tot sigui perquè en KRLS continuï vivint bé. Seguim!

Hauran notat del tuit, primer, que als llacistes els encanta anomenar KRLS a qui va fugir atemorit, és una manera de distingir-se dels xarnegos. I segon, que es pensen que l'homenatge és a l'expresident. Mentida. El pròfug és l'excusa, sortirà en pantalla per dir les inanitats de costum, «persistim», «seguim», «no defallim», que traduïdes signifiquen «ara passaré la bacina, que tinc la cartera buida», però l'homenatge es retrà a la pantalla, única protagonista de la política catalana des de fa dos anys. Podria aparèixer-hi un congolès parlant en la seva llengua després d'esnifar un pot de cola, i els assistents no notarien cap diferència amb en Puigdemont, de fet seria més racional el que digués el negre drogat. No es descarta un brindis final -el que cobra, des de la pantalla; els que paguen, des del Palau Firal-, el Cant dels Segadors i recordatoris a l'estat d'opressió que vivim, que això ni és viure ni és res. I vinga, cap a casa a explicar-ho a tothom, que sàpiguen que tenim prou diners per gastar-los en les xarlotades que ens dóna la gana, com rabiarà la teva germana, ella que va tan de reinona, la morta de gana. Girona, en fi.

Amb el preu de l'entrada, els organitzadors haurien de regalar una insígnia als assistents. Que no hagin d'anar per la vida explicant que es van gastar 45 euros per retre homenatge a una pantalla, sinó que se'ls identifiqui a simple vista. No sé, potser un llaç daurat per posar-se a la solapa, que vindria a ser el prèmium dels llaços grocs. Ja hi ha massa gent que s'ha apuntat a la moda del llacet groc, estaria bé que els autèntics patriotes, els que es gasten la guita per menjar malament i venerar una pantalla quan algú els diu que ho han de fer, tinguessin un senyal identificatiu. Que entre ells es puguin reconèixer sense paraules. I que la resta ens puguem riure d'ells.

Rull, Espriu, Fofó i la portaveu Budó

14 DE JUNY

El presumpte delinqüent Rull cita Salvador Espriu en l'al·legat final, ignorant que en dret té el mateix valor citar Espriu i el seu «ens mantindrem sempre més fidels al servei d'aquest poble», que citar Fofó i el seu «hola don Pepito, hola don José». El seu advocat, un tal Pina, plorava mentrestant, suposo que per la desgràcia que ha tingut en tocar-li un client tan cursi, jo al seu lloc també hauria plorat. La cursileria hauria de constar com a agreujant al Codi Penal, d'aquesta manera o bé ens hauríem estalviat els al·legats finals dels acusats, o bé els haurien caigut més anys a la trena, fet que seria d'agrair, per ridículs i per fer-nos sentir vergonya aliena. Una cosa és intentar una revolució impossible sense ni suport del poble i sense tenir després ni el mínim de dignitat per reconèixer els fets -«tot era broma, volem sortir de la presó»- i l'altra és aprofitar que et deixen parlar per demostrar que ets un cursi que provoca la riallada fins d'un nen de Primària. La niciesa dels que un dia van voler passar per líders llacistes i regents de la republiqueta és tal que quan l'advocat Melero va citar William Faulkner es devien mirar estranyats entre ells com preguntant-se a què treu esmentar en ple judici un pivot dels Toronto Raptors. Faulkner, per cert, entre cistella i cistella, va escriure a La ciutat una frase que hauria de tenir present el pobre Rull: «Els poetes s'equivoquen, naturalment».

La cursileria de les darreres sessions judicials ens ha fet perdre de vista la nova heroïna del llacisme, la portaveu Meritxell Budó, que en roda de premsa es va negar a respondre preguntes en castellà. Hem de ser comprensius amb ella. No per la seva incompetència, que això suposa un mèrit en l'actual Govern català, sinó pel que ha patit. Quantes vegades a l'escola, quan encara desconeixíem el que era el bullying, devia escoltar nenes assetjadores que l'anomenaven Meritxell Bulldog. Això marca. No només marca, sinó que a la llarga influeix en l'expressió i en el caràcter, d'aquí aquesta cara de voler mossegar els que la molesten en les rodes de premsa amb preguntes inapropiades -eren en castellà, per Déu!-, i d'aquí també aquesta actitud de defensar amb rotunditat allò que li han ordenat que defensi, com és l'inqüestionable ús del català. Al contrari d'altres arribistes de la política que tant abunden al seu partit, ella no ho fa per diners, sinó perquè està acostumada a obeir. Com a molt, amb una galeta després de la roda de premsa, se sent ben retribuïda.

La Budó no en té la culpa, buscar portaveus ineptes que siguin la riota de tothom és una estratègia del Govern català, ella simplement era allà en el moment indicat i donava el perfil ideal. Mentre el món es riu de la portaveu, passa desapercebut que Presidentorra s'apuja el sou, o no sap parlar, o té una agenda en què el fet més important del mes és comprovar si els castellers de qui sap on coronen qui sap què. O que el fugat de Waterloo demana diners per sufragar-se el tren de vida. No era fàcil, trobar una portaveu tan pija, inútil i ridícula que fes oblidar la seva antecessora, Elsa Artadi, experta en la matèria. El càsting devia ser digne de veure. Com una galeria dels horrors de senyoretes amb dificultats d'expressió, però això sí, acabades de sortir de la perruqueria i amb un llacet groc a la solapa i uns poemes d'Espriu sota el braç.

Urnes no tan sagrades

18 DE JUNY

Presidentorra hauria d'aprendre a parlar italià. Ja sé que a algú a qui no se li coneix altra habilitat que beure en càntir i cantar les excel·lències de la ratafia, no li ha de ser fàcil aprendre res que requereixi un mínim esforç intel·lectual, però intentar-ho val la pena. Telefonar de nit a un partit polític per «aconsellar-li» amb qui ha de pactar, queda molt millor en italià i posant veu rogallosa. Capisci? Tenir mentrestant un gat a la falda i anar-lo amanyagant, és ja opcional.

Presidentorra és un cacic. Però un cacic amenaçant en català fa pagerol, molt millor passar-se a l'italià. Itàlia és el país que ha donat a la tan catalana paraula «padrí» un nou sentit, molt més adient a la funció que Presidentorra desenvolupa. Si tinguéssim molts Presidentorra podrien telefonar a tots els pobles «aconsellant-los» (capisci?) quins pactes han de signar i qui ha de ser l'alcalde. Catalunya seria una bassa d'oli. Malauradament en tenim només un, i com que no té el do de la ubiqüitat, va poder trucar únicament a Santa Coloma de Farners, ja a mitjanit, on els regidors elegits democràticament estaven a punt d'equivocar-se, o sigui, de no obeir a qui han d'obeir.

De cara a eleccions vinents, Presidentorra promulgarà edictes que estableixin qui ha de ser alcalde a cada poble, no pot ser que perdi el temps trucant a regidors inútils que pretenen decidir en llibertat, que un està pendent de Santa Coloma i li colen un gol a Barcelona. De fet, el seu ideal seria eliminar les eleccions, que són una murga i a més faciliten que en alguns llocs la gent voti el que vol i no el que se li aconsella (capisci?) des dels òrgans oficials, amb TV3 al capdavant. Fins aleshores, seria bo que el vot no fos secret, per identificar els desafectes al règim i aconsellar-los (capisci?) que millorin l'actitud o marxin del país.

Per això compta amb els seus propis camises negres, un altre invent italià, que ja van demostrar al ple de Santa Coloma que entre la democràcia i Presidentorra, no dubten a l'hora de triar. Tan eficients són, que van despenjar-ne el retrat per dur-lo a un lloc més adient a la seva persona, és de suposar que una bodega o un lavabo públic.

Fa dos anys que estan amb la murga que les urnes són sagrades, i quan poden, s'hi pixen.

I la vergonya es va fer carn

18 DE JUNY

La naturalesa humana és tan peculiar, que probablement allà on la majoria de la gent ha sentit vergonya, els seus protagonistes estan avui orgullosos de la seva actitud. Els protagonistes són molts i diversos: des del president de la Generalitat, fins als regidors que van prendre part en la infàmia, passant per la mesa d'edat i el secretari municipal, i acabant amb la manada que assistia al ple de Santa Coloma de Farners

Curiosament, l'única vegada que he estat a Santa Coloma de Farners en els darrers 10 anys va ser fa una setmana, quan vaig passar la tarda al Magma, massatge inclòs. Jacuzzis, saunes, piscines d'aigua calenta... Unes instal·lacions pensades totalment per al relax. Intueixo que més utilitzades pels forasters que pels naturals de la vila, als quals a la vista de l'espectacle ofert dissabte passat, se'ls pot qualificar de moltes maneres excepte de relaxats.

I això no obstant, o precisament per això, Santa Coloma de Farners passarà probablement a la història perquè va ser allà, un 15 de juny de 2019, quan van caure les caretes.

Qualsevol que vulgui assistir al festival de caretes caigudes, ho té fàcil: no té més que visionar el vídeo de la celebració del ple municipal, el ja famós ple municipal que havia de servir per formar una coalició de govern entre JxCat, Independents i PSC, com tantes de similars que es van formar aquell mateix dia en altres pobles i ciutats de Catalunya. En poc més d'una hora hi ha crits de tota mena, insults, plors, una mesa d'edat totalment inoperant -quan no clarament tendenciosa i parcial-, una candidata de JxCat i candidata a alcaldessa totalment desbordada, revelacions de trucades de matinada per part del president de la Generalitat abusant del seu càrrec, familiars d'aquest que es creuen amb dret a despenjar quadres oficials i, en fi, un autèntic *escrache* en el teòric temple de la democràcia d'una població.

Ple o xarlotada

Suposo que col·locar de mesa d'edat Laurel i Hardy en versió femenina i de la CUP, ja era un indici que la cosa acabaria en xarlotada. I xarlotada va ser durant tota l'estona.

Mirin el vídeo, mirin, o atenguin aquí, que jo els l'explico. No és ja que el ple comenci amb les promeses que es repartien en algun Tot a 100, totes iguals i igual de buides -«per imperatiu legal, per una Catalunya políticament lliure i socialment no sé què...»- en totes les poblacions, no és només que Laurel i Hardy acabin amb un «Visca la terra», que a saber de quina terra parlen, no és que ja d'entrada, el públic fa callar la portaveu socialista, Bea Ventura, amb crits de «fora, fora» en la seva primera intervenció i el mateix amb el portaveu dels independents. És que sense cap pudor ni vergonya, la portaveu d'ERC, Carme Dilmé, revela que la nit anterior van rebre la trucada del president de la Generalitat instant-los a pactar amb JxCat. I que el mateix president va telefonar aquest partit, pel mateix motiu. Es parla com la cosa més natural del món que un president del govern influeixi en les decisions sobiranes d'un ajuntament.

Mentrestant, la gent crida a cada intervenció, talment com si en lloc de en una sala de plens, estiguessin en un camp de futbol. La mesa d'edat, ni s'immuta i permet totes les interrupcions i insults. De fet, les dues regidores de la CUP s'afegeixen als crits de l'irrespectable: «Llibertat, presos polítics! Llibertat, presos polítics!» durant mig minut. Una d'elles -Oliver Hardy, perquè ens entenguem- aprofita una intervenció per grallar que «hem de fer aquesta república que tots volem», sense que especifiqui si amb el «tots» es refereix a la seva família o inclou mascotes i veïns.

La candidata a l'alcaldia, Susagna Riera (JxCat), recorda a l'irrespectable cosa tan evident com que «En Torra no s'ha presentat a aquestes eleccions», però ha de callar davant els crits que tal afirmació provoca. No diguem res quan gosa dir que el president «en cap moment ens ha fet costat durant la campanya»: els crits s'escolten des de la veïna Sils.

Dues dones -sembla que germana i cunyada de Quim Torra- s'aixequen i despengen el retrat del president, que s'enduen amb elles a destinació desconeguda, davant la sorpresa general. La mesa d'edat

-i el secretari municipal- continuen muts - *laissez faire, laissez passer*-, Susagna Riera balbuceja que «hi ha gent poc democ...» i s'atura aquí, potser ha vist que són part de la primera família de Catalunya -cosa que diu molt de Catalunya. Afegeix que «si fos un altre els podria posar una denúncia», sense que quedi clar si es refereix a si fos «un altre alcalde», «un altre retrat» o «un altre qui despengés el retrat».

Bea Ventura vol parlar. Inútilment. L'ofeguen els crits d'«Ets molt fatxa! Ets molt fatxa!». Plora. Ningú, ni una sola persona del ple, la defensa. Molt menys Oliver i Hardy, que somriuen. Acaba intentant fer-se perdonar. Trist.

La cara de circumstàncies de Susagna Riera (JxCat), al final, en remarcar que «Quim Torra hauria d'haver recordat que és el president de tots», reafirmen que les caretes han caigut.

La democràcia de la república catalana devia ser això. No ens queda altre remei que agrair a qui correspongui que la cosa no prosperés.

Enveja de la Blanca Basiano

21 DE JUNY

Envejo la Blanca Basiano. No imagino major elogi a un periodista que ser titllat de desagradable, pesat i *borde* (sic) per qualsevol dels que viuen del poder o a la seva ombra. Mai no he tingut la fortuna que m'ho diguin -en públic, que és el que compta, sospito que en privat alguna vegada-, per això en veure l' Elisenda Paluzié qualificant així la reportera d'Antena 3, vaig sentir una fiblada a l'estèrnum, que és el senyal que envia el cos i que es tradueix com «per què ella i no jo, per Déu?». Estarem tots d'acord que Elisenda Paluzié, presidenta de l'Associació Nacional Catalana del Rifle -o el que sigui que signifiqui ANC- no és absolutament ningú, un zero a l'esquerra en l'escala de la intel·lectualitat, de l'educació, de l'honradesa i del que sigui, però això és el que tenim a Catalunya en tots els lideratges, des del polític al ciutadà, passant per l'eclesiàstic i fins i tot pel militar si els Mossos no fossin civils. Ja voldria Blanca Basiano ser insultada per algú de cert pes, però companya, estàs a Catalunya i això és el que hi ha.

Si d'una cosa es pot vantar la Paluzié, només se l'ha d'escoltar cinc minuts per corroborar-ho, és de posseir una ignorància enciclopèdica, no hi ha tema de què no pugui dir burrades. Li surt de manera tan natural que un n'extreu la conclusió que és una qualitat innata, ningú arribaria a aquest domini de la ignorància només treballant-la. Amb aquest bagatge, era d'esperar que fos també ignorant pel que fa a la funció de la premsa, que no és altra que ser desagradable, pesada i borde. Especialment amb les persones que, com ella, viuen de l'engany perpetu, d'arramblar-se al poder i de donacions tan anònimes i secretes que ningú sap on van a parar, i que duri. És natural que, acostumada al tracte que reben, ella i el seu invent, de part dels mitjans públics -i dels untats amb diner públic-, acabés creient que la funció del periodisme és afirmar que l'ANC és alguna cosa més que una colla de vividors, que el covard expresident és un exiliat, que Presidentorra aprovaria 3r de primària i que ella és la més guapa del món, com si el periodisme fos el mirall de la madrastra de la Blancaneu, la Caputxeta o la Pocahontas, jo què sé qui era la fillastra. I és clar, quan ensopega amb una periodista i no amb una cortesana, troba que les preguntes són desagradables, pesades i *bordes*, i per extensió ho és també qui les fa. Doncs sí, i a molta honra.

També influeix en l'escassa percepció que té la Paluzié de la realitat, que en les rodes de premsa se les ha de tenir amb alguna gent -poca- que va a fer la seva feina. És a dir, gent que treballa. Això li ha de suposar un xoc important a qui no coneix el significat d'aquest verb.

-Trebaquè? Que ordinaris. Si volen fer diners, per què no organitzen manifestacions en favor del que sigui, venen samarretes cada 11 de Setembre, o noliegen busos per anar a passar un cap de setmana a Estrasburg el 2 de juliol?- es pregunta, sincerament sorpresa de saber que hi ha gent que es veu obligada a laborar de les coses més inversemblants, fins i tot de periodista.

I és així que entre ignorant, creure's investida d'un poder diví i viure allunyada de la realitat, quan pretén ferir a una periodista, la contraposa als mitjans públics (i privats subvencionats) catalans, situant-la d'aquesta manera en l'Olimp de la professió.

TV3 torna a respirar

25 DE JUNY

Com que ja han acabat les campanyes electorals, TV3 pot tornar a pronunciar «exiliats» i «presos polítics». Han sigut un parell de mesos de patir. Un mirava el *Telenotícies* i temia que en qualsevol moment en Ramon Pellicer o qui fos que fes de presentador, explotés en directe i empastifés de sang les pantalles de tot Catalunya, per estar-se guardant a dins tants presos polítics i exiliats. Es notava que volien dir-ho, es notava, però no podien, i això els feia aparèixer en pantalla amb l'aspecte de qui té unes incommensurables ganes de cagar però té restringit l'accés al vàter. Una agonia.

Per fortuna, des de fa uns dies s'estan refent, de les paraules prohibides, dic, que de la seva situació intestinal en desconec els detalls. A TV3 ja són lliures de dir «presos polítics» i «exiliats» tantes vegades com vulguin. I a fe que ho aprofiten, un venusià que tingués la mala fortuna de sintonitzar aquest canal creuria que aquí duem cadenes als turmells i recollim cotó tot cantant blues. És el que té l'abstinència, que quan l'acabes et vols menjar el món. Al director de TV3, un tal Sanchis, li falta només ordenar als homes del temps que també insisteixin.

-Demà s'espera sol, però els presos polítics continuaran a l'ombra.

Hi haurà matrimonis trencats, segur, perquè ni a casa se'n poden estar, de dir les paraules que donen sentit a la seva vida -exiliatspresospolíticsexiliatspresospolítics-, i això no hi ha cònjuge que ho aguanti. Tot sigui per la republiqueta, seguim, etc.

Sense aquestes paraules, TV3 perdia raó de ser. De què serveix un canal si els seus presentadors no poden dir les paraules màgiques, les que fan país? Imaginin el *FAQS* (Fet Amb Quatre Sonats) sense poder pronunciar «exiliats» ni «presos polítics». Jo veia la Rahola i els espectadors al plató, tots amb el corresponent llacet groc, i patia per ells, explotaran, tindran un ictus, els baixarà el sucre, què sé jo, eren com drogoaddictes als quals se'ls hagués furtat de cop l'heroïna. És que no tenien a mà ni una trista metadona, no sé, algú que en lloc d'«exiliats» pronunciés el succedani «patriotes a l'estranger», que no és el mateix però serveix per sortir del pas i aguantar fins a la propera dosi. Sort que ha acabat el patiment. Exiliatspresospolítics.

Les bromes no es tornen a fer

28 DE JUNY

La pitjor condemna per als presos llacistes és que mai més ningú es fiarà d'ells. Han repetit tantes vegades al judici que tot era una broma, una obra de teatre, una mena de perfomance d'en Tunick aquell, que també mobilitza multituds però per fotografiar-les en pilotes, que han perdut tota credibilitat. També és mala sort que se'ls creguessin 2.000.001 persones, i que aquesta 1 fos precisament en Rajoy, l'única que tenia el poder d'enviar la policia a repartir estopa. Si en Rajoy s'ho hagués pres com la immensa broma que es veu que va ser, tot hauria sigut una bassa d'oli i avui encara riuríem recordant el dia que uns van votar pensant que ho feien per la republiqueta, i la cara que se'ls va quedar un parell de dies més tard, quan en una repleta plaça de Sant Jaume, en Junqueras i en Puigdemont van sortir al balcó a cridar a tot pulmó: «Innoceeents!».

Tot va ser un error de comunicació. No calia ni una trucada, amb un simple WhatsApp a en Rajoy, ens hauríem estalviat cops de porra, presos, fractura social i presidents i consellers catalans fugint i mostrant al món la seva covardia, si bé també és cert que no hauríem viscut tantes estones de diversió, perquè Presidentorra continuaria essent un personatge gris, ridícul i anònim en lloc d'únicament gris i ridícul com ara.

- *Mariano, hoy votamos y mañana nos declaramos independientes, pero tú ni caso, que es broma. Lo que nos vamos a reir cuando se enteren. Tuyo, KRLS.*

I tot arreglat. Qui sap si el mateix Mariano s'hauria afegit a la festa -se'l veu home de la broma-, dictant un decret-llei segons el qual Catalunya deixava de formar part d'Espanya. Això hauria provocat molts més riures, en el moment que l'engany s'hagués descobert.

Amb tals precedents, la nova frase publicitària del procés, aquest «Ho tornarem a fer», és un error. Una broma només té gràcia la primera vegada. Aquells 2.000.001 que se la van empassar, ja estan advertits, i en Rajoy, que és l'únic d'ells a qui encara es podria enredar -fa mesos que va de festa en festa i no llegeix diaris-, ja no té poder per enviar policies a repartir, amb la qual cosa el tema perd diversió. Tornar a organitzar una immensa enredada quan tothom n'està al cap del carrer és patètic. Ja vam tenir emoció, uns i altres es van insultar, els més afortunats van rebre un cop de porra que podran relatar a la resta de comensals en sopars d'amics, i uns quants il·lusos van cridar durant dies «Som República». De fet, els més il·lusos d'entre els il·lusos encara ho afirmaven mesos després, així de bona va ser la broma. Disfrutem dels records divertits que ens ha ofert el procés, però ja està, res de tornar-ho a fer, un ha de saber aturar-se a temps. Imagino els líders llacistes substituts dels líders llacistes empresonats. I no.

- Ei, que tornem a organitzar un referèndum d'independència! Que va de debò! Vinga, repetiu amb nosaltres vo-ta-rem, vo-ta-rem. Qui s'apunta a amagar les urnes a casa seva? El món ens mira, Europa ens donarà suport, la UE ens obrirà les portes. Eh, per què marxeu? On aneu? En 18 mesos serem independents, ho diu en Niño Becerra. Torneu aquí! Torneu, per favor! Fitxarem en Cotarelo! Qui voti, queda invitat a la paella estiuenca de la Rahola. I ara per què correu? Torneu!

Realment sembla una performance en Tunick: han quedat tots amb el cul a l'aire.

2019

Protagonistes i atrezzo

2 DE JULIOL

No va agradar gaire entre el llacisme que el professor Francesc Trillas afirmés en una entrevista a aquest diari que el procés «ha sigut la revolta d'una regió rica, protagonitzada per rics». Senyal que va encertar de ple. De fet, la primera part, «revolta d'una regió rica», no ha causat polèmica, així d'assumit està que aquesta regió oprimida que es diu Catalunya és una de les que gaudeixen de millor nivell de vida del món. M'agradaria que algú em digués quan, en els darrers 3.000 anys, Catalunya ha estat millor, en tots els aspectes, que en l'actualitat. O almenys que fins fa quatre anys, que va començar la matraca.

El que ha fet mal de debò és que en Trillas assenyali que la tal revolta ha sigut «protagonitzada per rics». Centenars de llacistes que es consideren pobres, fa dies que corren ofesos per les xarxes, no els ha faltat més que publicar la seva declaració de renda per mostrar la seva precària situació econòmica. Doncs us diré una cosa, i ja em sap greu haver de ser jo qui us desil·lusiona: el professor Trillas es refereix als «protagonistes» de la cosa aquesta del procés. Pro-ta-go-nis-tes. Vosaltres, que aneu obedients a tota mobilització així que se us demana, no sou protagonistes de res. Els protagonistes són els que us mobilitzen, i aquests sí que viuen bé. Vosaltres només sou els utilitzats. O sigui que no us preocupeu, el «protagonitzada per rics» no va per vosaltres, il·lusos, que ni sou rics ni protagonitzeu res, sinó pels autèntics protagonistes.

Vosaltres, que us gasteu els minsos estalvis en samarretes per la diada o en viatges a Waterloo, Estrasburg, o allà on se us ordeni, no només no sou protagonistes, és que no sou ni secundaris. Ni tan sols figurants. Per no sortir del món del cinema, com a molt sou part de l'*attrezzo*, com el ficus que el director fa col·locar al costat de la porta o l'entrepà mig mossegat que ajuda a crear un ambient desolat. Res més. No us preocupeu, que quan algú parla de «protagonistes» del procés, ningú pensa ni de casualitat en vosaltres. De fet ningú us té en compte, i d'entre aquest «ningú», els que menys, aquells que se serveixen de vosaltres, excepte a l'hora de demanar-vos diners.

Espero, amb aquest aclariment, haver-vos deixat més tranquils.

Circc dels familars ploramiques

5 DE JULIOL

Ara que sembla innegable que el procés agonitza, és el moment de reivindicar allò que de positiu ha tingut. Ja que no ha aportat res de bo políticament, socialment ni econòmicament, almenys ens ha permès conèixer els familiars i amics dels presos i els fugats, una gent encantadora que d'altra manera no hauria entrat a les nostres vides. Ha sigut fonamental la col·laboració altruista de TV3, que ens els ha passat per tots els programes de la graella les vegades que ha fet falta, fins que tots ens els sentim ja una mica nostres. Potser els enviaré una felicitació per Nadal, ara que hem iniciat aquesta bonica relació.

Jo, que tinc una mica de sentit del ridícul i una altra mica de sentit de la decència, m'hauria negat a participar en la pornografia de l'anomenat «circ dels familiars ploramiques». Però aquesta gent deu ser d'una altra pasta, i gràcies a això ens els hem trobat quasi cada dia a casa, i si ha sigut a través de la pantalla és només perquè no tenien les claus del pis, que d'haver-les tingut, allà que es presenten. TV3 ha trobat un filó en circ dels ploramiques, tant ha abusat de fills, esposes, cunyats, nebots, sogres, oncles, veïns, mainaderes, antics professors, companys de feina i rectors de la parròquia dels presos, que a vegades es permeten presentar-los només amb el nom, en la seguretat els catalans ja coneixíem el personatge.

-I per parlar de la situació de Jordi Sánchez tenim amb nosaltres la Susanna- i al sofà de casa ens miràvem la meva senyora i jo, avergonyits de ser els únics catalans que no coneixien la Susanna i d'ignorar el seu vincle amb el pres. L'advocada? Una creditora? (només el primer cop, després ja vam aprendre que era la senyora).

És cert que gaire originals no eren, tots afirmaven el mateix que afirmen el cent per cent de familiars de presos que en el món penen delictes: que el seu marit/germà/pare/cunyat/gendre/amic era innocent i que era injust que estigués a presó. Un arribava a esperar que, esgotades totes les branques consanguínies i polítiques de l'arbre genealògic, desfilessin per televisió les mascotes dels presos.

-Tenim avui amb nosaltres en Dentetes, un hàmster que no parla gaire, però que amb la seva expressió ens diu clarament que està molt trist perquè el seu amo Turull és a presó. Mirin, mirin quina carona que fa. Ah, i també diu que és innocent.

El circ dels familiars ploramiques no té cap efecte jurídic, com sap qualsevol que hagi estudiat un curs de Dret o hagi vist algun episodi de Perry Mason. En canvi, és molt útil per tocar la fibra sensible del ciutadà, que és del que tracta el procés, d'apel·lar a les emocions perquè ningú no pensi. Si fins i tot els pidolaires romanesos del carrer han après a fer-se acompanyar de la senyora i el nen -convenientment ensinistrats per fer cara d'anyell degollat- per aconseguir més donacions, a ningú no ha d'estranyar que els líders del procés hagin arribat a la mateixa conclusió per aconseguir més adhesions. Mira, mira que malament s'ho passa aquest pobre hàmster, com pot ser tan cruel l'Estat espanyol? Marxem! Seguim! Persistim! No tenim por! Compreu la nova samarreta!

Res a dir, per tant, de la tabarra constant dels familiars a la TV. Només espero que no ho facin de franc, que cobrin diners a canvi. Perquè la pornografia, si es fa cobrant, és de professionals. Però si es fa gratis, és vici.

La zona VIP d'Estrasburg

9 DE JULIOL

Es veu que en el pelegrinatge que els llacistes van fer a Estrasburg per tocar, o almenys veure, la divinitat, hi havia zona VIP, d'accés restringit. No consta que ni allà aparegués la divinitat, però vull suposar que hi hauria copes, canapès i gent molt ben vestida, de la que no surt de casa sense assegurar-se que el vestit que du combina bé amb el llacet groc a la pitrera. El fugat no va aparèixer perquè les divinitats són així, si la mateixa Verge Maria es feia de pregar com més gent es congregava a Fàtima, amb el perill latent de deixar els pobres pastorets com a mentiders, és normal que l'expresident, que es creu una divinitat molt per sobre de la mare de Déu, faci el mateix si l'esperen 4 ó 5 mil persones. A la plebs se l'ha de fer patir una mica, que si no, acaben pensant que són iguals que els líders, i des d'Orwell i *La rebel·lió dels animals* sabem que tots som iguals, però alguns són més iguals que els altres.

Tenint això en compte, la zona VIP era de calaix. Era natural que es creés un espai al qual no tinguessin accés els pobres desgraciats que es van ficar entre pit i espatlla quinze hores de viatge en autobús, gent simple, de la d'entrepà i parada per pixar tots alhora en alguna àrea de servei. Els dirigents llacistes tenen un estatus que han de protegir, que es resumeix en cobrar del procés en lloc de gastar-s'hi diners, i bé s'han de distingir d'alguna manera. La zona VIP és una gran idea, perquè no només impedeix l'accés als que no són ningú, sinó que els humilia, cosa sempre necessària. Un no ha escalat fins aquí per, arribat el dia de l'excursió que marca l'inici de l'estiu *pijo* com abans ho feia el suquet d'en Portabella, compartir espai amb gent que a Catalunya miraríem per sobre l'espatlla. Ells al seu lloc i nosaltres al nostre, sí, d'acord, els saludarem, fins i tot permetrem que es facin fotos amb nosaltres -si no se'ns acosten gaire, ecs-, però a la zona VIP no entren, una cosa és guardar les aparences i l'altra eliminar les diferències de classe, com una cosa és muntar un procés per viure bé i l'altra instaurar el comunisme.

2019

A vegades és necessari posar els infeliços al seu lloc. No per res, és pel seu bé, que a força de repetir-los que el procés és un moviment sorgit d'abaix, capaç seria algun de creure-s'ho.

Per això són els amics

12 DE JULIOL

Laura Borràs és grandiosa. Literalment, en el sentit que si alguna vegada passegés pel carrer amb Jordi Pujol semblarien un tràiler de la sarsuela *Gigantes y cabezudos*, i també metafòricament: és una mina pels columnistes, quan no és perquè es disfressa de plàtan descomunal, és perquè té la mala idea d'obrir la boca, i quan ben assessorada no fa cap de les dues coses, un jutge investiga presumptes irregularitats en contractes que va atorgar a un seu col·laborador, tal com explicava *El Periódico*.

Els fets investigats van ocórrer quan la Borràs dirigia la Institució de les Lletres Catalanes, una cosa que un servidor no sabia ni que existís, ni molt menys per què servia, però que ho ha esbrinat mirant en la seva web: «per poder mostrar la potència i la qualitat de la literatura catalana». Suposo que es deu referir només a l'escrita en català. Mostrar la potència i la qualitat de la literatura catalana és tasca no difícil, sinó impossible, perquè el que no existeix difícilment es pot mostrar, així que és natural que la seva directora es dediqués a funcions més assequibles, com ho és la de repartir diners a amics i coneguts. No en va aquesta és la principal funció no de la ILC, sinó de la majoria d'entitats i institucions catalanes. No passa setmana que no m'assabenti d'algun conegut -dels de llacet groc a la solapa, per descomptat- que ha trobat feina a Barcelona, en algun dels *xiringuitos* que el Govern català té per a aquestes funcions exclusives. Quan m'assabento d'un nou cas, no puc deixar de sentir-me'n una mica orgullós, perquè tots cobren un bon sou, i això és gràcies als meus impostos i als de tots vostès, estimats lectors que, per tant, també s'haurien de sentir així orgullosos d'aquesta tropa que anem col·locant.

Tornem a la Borràs i la ILC. Si s'han de repartir diners, s'han de repartir a amics i coneguts, per aquesta banda res se li pot retreure a l'ara diputada, a Catalunya això sempre s'ha tingut clar i s'ha exercit.

En la primera edició del premi Nadal, que va guanyar Carmen Laforet amb *Nada*, s'hi havia presentat César González Ruano, que estava convençut que el guanyaria, ja que a més de magnífic escriptor, era amic de la majoria de membres del jurat. González Ruano es va enfadar molt quan va saber que havia guanyat la Laforet, s'ho va prendre com un greuge i va anar a demanar explicacions. Quan li van argumentar que senzillament havien considerat que la novel·la de la jove i desconeguda Laforet era millor que la seva, va replicar amb duresa:

- Però des de quan es donen els premis als millors, en lloc de donar-los als amics?

La Borràs, llegida ella, o això diu, segur que coneixia l'anècdota, i no voldria que ningú li fes la mateixa protesta referida als diners que reparteix la ILC. Així que, avorrida al seu despatx una vegada comprovat que mostrar la potència i la qualitat de la literatura catalana era un treball que la sobrepassava a ella com sobrepassaria a qualsevol humà i a no poques divinitats, es va aplicar a repartir diners.

-Però des de quan els diners es donen a qui els necessita en lloc de donar-los als amics?- es preguntaria a si mateixa la directora, mentre distreia 45.550 euros de la caixa i els posava a la butxaca del seu col·laborador, en una frase que hauria aplaudit el mateix González Ruano malgrat que no escrivia en català.

Jo també m'exilio

16 DE JULIOL

Quan llegeixin això ja estaré a l'exili. Així, sense avisar, com si els hagués encomanat que avui estiguessin tots a la feina i a l'hora de la veritat jo hagués marxat d'estranquis. A la Catalunya contemporània ja no es marxa de vacances, ara no ets ningú si no marxes a l'exili. En el meu cas, a l'Escala, que no té tant glamur com Waterloo però a canvi hi ha turistes lleugeres de roba, vagi una cosa per l'altra. Això sí, en lloc de marxar amagat en la part del darrere d'un cotxe jo ho faré al volant, m'agrada ser el conductor del meu propi destí.

Si els meus assessors no m'han enganyat, ara es tracta només de muntar una caixa de resistència que em permeti sufragar les despeses d'aquest exili, i a viure, que són dos dies. Naturalment, espero de tots vostès que em vinguin a visitar cada cap de setmana, jo els permetré fer-se fotos amb mi i vostès em portaran viandes, amb el benentès que s'admetran només pernils ibèrics, gambes, calamars a la romana i coses per l'estil, que un és exiliat però no estúpid. La dona i les criatures, això està clar, es quedaran a Girona, només faltaria que els hagués d'aguantar també en l'exili. Per aquells de vostès que no tinguin vehicle, es muntaran busos expressos que els deixaran a la porta de la casa de l'exili: pel mòdic preu de 55 euros, tindran dret al viatge fins a l'Escala, un entrepà de formatge, i una samarreta commemorativa. En lloc d'aparèixer en una pantalla gegant per dir burrades, em comprometo a fer-ho amb una columna cada divendres. No demanin més, que prou dura és la vida de l'exiliat.

Ha volgut la fortuna que el bo d'en Matamala, ara senador, tingui temps lliure fins que comenci la legislatura. Aprofitant la seva experiència en tasques d'exili, li haig de demanar que vingui un cop per setmana a fer neteja de casa, que la meva no du nom tan pompós com la de la república, però cal algú que sàpiga fer anar l'escombra i el fregall, feines en les què el senador excel·leix, tinc entès.

I en fi, quan acabi el meu exili -durarà un mes exacte-, espero que em vinguin a rebre a l'entrada de Girona autèntiques multituds amb banderes i pancartes, encapçalades per les autoritats municipals. I que a ningú se li acudeixi dir que torno de vacances o els meus fills escriuran tuits contra ells. Ens veiem a la fi de l'exili. Seguim! Unitat!

Postal des de l'exili (I)

19 DE JULIOL

M'he adaptat bé a l'exili, els biquinis escarits a cala Montgó hi ajuden. Encara no han començat a arribar autobusos plens de fidels a fer-se fotos amb mi, així que aprofito el temps per posar-me al dia en l'actualitat. Això de l'Ada Colau només té un nom: anar a provocar. Portar gent que pensa pel seu compte a fer de pregonera a la capital del país de la gent que no pensa és intolerable. És normal que els catalans que no pensen –i en són molts– se sentin ofesos, és una forma d'assenyalar-los, de remarcar la seva insignificança. Un any ve Pérez Andújar, l'altre, Marina Garcés, aquest, Manuela Carmena... Gent que no només comet l'error de pensar, sinó que en el súmmum de la descortesia, no ens diu el que volem escoltar. No podrien fer de pregoners aquell mosso independentista que es passeja pel món parlant-li a un pal de selfie, la Rahola, la Paluzié o el mateix Presidentorra? Seria una forma de dir als ciutadans que fins i tot els més inútils poden arribar lluny. En Toni Albà seria també una bona manera d'animar a perseverar els catalans amb deficiències, però ell ja deurà fer un pregó alternatiu, com sempre que el pregoner no és de la seva corda. Ara que no el volen ni a TV3, té temps de sobres per preparar-s'ho.

Però la Manuela Carmena, no. Supervivent de la matança d'Atocha, honesta i amb sòlida preparació jurídica, ha gosat dir que els presos del procés no són presos polítics, cosa que com és natural li ha valgut crítiques i menyspreu de gent que no ha vist mai perillar la vida per les seves idees, que es mou sempre per interessos, i que no ha vist un llibre de dret ni en fotografia. O sigui, dels que no pensen. Dels que haurien de ser pregoners de La Mercè si el món fos just.

La Carmena desconeix que a Catalunya se'ls considera presos polítics perquè els delictes de què se'ls acusa –i pels quals seran condemnats– van ser comesos per motius polítics, o això diuen. Ja sé que a qualsevol estudiant de primer de dret tal asseveració li semblarà una burrada, però no oblidem que som a Catalunya. Pels catalans de bé, pels que mereixen ser pregoners, qui comet un delicte, el que sigui, per motius polítics, passa a ser un «pres polític». I punt. En aquesta categoria hi entren els líders processistes que es van saltar la llei, però també l'assassí de Lincoln, en Heydrich, qui va matar la pobra Sissí i tots aquells que en la història han delinquit per les seves idees polítiques, és igual si va ser matant, agredint, robant o amenaçant. No és mala manera de revolucionar la justícia. Si la teoria triomfa, els violadors seran considerats presos passionals; els lladres, presos econòmics; els traficants, presos al·lucinògens, i els proxenetes, presos capitalistes. S'extingirà així la categoria de «presos comuns» o com a molt quedarà restringida als militants dels comuns enxampats en flagrant delicte, que vagi amb compte la Colau.

Fins que aquesta reforma de la justícia no sigui un fet, al Codi Penal, mal que pesi al llacisme, les idees no hi estan tipificades. I a fe que és una sort, perquè si fos pels pensaments, en lloc de ser al meu exili estiuenc jo estaria purgant pena per escàndol públic, abusos deshonestos, agressions, robatori, homicidi amb premeditació, assalt a mà armada i fins i tot per eutanàsia i fillicidi, que els meus pares estan fotuts i els meus fills es posen a vegades molt pesats. Seguim!

Postal des de l'exili (II)

26 DE JULIOL

La competència entre els exiliats és despietada, tots lluitem per ser el primer del rànquing, i la cosa no és senzilla. Exiliat com estic a cala Montgó, m'és complicat que em neguin l'accés a les institucions europees, que, com és sabut, és la màxima «internacionalització» que en dos anys ha assolit l'altre exiliat, en Puigdemont. Per a ell és fàcil plantar-se a la porta del Parlament Europeu perquè li confirmin que no és ningú, però a mi, a Montgó, m'accepten arreu, cosa que complica l'ús del victimisme, la principal arma de tot exiliat català. Per si no fos prou desavantatge, ara un grup d'oprimits de Lleida està organitzant un dinar amb en Puigdemont a Waterloo, a 250 euros, viatge inclòs. Vull suposar que, a menys que el tiberi sigui digne de les mil i una nits, una part del tiquet anirà destinat a sufragar la vida regalada de qui va ser alcalde de Girona i president de Catalunya només com a pas previ d'exercir la seva autèntica vocació: viure dels altres.

No és mala feina, la de *jeta* professional, per dedicar-hi l'última etapa vital. La vida a l'estranger no és barata, i tot el que sigui fer diners sense vinclar l'esquena és positiu. Imagino que al final del dinar, algun cunyat borratxo tallarà a trossos la corbata del marquès de Waterloo i en subhastarà els fragments entre els convidats, amb això es paga un mes del lloguer de la casa de la repubhiqueta. Si a més de corbata porta lligacama –fet gens descartable, ja que un exiliat posa sempre una bona recaptació per davant del què diran–, se li efectuarà la mateixa operació. Tota la resta d'actes del convit que surtin de l'estricte menú –des de fer-se fotos amb el protagonista, fins a aconseguir que aquest toqui les pústules dels leprosos per guarir-los– seran també de pagament. El besamans, que en aquests esdeveniments és sempre l'acte central, serà substituït per una simple encaixada, i no perquè a en Puigdemont no li agradi ser tractat com un Papa o un membre de la reialesa –de fet, cada cop són més tristos i freqüents els episodis en què creu que ho és– sinó perquè als catalans ens agrada aprofitar l'encaixada amb un necessitat per dipositar-li dissimuladament a la mà un bitllet de curs legal, tot picant-li l'ullet.

– Tingui, bon home, i no s'ho gasti en vi, seguim.

A *El rey recibe*, Eduardo Mendoza retrata un príncep de l'est d'Europa que, abolida la monarquia al seu país, es dedica a viatjar pel món internacionalitzant la seva causa, és a dir, vivint a costa dels fidels que creuen en ella. Durant el segle XX, Europa estava plena de reis, prínceps i nobles que es declaraven legítims hereus de vés a saber quin país desconegut, i –com en Puigdemont– viatjaven acompanyats d'una cort de pilotes que els deien el que volien escoltar: vos sou gran, vós sou el rei legítim, ho tenim a tocar, no tenim por. Un i altres sabien que tot plegat era una patranya, però els servia per anar tirant, que no és poc. Entre la cara dura que tenien i les donacions dels il·lusos que creien en ells, acabaven vivint millor a l'exili que si s'haguessin quedat al seu país, i això que no tenien qui els organitzés dinars a 250 euros. En Puigdemont s'ha convertit en un príncep d'opereta en ple segle XXI, quan ja es creien extingits. Algú l'hauria d'advertir que tots van acabar a la ruïna, en un frenopàtic o amb unes purgacions de cavall.

Postal des de l'exili (III)

2 D'AGOST

Em comuniquen que l'altre exiliat, vull dir aquell que va col·locar de senador el seu majordom perquè no devia tenir un cavall a mà per fer com Calígula, té intenció de publicar un «Diari de l'exili». Imagino que ha tret la idea d'aquestes postals des de l'exili, hauré d'afanyar-me a recopilar-les jo primer, que la lluita per ser l'exiliat català de referència continua, i en aquest poble no hi ha lloc per a tots dos, foraster.

M'arriba per valisa diplomàtica, mentre bec sangria al xiringuito de cala Montgó, que HBO ha estrenat la sèrie El pionero, basada en la vida de Jesús Gil. El títol està molt ben trobat, ja que el gran Gil va ser el primer pres polític de la democràcia espanyola, un autèntic pioner que avui s'emocionaria en veure com tants catalans han seguit la seva senda, uns des de la presó, altres des de l'exili. Tot el que va fer el pobre Gil va ser per mandat popular, recordo les manifestacions que tenien lloc a Marbella al seu favor, suposo que convocades per la Paluzie o el Sánchez marbellí de torn, ignoro si els participants havien de comprar una samarreta, ni que fos de l'Atleti. L'home se saltava la llei quan li convenia, però cal recordar que les urnes avalaven una vegada i altra la seva gestió, i això és el que importa. Les majories absolutes que aconseguia malgrat la guerra bruta de l'opressor estat espanyol equivalien a un permís de l'ONU per edificar en sòl no urbanitzable, per atorgar concessions a dit i, si s'escaigués, per proclamar la independència del califat de Marbella, punt aquest darrer que no se li va acudir però pel qual estava totalment legitimat. Ell no feia res més que executar allò que el poble li demanava, de fet va ser també un pioner a apropiar-se de la paraula «poble», lliçó que han après els seus imitadors catalans. «Si el jutgen a ell, ens jutgen a tots», devien cridar ja en aquells anys els ciutadans de Marbella, mentre es manifestaven contra un judici sens dubte polític.

Al cèsar el que és del cèsar i a Gil el que és de Gil. Quanta dignitat! Ell va obrir camí als polítics processistes, ell va ser el primer de comprendre que la democràcia emana del poble i que, davant les urnes, la llei s'ha d'apartar. Un polític que té un poble al darrere, es digui Gil, Puigdemont o Junqueras, està facultat per ignorar aquells dels seus ciutadans que no són «poble» –és a dir, els que no pensen com ell, que també en aquella Marbella, com en l'actual Catalunya, hi havia botiflers– i per infringir tota normativa que coarti el lliure exercici de la seva santa voluntat.

Jesús Gil va ser la primera víctima del règim del 78, ja que aquella Constitució que ell ni tan sols havia votat li prohibia fer el que li donava la gana, malgrat el mandat popular. Va ser també víctima de l'Íbex, i de l'heteropatriarcat, i de la monarquia borbònica, i dels judicis-farsa i de no sé quantes coses més, en resum, dels poders fàctics que encara avui continuen conxorxant-se contra els polítics honrats, pretenent que compleixin la llei. Un autèntic pioner. Segur que, si estigués viu, ho tornaria a fer.

Hem d'acabar veient com la propera aparició en pantalla panoràmica de l'expresident fugat serà des d'un jacuzzi a la casa de la Republiqueta, lluint a cada braç una brasilera en tanga, i al coll més cadenes d'or que un sogre gitano. Seguim i tal i tal.

Postal des de l'exili (IV)

9 D'AGOST

Fins al meu exili de cala Montgó arriben els laments de Jordi Sànchez, qui en el seu dia va presidir la delegació catalana de l'Associació Nacional del Rifle, o el que sigui que signifiqui ANC. Sànchez, que vol passar per pres polític quan no arriba ni a polític pres, s'ha indignat perquè dins del mateix llacisme l'acusen d'exercir xantatge emocional, de voler influir en la política gràcies a la seva situació de pres més que gràcies a la seva vàlua intel·lectual, cosa que a ningú hauria d'estranyar perquè aquesta darrera és inexistent. Jo trobo que en Sànchez fa santament d'utilitzar com a argument el fet de ser a la presó. A cap i a la fi és l'únic argument que pot esgrimir, i encara que a Espanya hi ha unes 60.000 persones amb el mateix mèrit, sempre és millor això que res, i res és el que era aquest bon home abans d'entrar a la garjola.

Però a en Sànchez l'ofèn que algú pensi que es val de la seva situació entre reixes. En Sànchez assegura que les seves opinions són vàlides per si mateixes i que mai no s'aprofitaria del seu estatus de reclús per influir en ningú. Per corroborar que mai, però mai de la vida, seria tan mesquí d'utilitzar per a finalitats polítiques el fet d'estar a la presó, en Sànchez fa públiques les seves opinions polítiques des d'un compte de Twitter que es diu @jordialapreso. Quanta dignitat!

No és que en Sànchez estigui intentant que la presó li atorgui un plus d'influència entre el llacisme. De cap manera. Dóna la casualitat que és a la presó i per això ho deixa clar d'entrada, no perquè apel·li a la llagrimeta, en altres circumstàncies ens il·lustraria amb els seus pensaments des de @jordialaplatja, @jordialbardesotacasa, @jordialvatercagant o, si un dia –Déu no ho vulgui– s'hagués de guanyar a vida atenent únicament a les seves capacitats, des de @jordipidolantalmetro. Que ara ho faci des de la presó i que unes quantes tietes es xuclin els mocs quan li llegeixen un tuit, és merament casual, tothom sap que és una persona íntegra, incapaç de la baixesa que suposaria recordar a tota hora que tot el que diu, ho diu des de la presó. No, en @jordialapreso no és d'aquests.

Fa bé en Sànchez de negar que estigui aprofitant l'empresonament per fer el pena, que hi ha molt de mal pensat. Quan després de l'estiu canviï el nick i passi a escriure des de @jordialapresoencara, segur que rebrà més crítiques, però això no li importa. Ell ja està pensant a obrir un blog on es postularà políticament, per descomptat que sense recolzar-se en la seva situació, que es podria dir «Feu-me cas, que sóc a la presó». I en escriure un llibre que obviï així mateix el seu lloc de residència, sembla que el vegi, en la portada una foto d'ell en una masmorra i vestit amb quatre parracs, representant el comte de Montecristo, i a sota, en grans lletres, un títol discret: «Una vida entre reixes: pensaments a l'ombra». No vindrà d'un, que entre els que han escrit els presos, els seus advocats i els periodistes que els han visitat una estona, el llacisme és a punt de convertir-se en gènere literari, tot i que de moment s'inclogui entre els llibres d'autoajuda, almenys mentre hi hagi dos milions de catalans que els necessitin per no caure en la depressió.

Si gràcies a la presó El Vaquilla va fer carrera en el cinema, també l'ha de poder aprofitar en Sànchez per fer-ne en el teatre.

Postal des de l'exili (i V)

16 D'AGOST

Quan vostès llegeixin això, ja hauré acabat el meu exili i estaré de nou a Girona, sense que m'importin les conseqüències. Molts catalans volien sortir a rebre'm, acompanyar-me en una caravana de cotxes i estelades, però he preferit tornar d'incògnit per evitar imatges com les del retorn d'en Matamala, que un té la seva mica de dignitat (quanta dignitat!) i no li agrada exposar familiars, amics i representants institucionals al ridícul. Si tal decisió implica que no em facin senador, ho assumiré amb el cap alt.

Ara que hem sabut que «internacionalitzar el procés» era fer paelles a Waterloo en lloc de fer-les a Cadaqués, els catalans hem quedat més tranquils en la mateixa mesura que Europa comença a tremolar, ja que no queda ciutat, població o veïnat més amunt del Pirineu, lliure de l'amenaça de rebre la visita del president aquell que va fugir –perdonin que ja no en recordi el nom– i la seva cohort de pilotes a l'espera de càrrec. La paella de Waterloo ens ha deixat la imatge d'un grupet de gent de classe alta, tots passats de pes i amb un somriure clarament impostat a la cara. Però sobretot, destacava l'absència de nens, suposo que a la Casa de la Republiqueta se celebren paelles per a adults, de la mateixa manera que en xalets semblants s'hi roden pel·lícules per a adults. El cinema per a adults i l'arrossada per a adults tenen en comú que els seus protagonistes no serveixen per a res més i que estan obligats a simular satisfacció, de manera que el públic que paga per veure'ls pensi que el plaer que veu és real. En no pocs casos, els espectadors frueixen tant amb la falsa satisfacció que observen en pantalla, que acaben tocant-se a si mateixos. Alguns més d'un cop, al crit de «ho tornarem a fer».

Internet ha provocat un creixement d'aquestes activitats onanistes, ja que si fa pocs anys la pornografia només es trobava en revistes especialitzades, avui tothom –fins i tot els adolescents, i això, pares, us obliga a estar alerta– hi té accés des del portàtil. Imatges obscenes de la Rahola preparant el sofregit, del president fugat cantant guitarra en mà, d'en Matamala recollint els plats o d'en Valtonyc guanyant-se la vida gràcies a trucar a la porta que havia de trucar, són tant o més crues que les d'aquell burro –perdonin que d'aquest tampoc no en recordi el nom– amb qui es practicava zoofília a l'escenari del Bagdad.

Jo els entenc. Ara que tot està acabat, l'únic que poden fer és simular que no, que tot segueix igual, encara que sigui repetint el paripé de la paella estiuenca, versió llacista del posat estiuenc de l' Obregón.

– I ara, hips, un altre brindis, aquest per en Junqueras. Somrigueu, hips, que vegi que ens ho passem bé. Matamala, vés a buscar una altra ampolla!

Ho tornaran a fer. Tot el que tornaran a fer aquesta colla de farsants i covards és una paella l'estiu vinent. Per a adults, en un xalet solitari.

El darrer dia del meu exili, molt més cruent que el de Waterloo perquè jo no he tingut caixa de solidaritat que em pagui els vicis, he vist que al xiringuito de cala Montgó regalen una cervesa a qui presenti un got ple de burilles, una original manera de mantenir neta la platja. Més que una atractiva oferta, a mi m'ha semblat una metàfora del procés: gràcies a la porqueria que molts han anat deixant sobre Catalunya, hi ha uns pocs espavilats que es lliuren gratis als seus plaers.

Pijoaparte Rufián

20 D'AGOST

El pobre Gabriel Rufián era com l'oncle Tom de la cabanya, un inferior a qui els amos tractaven amb consideració per com de simpàtic i submís era, fins i tot a vegades li feien petits regals, no sé, deixar-li cantar un blues a la casa principal per Nadal, un escó al congrés, detallets així. Ell pensava que el col·legueig que es portava amb ell la torba llacista era perquè el consideraven un igual, que no importava ni el seu arbre genealògic, ni els seus cognoms sonorament castellans, ni el seu català axarnegat, ni els seus trets inequívocament obrers, ni res. El tipus pensava sincerament que el nacionalisme català -l'independentisme no deixa de ser nacionalisme- era diferent de la resta de nacionalismes, que no era racista i ell era acceptat com un més, amb l'únic bagatge de la seva gràcia a Twitter. Angelet. A la que ha gosat sortir-se del paper d'oncle Tom, és a dir, dels principis fonamentals del moviment llacista, li han deixat clar que si fins ara era tolerat -que no acceptat-, és perquè ha servit caninament a la causa. No és que Rufián hagi renegat -encara- del procés, no és que hagi engegat a la merda -encara- a l'ANC, Òmnium, Puigdemont i els CDRs d'una sola tacada, res d'això, simplement s'ha sortit un mil·límetre de la línia marcada a foc per qui sap qui. A algú amb vuit cognoms catalans se li pot consentir alguna vel·leïtat fins i tot més greu, però a un tal Rufián, a un xarnego amb ínfules, no només se l'ha de linxar públicament, és que ja anava sent hora que ens donés l'oportunitat de fer-ho, que les ganes ja fa temps que les teníem.

Va escriure Julio Ramón Ribeyro que hi ha amors horribles que ultratgen el llinatge d'aquest sentiment. El de Rufián amb l'independentisme era d'aquests, un amor entre un tipus de baixa extracció social i una senyoreta de l'alta burgesia catalana. D'aquells amors que només es consumen en les novel·les de Marsé, i així i tot només fins que la Teresa pren consciència que el Pijoaparte no ha sigut més que un passatemps, que sí, que durant un temps aquest xarnego pot ser divertit i fins i tot interessant i, per què no, també un bon amant, però una ha de tenir clar de quina classe social forma part i no barrejar-se més del necessari amb els inferiors. Pijoaparte Rufián que se les arregli amb la criada.

El karma nostre de cada dia

23 D'AGOST

Jo no havia sentit a parlar mai del karma, i això que de petit no em perdia un sol episodi de *Kung-Fu* i que a sota de casa tinc un centre de ioga. Ni així. I ves per on, darrerament m'amenacen amb el karma. M'ho van començar a dir arran de l'article que vaig dedicar a en Matamala, quan va expirar el seu contracte de dama de companyia del fugat Puigdemont, a Waterloo, i se'm va acudir escriure que no era el retorn d'un exiliat, sinó d'un simple botiguer que estava de vacances. «Tranquil·la, el karma ja li passarà factura», li deien els acòlits a la filla del botiguer, en veure-la tan ofesa. I ella responia que sí, que segur que el karma arreglaria comptes amb mi. Com que la parauleta em va fer gràcia, he parat atenció i des de llavors he notat que no són pocs que confien que el karma caigui implacablement al meu damunt, plaf: «vés fent, que el karma sempre acaba arribant», m'etziben. I així. Com que ignoro si el tal karma entra als llocs a la manera humana, no em serveix de res el costum gangsteril -adquirit fa temps- de seure arreu sempre de cara a la porta. Potser entra per la finestra, com els lladres dels tebeos. O per la xemeneia, com Santa Claus. És un no viure, s'ho poden imaginar.

És el mateix que quan, després d'haver fet alguna trastada, la meva àvia em deia «Déu et castigarà», només que en modern queda millor apel·lar al karma que a Déu. En modern no es creu en l'existència de Déu, ves quina bestiesa, però sí en la d'una cosa que es diu karma, que deu estar científicament més comprovada. La *modernesa* és així. L'avantatge és que als moderns els puc dir que el seu karma me'l passo per l'engonal, i no és pecat. D'alguna cosa havia de servir la *modernesa*.

La meva àvia, fos perquè no era prou creient per creure en el més enllà, fos perquè ho era tant que volia estalviar feina a Nostrosenyor, acompanyava la maledicció d'una tunda amb la sabatilla (afortunadament, en els crucifixos del col·legi havia observat que Déu anava sempre descalç, així que no hi havia el perill que repetís el correctiu si li arribava el torn). Els llacistes no són tan escèptics com la meva àvia, ells confien cegament en el karma i no els cal sabatilla. Igual que esperen que el karma em castigui, esperen també que el karma els porti la republiqueta. És lògic, ja que tenen la raó de la seva part, els seus adversaris són malèfics per naturalesa, ells són una bona gent que només vol votar i, a més, fan manifestacions sense tirar papers a terra, senyal inequívoc de ser el poble elegit. «A vegades el karma triga una mica», es consolen entre ells.

Ningú els pot tirar en cara confiar en el karma, tant perquè castigui els heretges com jo que no els donen la raó, com perquè premiï les peregrinacions a Waterloo, a la Diada de l'11-S i a on ordeni la divinitat, llegeixi's ANC. Si creuen en el Consell de la República, en un líder que els va deixar en l'estacada i viu a cos de rei i en el dret a l'autodeterminació, no seré jo qui els retregui creure també en el karma.

Fins i tot jo, que he heretat de la meva àvia l'escepticisme, començo a creure en el karma si l'entenem com a la conseqüència dels nostres actes. De ser pel karma, que mentre uns es troben a la presó o pròfugs de la justícia, jo estigui escrivint aquest article a la piscina, estirat en una gandula i amb una cervesa a la mà. Salut! Vull dir: Seguim!

Se'ls ha acabat pixar fora de test

Una resolució referent al municipi de Caldes de Montbui, que fa jurisprudència, deixa clar que els ajuntaments s'han de limitar a aprovar en els seus plenaris allò sobre què tenen competència, i no envair àmbits que els són aliens, com la sobirania nacional, la monarquia o la justícia

26 D'AGOST

Els brindis al sol a què ens tenen acostumats els darrers anys els ajuntaments, en forma de mocions sobre temes tan aliens a les seves competències com la declaració d'independència de Catalunya, la llibertat de presos que es troben en mans de la justícia o la reprovació de la monarquia com a sistema democràtic espanyol, tenen els dies comptats. No serem tan optimistes de pensar que d'ara endavant els consistoris es dedicaran a governar pels seus ciutadans, però, si més no, els plens municipals deixaran de ser escenaris teatrals. Escenaris teatrals en què, per més inri, l'obra més representada és la shakespeariana *Molt soroll per no res*. Hi posa fi una sentència del Tribunal Suprem que senta jurisprudència i limita la capacitat dels ajuntaments de fer pronunciaments polítics que vagin més enllà de les competències municipals.

El Tribunal Suprem ha anul·lat recentment l'acord d'un consistori de Barcelona amb el qual es declarava «territori català lliure i sobirà», com el que també s'ha aprovat en diverses localitats gironines. L'alt tribunal va anul·lar el mes de juny un acord del ple de l'Ajuntament de Caldes de Montbui de principis del 2013 en el qual declaraven el municipi com a «territori català lliure i sobirà» i demanaven al Parlament que treballés «per aconseguir aquesta fita». El tribunal culmina d'aquesta manera una batalla legal que va començar fa sis anys després d'un recurs interposat per la delegació del Govern a Catalunya. A Girona, força ajuntaments també han sigut denunciats per l'Estat per haver aprovat mocions similars a la de Caldes.

El Suprem justifica l'anul·lació de l'acord del ple de Caldes de Montbui argumentant que es troba «al marge de les qüestions d'interès municipal i de les competències» de l'entitat local. Per aquesta raó, el tribunal ha suspès el pronunciament de Caldes de Montbui i crea jurisprudència, per la qual cosa limita l'abast del que poden aprovar els ajuntaments.

Xavier Arbós, catedràtic de Dret Constitucional, confirmava a Diari de Girona la importància de la sentència, ja que crea jurisprudència. La sentència no té efectes retroactius sobre la resta de municipis que han aprovat similars mocions, però «incrementa la possibilitat de futurs recursos», apunta Arbós. Així, d'ara endavant, si un ajuntament preveu votar un tema que surt de les seves competències, es pot impugnar l'ordre del dia i demanar al jutge que suspengui cautelarment la votació. «Si el jutge hi accedeix -i ara té jurisprudència que ho avala- i es tira endavant igualment la votació, podria acabar essent un delicte de desobediència», apunta Arbós.

El Suprem assenyala que és evident «la falta de competència municipal» per dictar un acord sobre la independència de Catalunya, i al·lega que «no existeix entre les competències municipals» cap atribució «que consenteixi a un municipi intervenir en aspectes d'evident transcendència constitucional». Remarca també que les declaracions han de respectar «en tot cas» la Constitució i l'ordenament jurídic. A Girona hi ha molts ajuntaments que van aprovar mocions similars a la de Caldes, ara declarada il·legal, entre ells el de Girona.

Arbós va més enllà i recorda que «les institucions no tenen llibertat d'expressió, que és un dret individual», i per tant no s'hi poden acollir per fer tota mena de declaracions. «Això inclou altres declaracions que ens poden semblar a tots «simpàtiques», com ara a favor de les dones, dels refugiats, etc., que són temes també fora de les competències municipals», remarca el catedràtic.

Anant més enllà, la sentència es podria fer extensiva als ajuntaments que s'han afiliat a l'Associació de Municipis per la Independència (AMI)? Arbós creu que sí: «És comparable, perquè és un acord per sumar-se a una hipotètica independència, per a la qual els ajuntaments no tenen competència. En aquest cas, a més, amb l'agreujant que suposa una despesa de diners públics». De fet, hi ha força municipis que van ser denunciats per haver pagat la quota d'afiliació a l'AMI. A Girona, són 207 els ajuntaments que paguen religiosament la quota a l'AMI. O sigui, són 18 els que no hi estan afiliats.

D'altres estan denunciats precisament per haver aprovat mocions que surten de la seva competència, com els que van aprovar mocions de suport a la resolució del Parlament que reprovava la posició del rei Felip VI, «la seva intervenció en el conflicte català i la seva justificació de la violència exercida pels cossos policials l'1 d'octubre del 2017». Es tracta de Sant Julià de Ramis, Bolvir, Riudellots de la Selva, Torroella de Montgrí, Maià de Montcal, Pont de Molins, Vilabertran, Sant Gregori i el Consell Comarcal de l'Alt Empordà, als quals la Subdelegació va denunciar el passat març.

Un altre exemple a les comarques de Girona és Llançà, contra qui el Ministeri de Defensa va presentar un recurs contenciós administratiu el 2017 per haver aprovat una moció en què es demanava el cessament de maniobres militars al seu terme i es declarava territori desmilitaritzat.

També són força els ajuntaments denunciats per la Subdelegació del Govern a Catalunya per no hissar la bandera espanyola a la façana. En aquest àmbit sobre què poden lluir les façanes oficials, Arbós considera que «només pot haver-hi els símbols oficials. Això inclouria fins i tot les pancartes en favor dels gais, o la de "Volem acollir" , però almenys aquestes defensen valors constitucionals».

Igual passa al Parlament

El que passarà ara als municipis és el mateix que ocorre al Parlament, des que el Tribunal Constitucional va anul·lar la resolució en la qual es definia Catalunya com un «subjecte jurídic i polític sobirà». El tribunal va declarar «inconstitucional i nul» el principi segons el qual «Catalunya té caràcter de subjecte polític i jurídic sobirà».

La guerra de Torra

27 D'AGOST

Jo entenc Presidentorra quan es fa aquests embolics històrics. L'home no té gaires llums i és natural que es pensi que la participació espanyola en la Guerra Mundial va ser només la División Azul, i no els republicans que va lluitar contra els nazis. Al cap i a la fi, mal que ens pesi, i a fe que ens pesa, Presidentorra és català, i deu haver vist les imatges de les multituds enfervorides rebent Franco quan entrava a les ciutats catalanes: com retreure-li que estigui convençut que Franco era el legítim president espanyol, davant d'aquell mandat popular que deixava petit el nostre l'11-S? Ell sap per experiència pròpia que el poble català mai s'equivoca, i si surt al carrer aclamant un dictador, un inútil o un ignorant, tot el que faci aquell dictador, aquell inútil o aquell ignorant, estarà bé. Franco i els voluntaris que van anar a Rússia feien el que els demanava el poble, i qualsevol llacista sap -més encara un president llacista- que allò que el poble demana és sagrat, ni la llei ni l'ètica ni la moral s'hi poden oposar.

Les paraules de Presidentorra no eren una crítica, eren un sincer elogi. Com podria criticar el franquisme, si a la seva ombra van fer fortuna molts catalans, els hereus dels quals són avui llacistes de pro? Que ningú no el pretengui engalipar amb la fal·làcia que els republicans que lluitaven contra els nazis eren representants de la legalitat espanyola. Presidentorra ha vist imatges dels que fugien, miserables amb quatre parracs i una maleta de cartró, dirigint-se a obscens camps de refugiats. I aquells farsants es deien a si mateixos «exiliats». Exiliats! Presidentorra sap que els autèntics exiliats viuen a tot tren en mansions belgues, surten sovint a TV3 i escriuen a Twitter frases èpiques. Després de fer-se passar per exiliats, ara es volen fer passar per espanyols que lluitaven a Europa per la llibertat? A Presidentorra no se l'enreda tan fàcilment.

Fa santament Presidentorra de legitimar el franquisme. Entre els que ho eren sincerament, els que esperaven treure'n profit i els que s'hi van apuntar per evitar problemes, els franquistes catalans estarien al voltant de la màgica xifra dels dos milions. Per això a Catalunya tanta gent va viure bé durant el franquisme, igual que els llacistes viurien la mar de bé en el llacisme.

Que els generals no passin gana

30 D'AGOST

La cosa deu estar molt malament, a Waterloo. Els darrers dies, Gonzalo Boye i Toni Albà han passat públicament la bacina demanant diners per allò que es va anomenar Consell de la República. Ignoro de qui és la idea que pidolin els calbs, potser la manca de cabell desperta la prodigalitat entre els ciutadans, serà cosa de comprovar-ho. Cap dels dos demanava al metro, que és on els correspondria per vàlua personal. En Toni Albà va fer el pena des d'un vídeo, com acostuma. En Boye el va fer en directe, en unes convivències que reben el pompós nom d'Universitat Catalana d'Estiu però que atenent al nivell de participants i als alumnes mereixen més el de P-3 Català d'Estiu. Si el Consell de la República no serveix per a l'única funció que té, que no és altra que permetre la vida regalada dels que van fugir després de fer que els altres –en paraules de Carod Rovira– es llancessin a una piscina sense aigua, millor que es dissolgui. Si la companyia elèctrica acaba tallant la llum al palauet de Waterloo per falta de pagament, ens proporcionaria la millor metàfora del procés: una casa de la republiqueta a les fosques i a dins l'expresident movent-se a les palpentes, totalment desorientat, xocant de cap contra les parets.

Les guerres són cares. I les que es perden, encara més. En un conte, Roberto Fontanarrosa explica que fa més de trenta anys que l'Equador i el Nepal estan en guerra, tot i que ho oculten els mitjans de comunicació de tot el món, que no hi dediquen una sola ratlla. Quasi ningú recorda com va començar, es parla d'un nepalès que va escopir a la cara d'un equatorià que viatjava per aquell país, i com que el yak-correu que transportava les disculpes del Govern del Nepal, es va estimbar per les muntanyes (els rumors de la intervenció d'agents estrangers en l'accident, mai no s'han pogut confirmar), aquestes mai van arribar i l'Equador no va tenir altre remei que declarar la guerra al país asiàtic. Sigui com sigui, a causa de la llunyania del país enemic i de les dificultats de desplaçament, l'Equador ha optat per la guerra de trinxeres, i així estan des de fa més de trenta anys, esperant l'atac nepalès. Trenta anys de guerra sense treva, trenta anys essent enemics irreconciliables, trenta anys de fracàs en totes les mediacions intentades, i la guerra continua tan cruenta com el primer dia: amb els equatorians esperant l'ofensiva nepalesa.

Com els catalans. Per més que insistim que tenim la republiqueta a tocar, els mitjans internacionals ho oculten, els enemics ens ignoren, ningú recorda a què aspirava el procés ni per què, ningú ens odia, ningú ens vol fer mal, ningú ens fa cas i ningú es preocupa per un conflicte que existeix només al nostre cap. A vegades assolim alguna victòria, com ara fabricar Segells de la República, comparable a la que va celebrar tot l'Equador quan un turista d'aquell país a Suïssa es va endur un dònut sense pagar del comerç d'un nepalès, dònut que va ser exposat com a trofeu de guerra fins que es va saber que l'amo del comerç era pakistanès.

El que no explica Fontanarrosa és com paga l'Equador l'esforç bèl·lic. I això que deu ser molt menys onerós que el dels catalans, que també lliurem una guerra imaginària però ho fem sense reparar en despeses, de manera que fins i tot els generals fugats a les primeres escaramusses puguin viure com això, com a generals.

El procés es troba millor

6 DE SETEMBRE

L'alliberament de gallines i conills de les granges on vivien sotmesos, atribuït erròniament a col·lectius animalistes, va ser en realitat obra d'escamots llacistes, en considerar que aquests animals reflecteixen l'actitud dels líders catalans. Quan l'expresident i uns quants consellers van fugir com gallines i conills, van establir les bases perquè aquestes i aquests fossin considerats a Catalunya tan sagrats com les vaques a l'Índia, equiparació a què també contribueix el fet que la republiqueta que van declarar fos de vol gallinaci. Com no alliberar-los, si ens recorden els nostres herois! L'esperança és que gallines i conills, lliures ja del jou opressor, s'instal·lin a Bèlgica després de travessar tot França, malgrat el perill que les primeres correran en un país el símbol del qual és el gall. És igual, «no tenim por», cloquejaran mentre corren nord enllà com expresidents a la fuga.

Es tractava tot just de la primera acció d'aquest tsunami que ja ha començat a fer tremolar els fonaments de l'Estat espanyol i de la UE. N'hi haurà d'altres, per descomptat, a quina més agosarada i fulminant. No serà de les menors la de lluir un casc groc en la Diada de l'11-S. A algú li pot semblar ridícul concórrer a la Diada disfressats de Village People, grup que va fer les delícies dels gais de tot el món en la dècada dels 80, però és que això donarà l'opció a Presidentorra i tot el seu govern -també als pròfugs de Waterloo, aquests en pantalla gegant- de vestir-se d'indi, que és el que estan fent des de fa mesos i que era un altre dels personatges d'aquell sextet.

És a partir respostes així, efectives i heroiques, que s'ha d'interpretar l'amenaça/conferència de Presidentorra a Madrid, on va ensenyar la poteta a qui ho va voler entendre. És a dir, que va explicar entre línies com hauria sigut la Republiqueta, o millor dit, com serà després que l'alliberament de gallinacis i lepòrids, més el Village People gegant de l'11-S, facin capitular l'Estat espanyol. En la conferència, Presidentorra va anunciar una resposta política a una decisió judicial, per recalcar que no s'ha de barrejar política i justícia, de la mateixa manera que aniria de putes si volgués recalcar que no s'han de barrejar amor i diners. De fet, Presidentorra ens va mostrar com haurien anat les coses si hagués tirat endavant la Republiqueta somiada: Montesquieu seria només el nom d'un cava, la separació de poders significaria únicament que hi hauria un poder a Barcelona i l'altre a Waterloo, i el govern dictaria als jutges com han de ser les sentències -vull dir als jutges que no ho sabessin, que n'hi ha, com en Santiago Vidal, que ja ho portarien après de casa- i així tot Catalunya seria una bassa d'oli. Gallines, cascs grocs i patètiques conferències, en ordre creixent de ridícul, més pintar llaços grocs a obres d'art de tot el món per allò de despertar simpaties fora de Catalunya: això és avui la revolució catalana.

Tants esforços a simular que el procés continua ben viu, malgrat que tothom sap que es troba a les darreres raneres, em recorda D.H. Lawrence. Després de tota una vida malalt de tuberculosi, de sanatori en sanatori i arribant a pesar a penes 40 quilos, l'autor de *L'amant de Lady Chatterley* encara s'intentava convèncer que allò seu era una simple grip. Les seves darreres paraules van ser: «Sembla que em trobo millor».

A la llibertat en un palet

10 DE SETEMBRE

De Boris Ieltsin enfilat en un tanc davant del parlament rus, a Puigdemont encimbellat en uns palets a l'esplanada de l'Atomium, hi ha exactament la mateixa distància que de l'epopeia a l'òpera bufa. També és cert que, com en tantes ocasions, potser estem davant d'una jugada mestra i el contrast entre la modernitat que simbolitza l'Atomium i el provincianisme carrincló d'uns palets de transport està expressament buscat per cridar l'atenció d'Europa, que es veurà incapaç d'abandonar a la seva sort un personatge que no és útil ni per aconseguir una humil tarima o un trist tamboret on enfilar-se. Si almenys el fidel Matamala hagués estat present en la celebració, hauria pujat el seu mentor a les seves espatlles, que és el que solen fer els subalterns.

No estic segur que comparèixer com una vulgar mercaderia sigui la millor estratègia per posar-se en valor. Però almenys a mi, que vinc de nissaga de transportistes i vaig treballar en l'empresa familiar unes quantes temporades, veure en Puigdemont a dalt d'uns palets m'ha omplert d'emoció. A sobre de palets, jo he vist barrils d'anxova, rotlles de cotó, sacs de sucre i recanvis d'automòbil, però em faltava veure-hi pròfugs de la justícia que es creuen ungits de missió divina. Els palets, que van robar a Puigdemont i a les sardanes el protagonisme de l'acte, feien la impressió d'haver estat furtats a darrera hora d'algun solar abandonat, quan algú es va adonar que tot un «130 president» no podia trepitjar la mateixa gespa ni estar a la mateixa alçada que la dotzena de fidels que s'interessarien pel que a hores d'ara els pogués dir.

-Si les seves idees són tan poc elevades que no aixequen un pam de terra, elevem-lo uns centímetres a ell- pensaria algun assessor d'ulleres de pasta i bon coneixedor del gurú llacista. No se li pot recriminar, qualsevol al seu lloc hauria actuat igual.

El problema són les comparacions que inevitablement venen a la ment en veure aquell que un dia havia de conduir no sé quin poble a no sé quin lloc, com si estigués a punt de ser carregat en un camió.

2019

Comparacions que duen la gent a dubtar de quin seria el resultat si avui s'enfrontessin en unes eleccions Carles Puigdemont i un barril d'anxoves. Jo apostaria pels peixicos.

Com si eren cinc milions

13 DE SETEMBRE

L'11-S va transcórrer entre els que s'alegraven de la bona xifra d'assistents a la manifestació, i els que s'alegraven de la mala xifra d'assistents a la manifestació. Enmig estic jo, que no m'importa si els manifestants són pocs o molts. Si són 5.000 persones o si són 5 milions, en res no canvia si es limiten a cridar, que és la feina de tot manifestant, i a comprar samarretes, que és la feina de tot manifestant llacista. M'és igual si demanen la independència, la llibertat dels presos, o una dieta més equilibrada pel president fugat abans no esclati l'americana que ja el cobreix més malament que bé. Demanar és gratis, deixa el cos tranquil a qui ho fa, i després se'n torna a casa amb la satisfacció d'haver fet tot el que ha pogut pel país, pels presumptes delinqüents o per la salut de pròfug. I qui fa el que pot, no està obligat a més.

Tan sa és això de manifestar-se, que si els nostres polítics s'haguessin limitat a exercir aquest dret, avui uns no es trobarien a la presó ni els altres haurien hagut de fugir, perseguits per la justícia. Encara el passat 11-S haurien sortit per la TV, encapçalant la manifestació i enfilant-se a una tarima per dir que la independència és a tocar, que en 18 mesos la tindrem aquí i que Europa rebrà Catalunya amb els braços oberts, frases que a còpia de sentir-les hem fet nostres fins i tot els que sabem que són una bola absoluta, ja formen part de les tradicions catalanes. I l'any que ve hi tornarien, i deixarien anar més frases èpiques, que és el que s'ha fet tota la vida i -no ens enganyem- el màxim a què poden aspirar. Per què fer res més? Al cap i a la fi, amb el mètode de manifestar-se i prou, haurien aconseguit exactament els mateixos resultats de cara a implementar -que se n'ha fet d'aquest verb que va estar tan de moda?- la republiqueta, que declarant-la al Parlament com van fer. I en canvi, no haurien perdut dos anys -de moment- de la seva vida, uns a l'ombra i els altres organitzant trobades sardanistes a les *quimbambes*.

Ha costat una mica -tampoc gaire, n'hi ha hagut prou amb jutjar-ne uns quants- però els catalans han entès que surt més a compte manifestar-se que saltar-se la llei. Jo els ho podia haver explicat fa temps, si m'ho haguessin preguntat, i s'haurien estalviat uns quants anys de patiment i uns quants més de frustració que han de venir. No els ho tindré en compte, en tinc prou de veure'ls així de feliços ofrenant flors, cridant i passejant per Barcelona, i inflant les xifres de manifestants. Ells estan contents i jo també. El procés s'ha reduït a portar gent amb bus a Barcelona un dia a l'any. Un triomf per la història.

Hi ha fins i tot un degoteig de polítics i opinadors, abans llacistes irredempts, que comencen a desdir-se de tot. A poc a poc, però es desdiuen. Que si no ho vam fer prou bé, que si sense pactes no anem enlloc, que si la via unilateral no serveix i, en fi, que si tant de bo poguéssim esborrar tot el que hem dit i escrit els darrers anys. Potser a la llarga deixaran del tot de mentir en públic i es limitaran també a cridar en manifestacions.

No em molesta gens que cada any es reuneixin, amb la seva samarreta nova, per cridar i per assegurar que ho tenen a tocar i que l'any vinent segur que som república. Al contrari, m'agrada, perquè em desperta certa nostàlgia. Em recorda aquells antics cartells de les parades del mercat: «Hoy no se fía, mañana sí».

Una àvia em pregunta coses

19 DE SETEMBRE

Fa poc em van convidar a un esmorzar dels de forquilla. A canvi de dir unes paraules i respondre a preguntes dels assistents, podia menjar i beure sense límit i de gorra. Els pobres sempre acceptem aquestes coses, ho remarco perquè torno a tenir gana, a veure si algun lector en pren nota. Ningú em va preguntar res sobre la meva vida íntima i sí sobre política, és a dir, just al revés del que jo esperava segons els meus coneixements. Quan la gent marxava, se'm va acostar una senyora, 85 anys em va dir que tenia.

– Com creu que acabarà, tot això? Jo mai havia vist res igual.

La primera intenció va ser agafar-m'ho de broma, vaja un jo, de fet vaig aprofitar que tenia al costat un diputat al Congrés, per dir-li a la bona dona que li preguntés a ell, que a Madrid té bons contactes. Però alguna cosa em va fer aturar, alguna cosa en aquella senyora va frenar el meu sarcasme, alguna cosa no lligava en la situació. Aleshores me'n vaig adonar. La pobra dona estava a punt de plorar.

– He sigut del Partit Socialista tota la vida, i mai m'havia sentit a dir «feixista», fins ara. Com pot ser? Hi veu alguna solució, tot i que ja sóc gran i jo...

Els seus ulls se li anaven humitejant mentre xerrava, vaig arribar a veure les llàgrimes, que si bé no vessaven, estaven a punt. I parlaven. Eren les llàgrimes d'una dona que havia patit, havia lluitat i havia procurat fer el bé. No la coneixia, però aquestes coses no se m'escapen. Se la veia preocupada, se la veia segura que ella, 85 anys ja, no arribaria a veure la solució, però se la veia sobretot injustament estigmatitzada. Feixista. No li entrava al cap, a ella, que havia patit el feixisme i s'hi havia revoltat. Potser fins i tot li havia robat éssers estimats. Feixista. I les llàgrimes allà.

Li vaig remarcar que no he vist el PSOE, però tampoc el PP, ni el que quedi dels comunistes, ni tan sols a Vox –el papu feixista amb què ens amenacen–, rebentar actes polítics de qui no pensa com ells, fer pintades a les seus dels partits rivals, assenyalar comerços desafectes al règim, ni tallar carreteres o vies de tren per intentar influir en tribunals de justícia. Actes de primer curs de feixisme, que en canvi observo sovint en grups que pretenien –els déus ens en guardin per sempre– construir una republiqueta a la seva mida.

Potser no calia. N'hauria fet prou de mostrar-li aquest escrit: «cal fer hegemònica la nostra identitat nacional. Ser ciutadà d'aquest país ha de voler dir, per exemple: ser més culte (hi ha indicadors que ho permeten assegurar, com l'índex de lectura, de consum cultural, etc.), pertànyer a una societat més moderna, més avançada, amb un grau més alt de benestar social, ambiental i cultural, ser més cívic, lliure, solidari i plural alhora, i ser més proper als models culturals socials i econòmics europeus». I explicar-li que això no ho van escriure als anys 20 els ideòlegs del feixisme italià, sinó que forma part del Programa 2000 que Jordi Pujol va dissenyar fa 30 anys per la Catalunya del futur, la d'avui. I que Presidentorra i qui viu a tot tren a Waterloo són els seus hereus, no genètics –com Puigdemont acusa de ser els dirigents espanyols respecte del franquisme– sinó ideològics, que és molt pitjor perquè implica una tria volguda.

Cregui'm, vella i desconeguda lluitadora, no hi ha major orgull que ser acusada de feixista pels deixebles de Mussolini.

2019

Una defensa televisiva

15 D'OCTUBRE

És el que passa. Tant repetir que ni oblit ni perdó, i al final en Marchena els ha fet cas. Per si no fos suficient, s'ha descobert que els llaços grocs no serveixen per treure gent de la presó, tan cofois que els lluïen pensant que eren útils, i res, resulta que era com portar un xurro a la solapa. O potser és que, ja que en Marchena viu a Madrid, no els ha vist, que si hagués sabut que a Catalunya quasi no queda iaio sense llaç groc, absol a l'instant a tots els acusats i els demana perdó per les molèsties. Ara a veure si els que s'han fet d'or venent els llaços dels pebrots tornen els diners. M'estranyaria, això sona a estafa organitzada.

No sé si aquí una sentència es llegeix com als films americans, amb uns solemnes cops de maça, pam-pam, per donar-li èmfasi. M'agrada pensar que sí, perquè els cops de la maça de Marchena haurien ressonat com a cops de martell en el taüt del procés, pam-pam, que si bé ja estava mort des de feia temps, calia refrendar-ho oficialment. Un no està mort del tot fins que no ve el jutge a aixecar el cadàver.

Es tracta -ja ho veuen- de desviar l'atenció perquè ningú parli dels advocats. Vull pensar que els incidents i manifestacions d'ahir els van organitzar els lletrats dels ja condemnats per mirar de dissimular i que la gent no parés atenció al seu fracàs.

-No creu que el seu comportament professional podia haver sigut millor?

-Espanya feixista! Ens volen sotmesos! Sempre dempeus! Judici farsa!

Almenys demostrarien ser llestos en escaquejar-se de responsabilitats, ja que no en defensar ningú, però m'estranyaria, no se'ls veu gaire espaviladets ni per a una cosa ni per a l'altra.

Si una cosa hem après de tot plegat els humils ciutadans, és que, si mai ens acusen de res davant d'un tribunal, és millor agafar un advocat d'ofici que acaba de finalitzar la carrera -i encara que no l'hagi finalitzat-, que un d'aquests famosets de mig pèl que es dediquen a fer mítings a la sala de vistes en lloc de defensar els clients. És clar que els acusats van optar també per fer mítings quan els tocava parlar. Entre una bona defensa i sortir afavorits quan connectava TV3 amb el judici, van triar la televisió. Doncs enhorabona, ara que demanin tanda al FAQS. Però serà per d'aquí a uns quants anys.

Violència? Quina violència?

18 D'OCTUBRE

He vist anuncis de compreses més llargs i, especialment, més convincents, que la compareixença de Presidentorra a les 00.15 de la nit de dimecres. Quan les capitals catalanes ja portaven dos dies a sang i foc, va sortir en pantalla durant 40 segons per acusar dels fets «infiltrats i provocadors». Si es referia a pacients del psiquiàtric que s'han infiltrat al Govern català, estic disposat a creure'l, i afegiré que des de diverses legislatures. Si el que intentava era donar una explicació més o menys creïble del que estava passant, és un cínic, un mentider i un perill públic.

Presidentorra es va passar dos dies sense condemnar la violència, per més que li demanava tothom, i mira que és cosa fàcil de fer fins i tot per algú amb tan poques llums. Cada vegada que algú li pregunta si condemna la violència, l'home es limita a afirmar que està al costat del poble. Presidentorra és com aquell company de classe que quedava amb una nena per anar al cine i quan l'endemà li preguntàvem si havia tocat teta, ens responia que la pel·lícula era molt bona. O sigui que no, no havia tocat teta. O sigui que no, Presidentorra no condemna en absolut la violència.

Per què l'hauria de condemnar? Probablement només mira TV3, i aquella mateixa nit als noticiaris ens repetien que algú havia llançat «objectes pirotècnics» a un helicòpter de la policia. Objectes pirotècnics. Un imagina que uns nens, tot jugant, llançaven al cel un correcames o un petard verd mentre veien passar un helicòpter. Com pretendre que Presidentorra condemni tal futilitat? Després, gràcies a altres cadenes, vam saber -i vam veure- que els «objectes pirotècnics» eren coets que algú disparava contra l'helicòpter policial amb intenció d'abatre'l. La paraula «coet» deu estar vetada als noticiaris catalans, i ens hem de conformar amb el més tranquil·litzador «objectes pirotècnics», pel nostre bé, perquè no ens espantem, perquè continuem vivint a l'arcàdia. Igual que per Presidentorra els vàndals són infiltrats, i que preparar artefactes explosius per cometre atemptats és «voler fer una mica de soroll». No cal condemnar-ho.

Devia ser també per tranquil·litzar-nos, mai per enganyar-nos, que mentre totes les cadenes parlaven de la ciutat cremada i de la patètica intervenció de Presidentorra, a la TV catalana es dedicaven a discutir si la policia havia disparat o no bales de goma, per tot seguit inundar-nos amb imatges de la Marxa sobre Barceroma, tan maca i emocionant, ella. El moment àlgid el va posar una de les enviades especials assegurant que se li havia posat la pell de gallina quan, a dins d'un túnel, els marxaires cantaven Els segadors. Ni un coet impactant contra un helicòpter i abatent-lo hauria tingut per TV3 tanta importància informativa. He dit punt àlgid? Ens esperava encara la notícia més substancial: mentre altres cadenes es perdien amb intranscendents imatges de fogueres provocades i de pacífics independentistes –o violents infiltrats, a vegades costa distingir-los– llançant ampolles als policies, TV3 va entrevistar un senyor a qui la caminada li havia causat una llaga al peu, llaga que mostrava a la càmera amb l'orgull que Crist ressuscitat mostraria als apòstols les seves ferides. Periodisme de debò.

I és que si una cosa tenen els llacistes és que són molt pacífics i quan es manifesten no llencen ni un paper a terra i blablabla. No hi ha violència a condemnar.

2019

Diari d'un esquirol i, a més, botifler

19 D'OCTUBRE

Mal despertar, un tractor passa per sota la finestra de casa tocant la botzina a tot drap. Per què necessita botzina un tractor? Per espantar els pardals que es mengen el sembrat? Porta una senyera a la cabina, senyal que se suma a la jornada reivindicativa, no sé de què, però reivindicativa. Trista la vida la de l'esquirol, que, a més de saber-se traïdor a qui sap què, és condemnat des de primera hora a arrossegar tot el dia cara de son. Em rento les dents i la cara, maleint la mala sort que no siguin dues accions laborals, que així ja estaria exercint d'esquirol. Baixo al bar. Un treballador –avui ho sóc– no comença la jornada sense passar pel bar de sota casa, per sort en aquest país tots els treballadors tenen un bar a sota casa.

- Jodidos esquiroles, los que tienen el bar abierto- saludo en castellà, per afegir l'estatus de botifler al d'esquirol. Quan em poso a trair, vaig a totes.

Riallades de la parròquia. S'hi troba l'home-amb-el-got-d'anís-a-la-mà, del qual no recordo mai el nom però que en vagues anteriors s'havia aixecat d'hora i havia escrutat els comerços del barri per informar-me així que em veia. Sap que sóc periodista. I esquirol. Em saluda a la seva manera:

- El del taller mecánico tiene cerrado, a esa hora es raro, debe hacer huelga. El carnicero, en cambio, que yo pensaba que cerraría, tiene abierto...

I va desgranant la situació al barri tot escurant el got d'anís, mentre jo apunto. El meu barri, Santa Eugènia, és barri amb molta immigració, aquí els piquets s'hi acosten tant com les autoritats municipals, o sigui que tothom fa el que vol. Els comerços regentats per estrangers són els que més segueixen la vaga, algú els deu haver dit que la millor forma d'integrar-se a Catalunya és seguir els consells de TV3: el basar àrab del qual no sé el nom perquè està en el seu alfabet, el locutori, la peixateria Ayoub i el comerç Aladino tenen les persianes avall. La fleca, la papereria, el súper i la botiga de fruits secs, les tenen amunt.

A la TV del bar parlen de la mort de Javier Furia, un dels membres fundadors de Radio Futura. La seva Escuela de Calor seria la banda sonora ideal dels darrers dies: « arde la calle al sol de poniente...».

M'acomiado de la gent del bar, no sense recalcar, amb gens dissimulat orgull, que me'n vaig a treballar, com a esquirol que sóc. Poc trànsit al carrer. Dono mentalment les gràcies a tots els CDRs que han matinat per fer-me la vida més senzilla i decideixo agafar el cotxe per anar al centre de Girona. Ser esquirol no està renyit amb tenir al·lèrgia a caminar. Aparco en zona blava. No poso tiquet. Espero que els controladors, patriotes ells, s'hagin afegit a la vaga, estigui aquesta convocada pel motiu que sigui. A un esquirol de naixement els motius li són indiferents: ell va a treballar. Perquè sí. Per tocar la fava.

Una primera ullada als carrers del centre em permet adonar-me dels canvis en (nova referència a Radio Futura) la moda juvenil. Si fa un temps ningú anava a l' insti sense unes Nike, a menys que volgués ser objecte de bullying per idiota i per miserable; si després no hi havia adolescent que s'atrevís a anar a classe sense una samarreta que posés ben gros «Levi's» a la pitrera; avui ningú no es pot considerar jove si no du una estelada lligada al coll, en forma de capa. Tots els joves necessiten un senyal d'identitat per no ser exclosos del ramat. A la meva època dúiem macuto militar, avui estelada, la qüestió és ser igual que tothom. Això canvia quan et fas adult, aleshores fins i tot ets capaç de tornar-te un esquirol.

Això em recorda que estic treballant i que no està bé que m'aturi al carrer a mirar els darreres de totes les adolescents que passen, de fet és una pèrdua de temps perquè a totes els arriba l'estelada fins a mitja cama. Apunto: Dentix té la persiana a mig baixar, com la boca d'un pacient poruc quan s'asseu a la cadira del dentista. Women's Secret té obert, els àngels de les calces no fan mai vaga. Podria ser un bon eslògan.

Un grup d'adolescents –estelada al coll– es fa una foto, suposo que per recordar, d'aquí a molts anys, que un dia van ser joves i pensaven que estaven en una revolució, ha, ha, ha, ho recordeu? Que ingenus érem! Ja tens tres fills? Qui és aquest que surt a la foto? Ah, sí, en Sergi, ara està col·locat a la Generalitat.

Una de les noies de la foto duu un paquet de dònuts que mostra com un trofeu. O com una arma. O com un berenar. O potser com un nou signe d'identitat juvenil, que aviat substituirà les estelades, i amb no pitjors resultats.

L'esquirol arriba a la feina. Escric això, però el meu pensament és als carrers. En concret al carrer on he deixat el cotxe, esperant que, efectivament, els controladors de zona blava hagin fet vaga.

Índex

Printed by Amazon Italia Logistica S.r.l.
Torrazza Piemonte (TO), Italy

10176622R00174